哥本哈根三部曲 ①

清晨

〔丹麦〕托芙·迪特莱弗森 著

刘奕奕 译

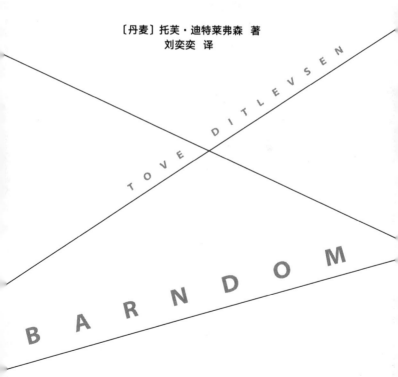

南海出版公司

新经典文化股份有限公司
www.readinglife.com
出　品

1

　　清晨，有希望。它就像飞逝而过的一束流光，落在妈妈柔顺的黑发上，那是我从不敢触碰的，它就着加糖的温热麦片躺在我的舌头上，我一边慢慢地吃，一边看着妈妈纤细的、交叠的手在报纸上一动不动，轻掩着关于西班牙流感和《凡尔赛条约》的新闻。爸爸已经出门工作，哥哥也去上学了。所以妈妈现在是一个人了，哪怕我也在。假如我完全静止，一声不吭，她难以捉摸的内心里那遥远的沉静会持续至清晨老去，直到她不得不出门去伊斯特德街采购，像寻常的家庭主妇那样。

　　阳光在吉卜赛人的大篷车上方进开，仿佛出自车厢之内，疥疮汉斯光着胸膛走出来，手里拿着盥洗盆。他将盆里的水朝自己身上一倒，伸出手要毛巾，漂亮莉莉便递了过去。他们不跟对方说话，像是快速翻动书页时就会动起来的插画。和我妈妈一样，他们几小时后就会有所变化。疥疮汉斯是救世军的士兵，漂亮莉莉是他的甜心。夏天，他们会开着绿篷车带一群小孩到乡下玩耍。家长支付一天一克朗的价钱。我三岁、我哥哥七岁的时候都跟他们去过。现在我五岁，对于那段旅程，我唯一记得的就是漂亮莉莉把我放下车，放在暖暖的沙地上，我以为那是一片沙漠。然后绿篷车开走了，变得越来越小，里面坐着我的哥哥，而我再也见不到他和妈妈了。孩子们回到家后，全都长了疥疮，这就是疥疮汉斯名字的由来。漂亮莉莉倒不是真的漂亮。但我的妈妈是，在我全然不曾打扰她的那些陌生又快乐的清晨。美丽，不可触碰，孤独，充满我永不会知晓的秘密。她身后的花朵墙纸裂开了，被爸爸用棕色胶布贴好，上面挂着一幅照片，一个女人望向窗外。她身后的地板上有一个睡着孩子的摇篮。照片下方写着"等待丈夫出海归来的女人"。有时，妈妈蓦然瞥见我，便沿着我的目光上行，看向那张我眼中温柔而哀伤的照片。但她会突然大笑起来，仿若几十个充气的纸袋一下子全部爆炸。我的心怦怦地跳着，带着痛苦和忧伤，因为现在整个世界的沉静已被打破。但我和她一起笑了起来，因为妈妈希望我笑，因为我也和她一样，被这残酷的欢愉所俘获。她推开椅子，站了起来，来到那张照片跟前，身着皱巴巴的睡裙，双手搭在后腰。然后，她以一种不属于她的小女孩般清晰而坚定的声音，完全不同于她稍后会用来和商店老板讨价还价的声音，唱起歌来：

我不能唱唱吗？
对着我的小宝宝随心所欲地唱。
宝宝乖，宝宝乖，宝宝乖。
从窗前离开吧，我的朋友，
下次再来。
霜雪和寒冷又把
老乞丐带了回来。

我不喜欢这首歌，但我得大声地笑，因为这是妈妈唱来逗我开心的。虽然这是我自己的错，因为如果我没有盯着那张照片，她根本不会注意到我。她本会一直坐在那里，双手平静地交叠，犀利的、美丽的眼睛锁定着我们之间的无人之地。而我本可以在心里默念"妈妈"很久很久，深知她以一种神秘的方式听见了。我本会让她独处，这样，不需要语言，她就会叫出我的名字，深知我们是联结在一起的。这样，一种近乎爱的东西就会充满整个世界，而疥疮汉斯和漂亮莉莉也会感受到，继续作为书里的彩色图画存在。但就是这样，随着妈妈唱完，他们便开始争吵，大嚷大叫，拉扯对方的头发。顷刻，楼梯间愤怒的声响涌进客厅，而我向自己保证，明天我就会当作墙上那破照片根本不存在。

当希望被如此碾碎之后，妈妈会恼羞成怒地换衣服，动作粗暴，仿佛每件衣物对她来说都是一种侮辱。我也要换衣服。世界冰冷，危险，不祥，因为妈妈黑暗的怒气总是以扇我耳光，或是朝着炉子推撞我而收场。她的样子异常陌生，我想我肯定在出生时被调包了，她根本不是我的妈妈。穿好衣服后，她站在卧室的镜子前，在一张粉色纸巾上吐口水，然后往脸颊上揉。我把杯子拿到厨房，体内，悠长而神秘的话语爬过我的灵魂，犹如一层保护膜。一首歌，或一首诗，舒缓有节奏，极为忧戚，却并不痛苦或悲伤，因为我知道我这一天接下来的时间才是真正痛苦而悲伤的。当这些话语如轻柔的潮水从我的身体里涌现，我就知道妈妈再也无法伤害我了，因为她对于我来说已经不再重要。妈妈也知道，眼里会充斥着冰冷的敌意。每当我的灵魂这样游走，她不会打我，却也不和我说话。从那一刻开始，直到第二天清晨，彼此亲近的只有我们的躯体。而且，在这逼仄的空间里，躯体与躯体还要尽量避免哪怕最微小的接触。墙上，水手的妻子仍然盼着丈夫归来，我和妈妈却并不需要男人或男孩出现在我们的世界里。我们那古怪的、无限脆弱的快乐仅在我们独处时才会生长，我不再是小孩后，它再也不曾出现过，有的不过是惊鸿一瞥，如今这对我而言更为珍贵了，因为妈妈去世了，再也没有人能如实地讲述她的故事了。

2

　　童年的最深处，我的爸爸笑着站在那里。他身材高大，皮肤黝黑，老得像是我们的炉子，但我一点都不怕他。关于他，我知道的一切都是我被允许知道的，如果我想知道其他什么，我只需开口问。他不会单独和我说话，因为不知道应该和小女孩说些什么。他有时拍拍我的头，呵呵地笑。然后妈妈咬紧嘴唇，他就会马上把手拿开。爸爸在家里有一定的特权，因为他是男人，是他在养家糊口。妈妈不得不接受这个事实，但并非毫无怨言。你也该和我们一样坐得端正一点，你说是吧。他一躺到沙发上，她就这么说。他看书的时候，她会说：人一看书就会变得奇怪。书里写的都是谎言。周日，爸爸会喝一瓶啤酒，妈妈就会说：一瓶二十六欧尔，如果你坚持下去，我们就要流落到松德霍尔姆了。虽然我知道住松德霍尔姆等于睡在稻草上，三餐吃咸鲱鱼，但这个地名走进了我在孤单害怕时创作的诗篇中，因为它很美，就像我特别喜欢的爸爸的一本书里的那张照片。 照片名为"工人家庭的野餐"，有父母和他们的两个孩子。一家人坐在绿色的草地上，一边笑着，一边吃中间篮子里的食物。四人都向上望着父亲头顶不远处草地上插着的一面旗子。旗子是通红的。我总是颠倒着看这张照片，因为我只有在爸爸看书时才有机会瞧一眼。然后妈妈会开灯，把黄色的窗帘都拉上，哪怕还没天黑。我的父亲是个无赖，酒鬼，她说，但至少他不是社会主义者。爸爸依然平静地看着书，因为他有点轻微的耳聋，这也不是什么秘密。我的哥哥埃德温坐在地上，将钉子敲进木板，又用钳子拔出来。他会成为一名熟练技工。那可真是不得了。熟练技工拥有真正的桌布，不会拿报纸铺桌子，而且用刀叉吃饭。他们永远都不会失业，也不是社会主义者。埃德温英俊，而我长得丑。埃德温聪明，而我很蠢。这些都是永恒的事实，就像印在街角面包店屋顶上的白色字母。上面写着"《政治报》是最好的报纸"。有一次，我问爸爸，为什么他看的是《社会民主党人》，他只是皱一皱眉头，清了清嗓子，此时妈妈和埃德温突然爆发出纸一般的笑，因为我真是极其蠢笨。①

数千个夜晚，我们的客厅是一座光明温暖的小岛，我们四人总在那里，像纸娃娃，粘在玩偶剧场里柱子后面的墙上，那是爸爸按《家庭杂志》的样板制作的。一直都是冬天，外面的世界像冰一样冷，就像卧室和厨房里一样。客厅航行着，穿越时空，火焰就在炉子里咆哮。即便埃德温总是用他的锤子制造很多的噪音，爸爸翻动禁书时的声音却似乎更响亮。翻过很多页之后，埃德温用他大大的棕色眼睛看着妈妈，把锤子放下。妈妈不唱首歌吗？

---

① 当时，《政治报》(*Politiken*) 和《社会民主党人》(*Social-Demokraten*) 分别与丹麦社会自由党、丹麦社会民主党关联紧密。——本书注释均为编者所加

他说。好吧，妈妈说，朝他微笑着。这时爸爸马上把书放在肚子上，看着我，就好像是想跟我说些什么。但爸爸和我想对彼此说的话永远都不会说出来。埃德温跳起来，把妈妈唯一的书递给她。一部战争歌谣集，也是她唯一在乎的书。他站着朝她弯下腰，看她翻动书页，虽然他们自然并没有相互触碰，但他们与彼此同在，就像排除了我和爸爸的存在。妈妈一开始唱歌，爸爸就会睡着，双手盖在禁书上。妈妈兴致昂扬，歌声嘹亮，像是要把自己从她所唱的歌里分离出来：

　　母亲——是母亲吗？
　　我见你在哭泣。
　　你走得很远，你尚未入眠。
　　我现在很开心。别哭，母亲。
　　谢谢你的到来，即便一切如此糟糕。

　　妈妈所唱的歌有很多段，一首还没完，埃德温就重新开始敲敲打打了，爸爸也鼾声大作。埃德温叫她去唱歌，只是为了避免她因为爸爸看书而生气。他是男孩，男孩根本就不喜欢催人落泪的歌。妈妈也不喜欢我哭，所以我只是坐着，如鲠在喉，余光朝下瞄着那本书，瞄着那张战场上将死战士朝母亲发光的灵魂伸出手的图片，而我知道他的母亲实际上并不在那里。书中所有的歌都有类似的主题，妈妈唱的时候，我就可以做任何我想做的事情，因为她完全沉浸在自己的世界里，外界的一切都无法打扰她。她甚至没听见楼下又开始打闹了。楼下住着编着金色辫子的长发公主还有她父母，他们眼下还没为了一束蓝铃花把她卖给女巫。哥哥是王子，不知道自己即将坠下高塔，变成瞎子。他把钉子敲进木板，是家里的骄傲与欢乐。男孩就是这样的，而女孩只能结婚生子。她们必须靠人供养，也不能奢求其他。长发公主的爸爸妈妈在嘉士伯工作，一人每天喝五十瓶啤酒。他们晚上回家后依然不停地喝，在我快要上床的时候开始用一根粗棍抽打长发公主。她来上学的时候，脸上和腿上总是有瘀伤。当他们终于打厌了，就会开始用酒瓶和坏掉的椅子腿攻击对方，警察常常上门带走他们之中的一个——整栋楼就会安静下来。妈妈和爸爸都不喜欢警察。他们觉得如果长发公主的父母愿意的话，理应被允许在安宁中杀掉彼此。他们可真是做着大事，爸爸会这样评价警察，妈妈则经常说起警察把她的爸爸抓进监狱的事情。她永远都不会忘记。我的爸爸不喝酒，也从来没有进过监狱。我的父母不吵架，比起他们小的时候，我的童年好得多。但等到楼下安静，我要去睡觉的时候，恐惧的黑暗边缘依然会侵入我所有的思绪。晚安，妈妈说，关上门，再次走进那温暖的客厅。然后我脱下裙子、衬裙和胸衣，还有一双黑色长袜，那是我每年圣诞节的礼物。我套上睡裙，在窗边坐上一会儿。我看着下面远远的黑漆漆的院子，还有临街房子的外墙，它总在哭泣，像是刚下完雨一样。大部分窗户都没有透出任何光亮，因为那都是卧室，而体面的人不会开着灯睡觉。在墙和墙之间，我可以瞥见一小块天空，有时候会有一颗星星闪烁。我把它叫作夜星，在妈妈进门来关灯之后，一心一意地想着它。我躺在床上，看着门后成堆的衣物变成长长的扭曲的手臂，缠紧我的喉咙。我尝试尖叫，却只能发出无力的耳语，当我真能叫出声的时候，我和我的整张床都被汗水浸透了。爸爸站在走廊里，灯亮着。你做噩梦了，他说，我小时候也经常做噩梦，但那时和现在可不一样。他疑惑地看着我，似乎认为一个生活如此优裕的小孩子不应该做噩梦才对。我羞怯又内疚地冲他笑笑，仿佛刚刚的尖叫只是一时的愚蠢。我把被子拉到下巴，因为男人不应该瞧见女孩穿睡裙的模样。好吧，好吧，他说着，关上灯，再次离去，在某种程度上也带走了我的恐惧，因为现在我已安然入睡，而门后的衣服只不过是一堆老旧的破布。我睡觉是为了逃避经过窗前的夜晚，以及其中一连串的恐怖、邪恶和危险。白天的伊斯特德街如此明媚，充满节日气氛，而我安稳地裹在被子里时，警车救护车却在呼啸。喝醉的男人躺在阴沟里，满头伤和血，如果你走进查理咖啡馆，你会被杀死。这是哥哥说的，他说的都是对的。

3

　　我快要六岁了，很快就会去上学，因为我能阅读和书写。妈妈自豪地告诉所有愿意听她说话的人。她说：穷人家的孩子也能有好脑子。所以她或许是爱我的？我和她的关系是亲密的，痛苦的，脆弱的，我总要不断地从中寻找任何爱的迹象。我做的每件事，都是为了取悦她，逗她笑，防止她生气。这当中的工作极其艰巨，因为与此同时，我还要向她隐瞒许多事。有些是我听说的，有些是从爸爸的书里看到的，还有一些是哥哥告诉我的。妈妈最近进医院了，我和哥哥一起被送到阿格妮特姨妈和彼得姨父家。那是妈妈的姐姐和她富有的丈夫。他们告诉我，妈妈肠胃有问题，但埃德温笑了起来，向我解释说妈妈"溜产"了。有个宝宝在她肚子里，但它死在那儿了。所以他们把她从肚脐以下切开，取出了宝宝。这很神秘，也很可怕。她从医院回家后，每天洗手池下面的水桶里都满是鲜血。每次我想到这些，眼前就会浮现一幅画面。那是萨卡里亚斯·尼尔森[①]的短篇故事里所描绘的，一个身穿红色长裙的美丽女人把她纤细白皙的手放在胸部下方，对一个衣着体面的绅士说：我的心脏之下孕育着一个孩子。在书中，这样的事情很美，也不血腥，还使我感到安心和慰藉。埃德温说我在学校里会被打屁股，因为我太奇怪了。我奇怪是因为我看书，就像我的爸爸，也因为我不懂怎么玩耍。即便如此，当我拉着妈妈的手穿过恩哈弗小学的红色门廊时，我没有害怕，因为最近妈妈让我有了一种全新的独特的感觉。她穿上新的大衣，毛领子竖起来够到耳朵，还系了腰带。像往常一样，用纸巾擦过的脸颊

———————————

① 原文为 Zacharias Nielsen，推测指 Zakarias Nielsen（1844—1922），丹麦作家、诗人，以作品中的宗教性与人性著称。

红扑扑，嘴唇也是，还画了眉毛，就像两条摇着尾巴朝太阳穴游去的小鱼。我确信没哪个小孩的妈妈有这么美。我穿的衣服是埃德温的旧衣服改的，但没人能看出来，因为是罗萨莉娅姨妈改的。她是一位缝纫工，很爱哥哥和我，仿佛我们是她亲生的。她没有自己的孩子。

我们走进学校的大楼，它看上去空荡荡的，一股刺鼻的气味扑来。我认出了它，心便僵住了，因为这就是尽人皆知的恐惧的气味。妈妈也注意到了，因为她在上楼梯时松开了我的手。校长办公室里，一个像是巫婆的女人接待了我们。她泛绿的头发像鸟巢一样顶在脑袋上。她戴着只有一块镜片的眼镜，我猜另一块碎掉了。她好像没有嘴唇——两瓣紧紧地压在一起，上方突出来一只毛孔密布的大鼻子，尖端泛红。嗯，她直截了当地说，你的名字是托芙？是的，妈妈说，她可以正确地读写。女人瞥都没瞥她一眼，更不用说给她一把椅子坐下。女人看着我，仿佛我是什么她从石头底下找到的东西。那可太糟糕了，她冷冰冰地说，我们这里自有教小孩的方法，您知道的。羞愧上涌，我的脸涨得通红，就像每次我成为妈妈遭受侮辱的缘由时那样。我的自豪消失了，我因为自己的独特而感受到的短暂快乐被毁了。妈妈从我身边挪开了一点，声音微弱地说：她自己学会的，不是我们的错。我抬头看着她，瞬间明白了很多事。她比其他成年女人都要瘦小，比其他母亲都要年轻，在我们的街区以外有一个她惧怕的世界。而每当我们一同担惊受怕时，她就会背叛我。当我们一同站在巫婆面前时，我也闻到了妈妈手上洗洁精的味道。我鄙夷那股味道。我们一声不吭地走出学校，我的心里很混乱，充满了愤怒、悲伤和怜悯。从那一刻起，妈妈总会唤醒我的这种感觉，整整一生都是如此。

4

与此同时，某些事实存在着。僵硬，难以动摇，像是街灯，但街灯至少会在傍晚时分有所改变。在灯夫手中魔杖的触碰下，它们就像硕大而柔软的向日葵，在日与夜的狭长交界处亮起来，街上的人安静悠然地移动，仿佛游走在绿色海洋的底部。但事实永远无法亮起来，也不能像《迪特，人之子》①一样使人心变得柔软，那是我最早看过的书之一。这是一本关于社会的小说，爸爸故弄玄虚地说，那或

---

① 即 *Ditte Menneskebarn*，由马丁·安诺生·内克瑟（Martin Anderson Nexø，1869—1954）所著，描写主人公迪特作为工人阶级女性的境遇，是丹麦工人阶级文学经典作品。

许是事实，却并没有教会我什么，于我也没什么用。胡扯，妈妈说，她也不喜欢什么事实，而且比我更能够忽视它们。每当爸爸偶尔特别生她的气时，他会说她满嘴谎话，但我知道那并非事实。我知道每个人都有自己的真相，就像每个小孩都有自己的童年。妈妈的真相和爸爸的真相完全不同，正如他有棕色的眼睛，她有蓝色的眼睛，都是显而易见的事实。幸亏，事物的运作规则令我们可以守着自己心中的真相保持沉默，但残酷的灰色事实是被写进学校档案、世界历史、法律条文、教堂典籍的。没有人可以改变它们，也没有人敢尝试，包括国王，我总是分不清他和斯陶宁[1]首相的长相，虽然爸爸说我不应该相信国王，因为资本家总是利用他来对抗穷人。

因此：

我于一九一八年十二月十四日出生在哥本哈根市西桥区的一套两房小公寓。[2] 我们住在赫德比街的

---

[1] 即托瓦尔·斯陶宁（Thorvald Stauning, 1873—1942），丹麦首任社会民主党首相，出身工人阶级。

[2] 实际上出生于 1917 年。

30A，"A"意味着那是后排的楼房。前排有可以看见街景的窗子，住着更体面的人。虽然公寓和我们的一模一样，但他们每月得多付两克朗的租金。那年，世界大战结束，八小时工作日制度开始实行。我的哥哥埃德温在世界大战开始时出生，那阵子爸爸每天工作十二小时。他是锅炉工，眼睛因为每天对着熔炉迸发的火星，总是布满血丝。我出生的时候，他三十七岁，妈妈要年轻十岁。他出生在尼克宾莫斯。他是私生子，所以从不知道谁是自己的父亲。六岁那年，他就被送去当牧童，差不多同时，他的母亲嫁给了一个叫弗鲁特鲁普的陶匠。两人生了九个孩子，我对他们一无所知，因为我从没见过爸爸任何一个同母异父的弟弟妹妹，他也从不曾提起。他在十六岁来哥本哈根时，切断了和那个家庭的所有联系。他有着写作的梦想，这个梦想从未彻底离开过他。他曾在这样那样的报社谋得过见习记者的职位，但不知为什么又放弃了。我不知道他在哥本哈根的头十年是怎么过的，直到二十六岁在托登肖尔街的一家面包店认识我妈妈。她十六岁，是售货员，爸爸是面包师傅的助手。订婚期长得不正常，爸爸和妈妈分手很多次，因为他认为妈妈出轨了。我认为大部分情况下一切都是清清白白的。这两个人只是太不同了，仿佛来自不同的星球。爸爸是忧郁的，严肃的，道德感异常强，而妈妈，至少在年轻时，是活泼又愚蠢的，不负责任又虚荣的。她在很多地方当过女佣，一旦有什么不合心意就会走人。然后爸爸就得去取用人行为守则和五斗橱，骑自行车递送到新雇主家，那里也肯定会有一些妈妈不满意的东西。她曾经向我坦白，说自己从来没有在任何地方工作久到能煮熟一个鸡蛋。

灾难来袭的时候，我七岁。妈妈刚给我织了一件绿毛衣。我穿上身，觉得很好看。一天快结束的时候，我们去接爸爸下班。他在金果街的里德尔与林德高工厂上班。他一直在那里工作，我生下来多久就有多久。我们早到了一点，我就沿着路肩踢融化的雪块玩耍，妈妈则倚靠绿栏杆，站着等待。随后，爸爸从大门里迈了出来，我的心跳开始加速。他的脸灰灰的，怪怪的，和往常不一样。妈妈迅速走上前。迪特莱乌，她说，发生什么事了？他看向地面。我被解雇了，他说。我不明白那个词，但我理解当中无法修复的伤害。爸爸丢了工作。这原本只会打击到其他人，现在却命中了我们。里德尔与林德高，此前一切美好事物的来源——其中甚至包括我从没能花过的每周日那五欧尔——成了一条邪恶而可怖的龙，把爸爸从火焰之口喷出，对他的命运、对我们一点都不在乎，还有我和我那他根本没注意到的绿色新毛衣。回家路上谁也没有说话。

我想把手塞进妈妈手里，但她粗暴地甩开了我的手臂。回到客厅，爸爸带着一脸沉重的内疚看向妈妈：好吧，好吧，他说，两根手指捋着他的黑胡须，失业金要好一阵子才会开始发放。他四十三岁，再也无法找到稳定的工作了。即便如此，我记得只有那么一次，工会津贴花光了，家里不得不考虑申请福利救济金。讨论在我和哥哥都去睡觉之后低声进行，因为那是一种不可言喻的耻辱，就跟虱子和儿童保护服务一样。一旦你开始领救济金，你就会失去投票权。我们从没饿过肚子，至少我的肚子总被填得饱饱的，但当我闻到优裕家庭门后飘出的晚餐的味道，我就明白了半饥半饱的感觉，因为连续数天我靠的是咖啡和走味的糕点过活，二十五欧尔可以装满一书包。

我是那个去买的人。每周日早晨六点，妈妈把我叫醒，传达她的命令，自己却躲在婚床被褥下还在熟睡的爸爸身边。我用不等上街就冻僵了的手指抓起书包，从这个点仍黑漆漆的楼梯飞奔而下。我打开临街的大门，四处张望，再向上看看前排房子的窗户，因为人们不应该瞧见我执行这可鄙的任务。买走味的面包是见不得人的，正如在嘉士伯街小学吃配餐是见不得人的一样，而这第二件事，埃德温和我都不准干。那地方是三十年代西桥区唯一的社会服务机构。一个道理，有个失业的爸爸也同样见不得人，虽然我们一半的小孩爸爸都这样。所以我们用最为离谱的谎言掩饰这份耻辱，最常说的是爸爸从脚手架上掉下来，休病假了。在岑讷街的面包店门口，小孩沿着街道排成蜿蜒的长队。他们都带着包，叽里咕噜地说着那家店的面包有多好吃，特别是刚烤出来的时候。轮到我了，我把包往柜台上一甩，轻声道出我的任务，然后大声补充：最好有奶油泡芙。妈妈明确告诉我买白面包。回家路上，我将四五个酸掉的奶油泡芙塞进肚子，用外衣的袖口擦嘴，在妈妈把手伸进我的袋子深处翻查时从没露过馅。我向来不曾，或者极少因为我犯下的罪行受到惩罚。妈妈常常狠狠地打我，但如约定俗成一般，那都是专横而不公正的，在她惩罚我的时候，我总会感到隐秘的耻辱或沉重的悲伤，这让我流泪，也增加了我们之间那令人痛苦的距离。爸爸从来不打我。相反，他对我很好。我童年所有的书都是他的，五岁生日的时候，他送了我一版美妙的《格林童话》，没有这书，我的童年就是灰暗的，无趣的，贫乏的。即便如此，我还是对他没有任何强烈的情感，对此我经常责怪自己，见他坐在沙发上，用一种安静的、询问的眼神看着我，好像想和我说些什么，或是朝我做什么动作，却从未成功表达出来。我是妈妈的小女孩，埃德温是爸爸的小男孩——自然的法则无法改变。有一次，我问他：悲痛，那是什么意思，爸爸？我在高尔基的书里发现了这个词，很喜欢。他思考了很久，一边摸着他翘起来的胡子末梢。那是一个俄语词，他说，意思是痛苦、不幸和哀愁。高尔基是一个伟大的诗人。我开心地说：我也想做一个诗人！他马上就皱起眉头，严肃地说：别傻了！女孩是不可能成为诗人的。我被冒犯也被伤害了，缩回自己的躯壳中，妈妈和埃德温取笑着我荒唐的想法。我发誓再不会向任何人吐露我的梦想，整个童年都坚守着这个誓言。

5

夜晚，我像往常一样坐在卧室冰冷的窗台上，往下看着院子。这是我一天中最快乐的时分。第一波恐惧的浪潮已经退去。爸爸已说过晚安，回到了温暖的客厅，房门后的衣服也不会吓到我了。我看着我的那颗夜星，它就像上帝仁慈的眼；它警觉地跟随着我，比起白天好像更亲近我了。有一天，我会写下一切在我心里涌流的话语。有一天，其他人会在书里读到它们，惊叹女孩原来也可以成为诗人。比起埃德温，爸爸妈妈会更为我感到自豪，学校里一个眼光锐利的老师（我尚未遇到）会说：她还是小孩的时候，我就看到了她的天赋。她的确与众不同！我迫切地希望写下我的文字，但我要把它们藏在世界的何处呢？连爸爸妈妈都没有一个可以上锁的抽屉。我读二年级了，想写赞歌，因为那是我所知的最美的事物。第一天上学，我们唱着"感谢上帝，赞美上帝，让我们安然入睡"；当唱到"现在我们如鸟儿般活泼，如鱼儿般灵敏，晨光穿透了窗玻璃"，我是那么开心，激动得突然哭了起来，所有小孩都笑我，就像每次我的"古怪"令我落泪时妈妈和埃德温嘲笑我的那样。我的同学觉得我身上有不可抵抗的无尽笑料，而我也逐渐适应了小丑的角色，甚至从中得到了悲哀的慰藉，因为这和我毋庸置疑的愚蠢叠加在一起，就能保护我不被他们的尖酸所伤害，那是他们对待任何与众不同的人持有的怪异姿态。

一个身影从拱形门道鬼鬼祟祟地探出，像老鼠从洞里爬出。尽管外面很黑，我仍能认出是那个变态。确认通路无阻之后，他把帽檐压下，盖住额头，朝公共便池跑去，门微微敞开。我看不见里面，但我知道他在做什么。我已经不再害怕他，但妈妈仍然很怕。不久之前，她带我去斯文街的警察局，愤怒不已，浑身颤抖地告诉警察，大楼里的女人和孩子都因那个男人的下流而身陷危险。他把我的女儿吓得魂不守舍，她说。警察便问我那个变态有没有除去衣服，我十分确切地说没有。我知道这个词还是通过"因此每次国旗升起我们都要除去帽子"。他确实从未脱下他的帽子。回家后，妈妈对爸爸说：警察不会采取任何行动。这个国家已经失去了法律和正义。

门伴随着合页的尖叫开启，笑声歌声咒骂声打破了房内和我身体里庄严的沉静。我伸了伸脖子，看看是谁来了。是长发公主，她的爸爸，还有她父母的酒友锡鼻子。女孩走在两个男人中间，他们都搭着她的脖子。她金色的头发闪闪发亮，仿佛反射着隐形路灯的光芒。他们一边吼着，一边跟跟跄跄地穿过院子，不一会儿，我听到了外面楼梯上他们的喧闹。长发公主的真名叫耶尔达，她几乎是个大人了，至少有十三岁。去年夏天，她跟着疥疮汉斯和漂亮莉莉乘吉卜赛篷车去照顾小孩子的时候，妈妈说：我猜耶尔达在这趟旅程中，不仅仅收获了疖疮。院子里高年级的女生也围着垃圾桶说着类似的话，我通常只能站在外圈。她们说得很小声，咯咯笑着，而我完全不懂，除了能猜到是某些羞耻肮脏下流的事，某些关于疖疮汉斯和长发公主的事。所以我鼓起勇气去问妈妈到底耶尔达怎么了。她生气又不耐烦地说：哎，你这个笨蛋！她不再单纯了，就是这样。但我还是不明白。

我抬头望向无云的绸缎般的天空，打开了窗，试图离它近一点。仿佛上帝正在慢慢将温柔的脸庞贴近人间，庞大的心脏轻柔、沉稳地跳动，与我的何其接近。我感到幸福、漫长、忧伤的诗行从我的灵魂穿过。它们把我与我本应最亲近的人分离，哪怕我并不愿意。爸爸妈妈不喜欢我信仰上帝，也不喜欢我所用的语言。另一方面，我也厌恶他们的语言，因为他们总是使用同一套粗鄙低俗的字词和表达，永远传达不出自己的意思。妈妈对我的指令总是以"上帝保佑你，如果你不……"开头，爸爸则用日德兰方言诅咒上帝，或许没有那么不堪，但也没好听到哪儿去。平安夜我们围绕着圣诞树走，唱的是社会民主主义战歌，我的心由于痛苦和耻辱而生疼，因为我们可以清楚地听见公寓大楼各个角落唱起的动人赞歌，甚至包括最沉迷酒精、最不虔诚的家庭。你要尊重你的父母，我告诉自己我确实尊重，但比起小时候，现在更难做到了。

一阵细密凉爽的雨水拍在脸上，我又关上了窗。但我仍然可以听见楼下远远的走廊里门轻轻打开，又轻轻关上的声音。接着，一个可爱的生灵悄然溜进院子，像是被一把精美的透明雨伞支撑着。那是凯蒂，一个美丽的精灵般的女人，住在我们隔壁。她穿银色高跟鞋，搭配黄色的丝绸长裙。她还披着白色皮草，让你想起白雪公主。凯蒂的头发也是黑色，有如乌木。只需一分钟，拱形门道就把每晚让我心神振奋的这番美好景象藏了起来。凯蒂每晚都在这个时候出门，爸爸说真是可耻，周围还有孩子呢，但我不懂他的意思。妈妈什么都没有说，因为白天她经常和我去凯蒂的客厅喝咖啡或热巧克力。那是间美妙的屋子，满是红色的长毛绒家具。

灯罩也是红色的，凯蒂的皮肤白里透红，就像我妈妈，不过凯蒂要年轻一些。她们有说有笑，我也跟着笑，虽然我往往不明白有什么好笑的。但只要凯蒂和我说话，妈妈就会把我支走，因为这她不允许。跟罗萨莉娅姨妈也是如此，她也喜欢和我说话。没有孩子的女人，妈妈说，总是围着其他人的孩子转。后来她指责凯蒂，因为她让自己年迈的母亲住面朝院子没有暖气的房间，从不允许她进客厅。这个母亲叫安诺生夫人，据我妈妈所说，那是"最黑暗的谎言"，因为她从未结婚。那么有孩子就是极大的罪恶——这我知道。当我问妈妈为什么凯蒂对她的妈妈这么差，她说那是因为她妈妈不肯告诉她她的父亲是谁。想到还有这么糟糕的事情，你真的得为自己拥有正常的家庭关系而心怀感激。

凯蒂消失后，公共便池的门小心翼翼地打开，变态像螃蟹一样沿着前排大楼的墙壁侧身溜出了大门。我原本把他忘得一干二净。

6

童年就像一具棺材，长长的，窄窄的，单靠自己出不来。它一直都在，对每个人清晰可见，就像漂亮卢维兹的兔唇那样。漂亮莉莉也是一个道理，丑得你甚至难以想象她有妈妈。所有丑陋或不幸的都被称为美好的，没人知道为什么。你无法摆脱童年，它依附着你，像某种臭味。你从其他孩子身上能感知到——每个童年都有专属的气味。你无法辨认自己的，有时会担心它闻起来比其他人的更糟糕。你正站着和一个女孩说话，她的童年闻上去是煤炭和灰烬，突然她往后退了一步，因为她察觉到了你童年的恶臭。偷偷地，你观察着体内藏有童年的大人，破碎不堪，千疮百孔，像是一块被蛾子啃过的旧毯子，没人还记得，没人会需要。你单这么看着是看不出他们曾经拥有童年的，你也不敢直接问他们是如何熬过的，怎么未曾留下深深的疤痕和印迹。你猜测他们可能走了秘密的捷径，提早很多年就套上了成人的皮囊。他们是某天单独在家时办到的，童年像他们心灵的三道铁箍，正如格林童话里的铁汉斯，只有在主人重获自由后，铁箍才会打破。但如果你不知道这样的捷径，你只好在童年里煎熬，一小时又一小时地长途跋涉，穿过无穷无尽的年岁。只有死亡可以让你从中解脱，所以你经常思考死亡，幻想它是披着白袍的和蔼的天使，会在夜晚亲吻你的眼睑，此后你的眼睛不会再睁开。我总在想，等我长大，妈妈就终于会像现在爱埃德温一样爱我了。因为我的童年有多让我心烦就有多让她心烦，只有在她突然忘记它的存在时我们在一起才会感到快乐。然后她就像和朋友或罗萨莉娅姨妈说话一样和我说话，我小心翼翼地给她尽量简短的回应，这样她就不会突然记起我只是一个孩子。我放开她的手，和她保持一点距离，这样她也就不会闻到我的童年。每次我们去伊斯特德街买东西时都是这样。她告诉我她年轻时有多么快乐。每晚都外出参加舞会，双脚从不离开舞池。每晚我都有个新男友，她大声笑着说，但我遇到迪特莱乌之后，这一切就不得不停止了。那是我的爸爸，平时她总是叫他"爸爸"，就像他叫她"妈妈"或者"妈"。我有种感觉，她曾经是快乐的、不一样的，但遇到迪特莱乌后，一切都戛然而止。她谈及他的时候，就像他不是我爸爸，而是倾轧摧毁一切美好、一切光明、一切活力的黑暗魂灵。我希望这个迪特莱乌从来没有在她的生活中出现过。一说起他的名字，她常常就会瞥见我的童年，愤恨地、威胁地看着它，甚至她蓝色虹膜周围那圈黑晕都变得更黑了。这童年因为恐惧而颤抖着，绝望地想找机会悄悄溜走，但它还是太小了，没过个几百年，是不可以被丢掉的。

里里外外都拥有如此明显又刺眼的童年的人才可以被称作儿童，你可以按照你喜欢的任何方式对待他们，因为他们身上没有什么可惧怕的。他们没有武器，没有面具，除非他们很狡猾。我就是那种狡猾的孩子，我的面具就是我的愚蠢，我总是很小心，不让任何人撕去它。我任由嘴巴耷拉着张开一点，让自己的眼神彻底空洞，仿佛盯着天外之物。身体里一旦响起歌唱声，我就会特别注意不让面具露出任何破绽。没有大人可以忍受我心里的歌，或是我灵魂中花环般的语言。但他们还是会发现，因为会有点点滴滴通过我无法辨认的秘密渠道泄露出来，因此我无法阻止。你不是在摆架子吧？他们怀疑地说，我便向他们保证我甚至想不出为什么要摆架子。在学校，他们问我：你在想什么呢？我刚刚说的那句话是什么？但他们从未真正看穿我。只有院子里或是街上的孩子们可以。你在装傻，一个大女孩朝我走来，恶狠狠地说，但你一点也不傻。然后她开始盘问我，一堆其他女孩默默把我围住，组成圆圈，如果不证明自己是真的很傻我就不能出去。最后，她们听了我白痴一样的回答，不情不愿地让出一个小洞，我才可以挤出去，逃到安全的地方。因为你不该伪装成你不是的那个人。她们中的一个在我身后大喊，道貌岸然，正颜厉色。

童年是黑暗的，像一只困在地窖被遗忘的小兽，总是在悲鸣。它从你的喉咙冒出来，就像在寒冷中呼出的气，有时候太小，有时候太大。从来都不是刚好的尺寸。只有在把它扔掉的时候，你才能冷静地看着它，像谈论你挺过的疾病一样谈论它。大部分成年人都说他们的童年很快乐，可能他们也真的相信，但我不这么看。我觉得他们只是成功地忘记了它。我的妈妈没有快乐的童年，和其他人不同，这个事实在她身上并没有怎么隐藏。她告诉我她的童年有多可怕，每当她父亲的震颤性谵妄发作时，他们都要站在一起扶着墙壁以防它倒下来砸到他。我说我为他感到抱歉的时候，她大喊：抱歉！是他自己的错，那头醉醺醺的猪！他每天都喝掉一整瓶烈果酒，不管怎样，在他终于振作起来上吊之后，我们的日子好过了。她还说：他杀死了我的五个弟弟，他把他们从摇篮里拿出来，用他们的头去撞墙。有一次，我问妈妈的姐姐罗萨莉娅姨妈，这是不是真的，她说：当然不是真的，他们只是死了。

我们的父亲是个不快乐的人，但他死的时候你妈妈只有四岁。她继承了外婆对他的恨。外婆是她们的母亲，虽然她现在很老了，我仍可以想象她的灵魂承载了许多恨意。她住在阿迈厄岛。她的头发完全白了，总是穿着黑色的衣服。像和我爸爸妈妈说话一样，我对她只能用第三人称，这使所有对话都变得艰难，总是充满重复。她切面包前会在胸前画十字，剪指甲后会把剪下的倒进壁炉里烧掉。我问她为什么这样做，她说她也不知道。只说她妈妈也这样。就和所有大人一样，她不喜欢孩子问问题，所以只给很简短的回答。无论你向何处转身，都会撞上你的童年，伤到自己，因为它的边缘很锋利，很坚硬，只有在你完全被撕裂的时候，伤害才会停止。似乎每人都有各自的童年，每个童年都不一样。比如，我哥哥的童年是嘈杂的，而我的很安静，偷偷摸摸，谨小慎微。没有人喜欢它，也没有人需要它。突然它就蹿得太高，当我们一同站立起来，我可以直接看着妈妈的眼睛。你睡着的时候会长高，她说。我就努力让自己夜里不要睡着，但睡意打败了我，早上起来时，我晕乎乎地低头看着自己的脚，觉得那距离已经太长了。你这头大母牛，街上的男孩跟在我身后吆喝。如果我继续长高，我就得去莫卧儿帝国生活了，那里的人都会成长为战士。眼下童年很痛。这叫生长痛，会持续到二十岁。埃德温说的，他无所不知，对世界和社会也是，像带他去政治集会的爸爸一样，妈妈则觉得他们最终都会被逮捕。她说这些的时候他们是不会听的，因为她就和我一样对政治一无所知。她也说爸爸之所以找不到工作，是因为他加入了工会，而且他挂在水手妻子旁边的那幅斯陶宁终有一日会把我们害惨。我喜欢斯陶宁，在大众公园见过他也听过很多次他的演讲。我喜欢他是因为他长长的胡子在风中快乐地舞动，而且他总是称呼工人们为"同志"，即使他是首相，本可以更高傲。说到政治，我认为妈妈是错的，但没人会在乎女孩在这些事上是否有任何观点。

有一天，我的童年闻起来是血的味道，而我无法不注意不领会。现在你可以生孩子了，妈妈说，也太早了，你还不到十三岁呢。我知道孩子是怎么来的，因为我和父母一起睡，而且就算不这样也难免会以其他方式知道。即便如此，不知为何我还是不明白，想象着随时我都可能醒来发现身边多了个小孩子。她的名字会是玛丽亚宝贝，因为她会是个女孩。我不喜欢男孩，也不被允许和他们玩耍。埃德温是我唯一爱慕的男孩，也是唯一我能幻想自己嫁给他的人。但你不可以和自己的哥哥结婚，就算可以，他也不会要我的。他已经说了够多次了。所有人都爱着我的哥哥，我也经常觉得他的童年很适合他，不像我的。他有个量身定做的童年，延展节奏与他的成长同步，我的则是为另一个完全不同的女孩准备的。每当我想到这些，我的面具就会变得更愚蠢，因为我根本不能向任何人倾诉，而我总是梦想着遇上哪个神秘人物，会听我说话，并且理解我。我从书中知道这样的人是存在的，但在我童年的街道上，你找不到任何这样的人。

7

伊斯特德街是我童年的街道——它的节奏会永远在我的血液里鼓动，它的声音总能到达我的耳边，就像在远去的旧日里一样，那时人们曾发誓对彼此真诚。街上总是温暖而明亮，喜庆而雀跃，将我完全包裹，仿佛是为了满足我的自我表达欲求而被创造的。我在这里是牵着妈妈的手行走的孩子，知晓了一些重要的事情，比如伊尔玛市场的一只鸡蛋卖六欧尔，一磅人造黄油四十三欧尔，一磅马肉五十八欧尔。除了食品，妈妈对任何东西都要讨价还价，店家们绝望地扬起手，宣称要是继续下去，她就会把他们毁了。她也大胆得出奇，敢把爸爸穿过的衬衫当作全新的拿去退换。她也能直接走进商店，站在队伍最后尖声大喊：嘿，到我啦，我已经等得够久了。和她在一起的时候我觉得很好玩，也仰慕她哥本哈根人的胆量和机敏。失业的人在小咖啡馆门口晃荡。他们朝妈妈吹口哨，但她从不搭理。他们至少可以回家待着，她说，和你爸爸一样。但他没出门找工作的时候，看着他懒洋洋地坐在沙发上，我们也不好受。在杂志上，我读到了这句话：坐下来，注视上帝赋予我们的了不起的双手。这是一首关于失业的诗，让我想起了爸爸。

只有在我遇见露特之后，伊斯特德街才成了我的游乐场和放学后到晚饭前的固定玩耍点。那时我九岁，露特七岁。我们在一个周日的早晨注意到了彼此，整栋大楼的孩子都被赶到街上玩耍，这样父母们就可以在一周的辛劳和枯燥之后睡个懒觉。一切如常，大一点的女孩在垃圾桶区的角落里聊八卦，小的则去跳房子。这个游戏我一窍不通，不是踩到线，就是晃着的脚着地。我一直搞不明白这个游戏的意义是什么，觉得无聊极了。有人说我出局了，我就无可奈何地往墙上靠。随后前排大楼厨房通向院子的楼梯传来啪嗒啪嗒的脚步声，一个红发的小女孩出现了，绿眼睛，鼻梁上有浅棕色的雀斑。你好，她咧嘴笑着对我说，我叫露特。我害羞而局促地介绍自己，因为没有人习惯新来的孩子这么酷地登场。所有人都盯着露特，她却好像并没有注意到。想一起跑一起玩吗？她对我说，我犹豫地朝楼上望了一眼我家的窗户，决定跟随她的脚步，正如此后很多年我会一直跟随的那样，直到我们都离开学校，彼此之间深刻的差异变得明显。

现在我有了一个朋友，便不再像以前那样依赖妈妈了。当然，她并不喜欢露特。她是被收养的孩子，这从来不是什么好事，妈妈阴沉地说，却也不阻止我和她玩。露特的父母是一对粗大、丑陋的夫妇，绝不可能凭他们自己把露特这么可爱的女孩带到世上来。爸爸是侍应，喝酒像海绵吸水一样。妈妈肥胖而且患有哮喘，会因为极琐碎的事情打露特。露特并不在意。她甩开那爪子，冲下厨房楼梯，笑着露出每一颗闪亮洁白的牙齿，欢快地说：那个婊子，我恨不得她下地狱。露特说脏话的时候并不难听，也不令人反感，因为她的嗓音太清脆美妙了，就像《三只山羊》里的小山羊。她的嘴是鲜红的，上唇很薄，翘起仿若心形。她的眼神总是像无所畏惧的男人那样坚定。她拥有一切不属于我的特质，我会做任何她想我做的事。她和我一样，也不喜欢任何真正的游戏。她从不碰她的玩偶，我们在她的玩具婴儿车上加了一块木板，她把它当作跳板。但我们不经常这样玩，因为房东夫人会追着我们跑，再不然就是被我们警惕的母亲叫停，窗后的她们享有绝佳的视角。只有在伊斯特德街，我们才可以远离监视，那正是我罪犯之路的起点。体贴的露特心平气和地接受我还没准备好进行偷窃的事实。不过我要负责分散店员的注意力，询问泡泡糖什么时候到货，这样露特就可以凭她小巧敏捷的身形潜入，不管什么东西都扒拉一些。我们躲在最近的门廊分赃。有时我们会去商店里没完没了地试穿鞋子和裙子。我们选最昂贵的那条，礼貌地告诉店员妈妈会来买单，请他们先放在一旁。还没出店门，我们就忍不住咯咯笑起来。

在我们整段漫长友谊里，我总是害怕向露特展示真实的自我。我害怕她会发现我真正的模样。我把自己变成她的回音，因为我爱着她，因为她是最强大的，但内心深处我仍是我自己。我梦想着一个存在于这条街以外的未来，但露特和它亲密地绑在一起，永远不会被扯开。我假装我和她流着同一种血，这让我觉得自己好像在骗她。我似乎冥冥中对她有所亏欠，连同畏惧和似是而非的愧疚，我的心灵因此负重，而就像我此后生命中所有亲密长久的关系一样，我们之间的关系也因此蒙上了一层色彩。

顺手牵羊突然就终止了。有一天，露特告捷，顺走了一大罐橘子果酱，藏在她的大衣里。后来，我们吃到吐。我们把剩下的连着罐子扔进垃圾桶，垃圾桶也装满了，完全盖不上。我们便跳上去坐在盖子上。突然露特说：为什么总他妈是我？我怕极了，说：分的人和偷的一样坏。对，但是……露特嘟囔着，你可以偶尔偷一次的。我觉得她的要求不无道理，于是不安地承诺下次由我来。但我坚持要在离家很远的地方，所以我选了南部大道上一家废弃得恰到好处的乳品店。露特小心翼翼地打开门，潜进去，长长的影子跟在后面，或许那正是她蛰伏的良心。店里空荡荡的，通往里屋的后门也没有窗户。柜台上有一个碗，装满了二十五欧尔一根的红绿锡箔包装的巧克力棒。我盯着它们，因激动和恐惧而失去血色。我抬起手，却好像被隐形的力量拉住了。我全身上下都在颤抖。快点，露特轻声说，关注着后门的情况。然后我那无法偷窃的手朝上往碗伸去，抓了一把在眼前跳动的红色绿色，把整个巧克力堆碰倒在柜台后。白痴，露特嘘声说，随着后门猛一开跑掉了。一个苍白的女人冲出来，停下脚步，大吃一惊，只见我站在那里如同盐柱，举起的手握着一根巧克力棒。这是什么意思？她说，你在这里做什么？噢，你看看，这个碗都破了！她弯下腰，捡起地上的巧克力棒，而我不知道该怎么做，毕竟整个世界尚未在我周围崩塌。我倒是希望世界就这么崩塌，就在这里。我只感觉到无边无际灼烧着的羞愧。兴奋和历险已经消失，我只是个普通的小偷，还被抓了个现行。你至少可以道个歉，女人一边说，一边拿着碎玻璃片走出去，真是个大蠢蛋。

恩哈弗街边，露特站着大笑，眼泪都出来了。你真是一个十足的白痴，她好不容易才说出口，她说什么了吗？你为什么不跑出来呢？嘿，你还留着巧克力吗？我们去公园吃掉吧。你真的想吃吗？我难以置信地问，我觉得我们得把它扔在树下。你疯了吗？露特说，这可是巧克力呢。但是露特，我说，我们再也别做这种事了，可以吗？然后我的朋友问我是不是要从此当个乖宝宝，在公园里当着我的面把巧克力塞进嘴里。从那以后，偷窃行动停止了。露特不想单干。每次妈妈叫我去买东西，我都大摇大摆闯进去，制造出不必要的噪音。如果店员仍然要很久才有空，我就离柜台远远的，眼睛盯着天花板。但那个女人出现时，我的脸仍会变红，得尽可能遏制自己把所有口袋都翻过来的冲动，以证明里面并没有装满偷来的东西。这个插曲增加了我对露特的愧疚，也让我害怕失去和她的宝贵友谊。所以我在其他禁忌游戏中展现更多的胆量，例如尝试在恩哈弗高架桥下火车来的时候最后一个跨过铁道。有时我会被火车头掀起的气流推倒，躺在草堤上很长一阵才能喘过气来。一切都是值得的，只要露特说：谢天谢地，那次你差点就丢了小命。

8

秋天到了，狂风咔嗒咔嗒晃动着屠夫的招牌。恩哈弗街上的树木已几乎落光了叶子，路面被黄色和红棕色如地毯般覆盖着，妈妈的发间有阳光舞动时也是这样，你会忽然意识到它并不是纯黑的。失业的人们冻坏了，却还是站立着，双手深深插进口袋，唇齿间叼着早已熄灭的烟斗。路灯才刚刚点上，月亮从追逐变幻的云朵之间探出。一直以来，我都觉得月亮和街道之间存在着一种神秘的默契，就像一起长大的姐妹，沟通不再需要语言。我们在转瞬即逝的黄昏中步行，露特和我，很快我们就得离开这条街，这让我们盼望一天结束之际会有特别的事情发生。快要走到我们平常调头的煤气厂街时，露特说：我们接着走，去看看妓女吧。有的可能已经开始了。妓女就是为了钱而做的女人，在我看来这比起免费做要更说得通。露特讲给我听，但我觉得这个词太丑陋了，便在书里找到了一个替代：属于夜晚的女士。听起来好多了，也更浪漫。露特把那档子事给我讲了个遍，对于她来说成年人是没有秘密的。她也告诉我疥疮汉斯和长发公主之间的事，我无法理解，因为我觉得疥疮汉斯是个很老的男人。而且他还有漂亮莉莉呢。我不知道男人能不能同时爱两个女人。对于我来说，成年人的世界依然神秘。我总是幻想伊斯特德街是一个仰卧的美丽女人，头发披散在恩哈弗广场。煤气厂街是体面人和堕落者的分界线，她的双腿在此分开，来者不拒的旅店和亮堂嘈杂的酒馆是散落其上的雀斑，夜晚警车会驶来，抓走那些伤风败俗、酩酊大醉、吵吵闹闹的可怜人。这些是我从埃德温那里得知的，他比我大四岁，可以十点才回家。穿着丹麦青年团蓝色上衣回家和爸爸谈论政治的他令我倾心。最近他们都为了萨科和万泽蒂而上火，海报和报纸照片上的两人直勾勾往外盯。他们有着深色的外国脸孔，十分英俊，我也觉得他们要因为自己没做过的事而被处死实在太可惜了。但我就是无法像爸爸那样激动，一和彼得姨父讨论，他就会大声吼叫，砸桌子。跟爸爸和埃德温一样，彼得姨父也是社会民主主义者，但在他看来，萨科和万泽蒂是无政府主义者，所以罪有应得。我不在乎，爸爸怒吼着拍桌，司法不公就是司法不公，即便事关保守主义者也是如此！我明白保守主义者是最糟糕的。最近，我问他们是否允许我加入平俱乐部，因为班上所有女孩都是会员，爸爸便严厉地看着妈妈，似乎我是她煽动性政治立场的受害者，说：好了，你看吧，妈妈。现在她变成反动分子了。我们可能要沦落到订阅《贝林时报》了！[1]

火车站里，生活如火如荼。醉汉跟跄着，搭

---

[1]《贝林时报》（*Berlingske Tidende*）立场保守，而面向儿童举办各类娱乐活动的平俱乐部（Ping Klubben）恰恰由其出版方于 1927 年成立。

着彼此的肩膀唱歌。查理咖啡馆里滚出一个肥胖的男人，他的秃头在人行道上磕碰了好几次，才停在我们脚边。两名警察来到他的身边，用力踢他的侧面，他发出卑微的号叫起身。他本想重回藏污纳垢之处，警察粗暴地将他拉起来赶走。他们沿着街道继续走时，露特把手指放进嘴里，发出长长的哨声，我很羡慕她有这项技能。黑尔戈兰街附近，有一群吵闹的孩子在嬉笑，我们走近才发现那是鬈发查理，他正站在路中央，把热气腾腾的马粪往嘴里放。他一直在唱一首下流得难以形容的歌，孩子们尖叫欢呼起来，大喊着让他继续唱，盼他给他们更多乐子。他的眼珠转个不停。我觉得他可悲又可怕，但我假装自己觉得很好玩，因为露特正大声地跟着其他人一起笑。然而至于妓女，我们只看到几个年龄较大的胖女人扭动着腰肢，妄想吸引缓缓驾车驶过的观众，很明显都是白费劲。这让我大失所望，因为我以为她们都和凯蒂一样，露特也跟我解释过凯蒂的晚间差事。回家路上，我们穿过雷瓦尔街，那里曾有个开烟草店的老女人被谋杀了。我们还在马特乌街一所闹鬼的房子前停留了一会儿，抬头盯着四楼的窗户，红发卡尔去年在那里杀了一个小女孩，他和爸爸一样在奥斯特工厂做锅炉工。没有人敢在夜晚路过那栋房子。公寓的门道里，耶尔达和锡鼻子正紧紧抱在一起，黑暗中我几乎分不清他们的身形。我屏住呼吸，直到走进院子，因为一直有股啤酒混合尿液变质的恶臭。我走上楼梯时感觉很压抑。性的黑暗的一面张开大嘴越逼越近，我心里持续低语颤抖的未成文的字句越来越难掩盖它了。我路过时，耶尔达隔壁的门轻轻敞开，波尔森夫人示意我进去。妈妈说她"寒碜又讲究"，但我知道人是不可能既寒碜又讲究的。她家有一名房客，妈妈轻蔑地称他为"优雅的公爵"，虽然他不过是个邮递员，未和波尔森夫人结婚却也供养着她，不过他们没有生孩子。我从露特那里听说，他们就像夫妻一样生活在一起。我不情不愿地听从她的指挥，走进她的客厅，那里除了一台缺了许多琴键的钢琴，其余都和我们家一模一样。我在椅子的边缘坐下，波尔森夫人坐在沙发上，淡蓝的眼睛试探着我。跟我讲讲吧，托芙，她巴结道，是否有许多绅士来拜访安诺生小姐？我马上让我的眼神变得空虚而愚蠢，轻轻松开下巴。没有，我假装惊讶地说，我不觉得。但你和你妈妈经常去她那里，仔细想想，你在她家没见过哪位绅士吗？晚上也没有吗？没有，我撒谎，很害怕。我害怕这个想要以某种方式伤害凯蒂的女人。妈妈已经禁止我探望凯蒂了，她也只有在爸爸出门时才过去做客。波尔森夫人在我这里没问出什么，就冷冷地让我离开了。几天过后，楼道里有一封请愿书传来传去，我的父母因此在上床前大吵了一架，还以为我睡着了不会听见。我会签的，爸爸说，为了孩子们。你至少应该保护他们，不让他们目睹最为肮脏下流之事。都是那些老婊子的错，妈妈激动地说，她们嫉妒她年轻貌美幸福。她们也无法忍受我。别再拿你自己跟妓女比较了，爸爸大骂，即使我没有稳定的工作，你也从不需要自己去谋生，别忘了！太可怕了，简直不堪入耳，而且听起来仿佛根本为的是完全不同的什么事，他们难以启齿的事。那一天很快来了，凯蒂和她的母亲当街坐在她的长毛绒家具上，一名警察来回走动着看守。凯蒂在雨中举起精致的雨伞，目光带着鄙夷穿透所有人。不过她朝我微笑，说道：再见了，托芙。照顾好你自己。过了一会儿，她们乘着搬家的货车走了，我再也没有见过她们。

9

　　我家发生了一些很糟的事。兰德曼兹银行倒闭了，外婆失去了她所有的积蓄。整整一生积攒下来的五百克朗。那是只会打击到小储户的卑鄙行当。那些有钱的猪，爸爸说，总有办法拿回他们的钱。外婆哭得很可怜，用雪白的手帕擦拭通红的双眼。她的一切总是干净整洁，恰如其分，她闻上去总有洗衣店的味道。那钱本来是她为自己葬礼准备的，她似乎总在思考这件事。她把钱投入葬礼小金库——她一直记得我以为那和棺材是一回事。每当想起，她仍总会大笑。我很喜欢外婆，并且不是以我喜欢妈妈的那种惶恐的形式。他们允许我独自拜访她，因为那是她想要的，妈妈也不敢反对。妈妈告诉我她怀我的时候外婆很生气，因为家里已经有一个男孩，不需要再生孩子了。现在外婆不知道她怎样才能办个体面的葬礼，因为我们也没有钱，罗萨莉娅姨妈和她的酒鬼丈夫也没有钱。彼得姨父当然很有钱，但以他众所周知的吝啬本性，没有人奢望他能为丈母娘的葬礼出一点钱。外婆七十三岁，觉得自己活不长了。她比妈妈更瘦小，像孩子一样单薄，永远从头到脚一身黑。她丝绸般柔软的白发夹起来，动作像年轻女孩一样敏捷。她住单间公寓，全靠养老金度日。我去她家喝咖啡的时候，能吃上黑麦面包和真正的黄油。我用牙把黄油刮到后面，直到攒上满满一口，这比起我在家里吃过的任何东西都好吃。自从开始当学徒，埃德温每周日都去看外婆。她会给他整整一个克朗，因为他是全家唯一的男孩。我和我的三个表姐什么也拿不到。每次在外婆家，她都叫我唱歌，就为了听听我有没有比上次少跑一点调。差不多对了，她鼓励我，哪怕我可以听见从我嘴里出来的音调和我想要的完全不同。

如果她不叫我，我是不能和她说话的，但她喜欢聊天，我也喜欢听。她会谈起她糟糕的童年，因为她的继母每时每刻都会因为鸡毛蒜皮的小事往死里打她。长大后，她成了一名女佣，跟我的外公订了婚。他叫蒙杜斯，在变成酒鬼之前，是制造客车车身的。"咆哮的醉鬼"，公寓里的人这样称呼他。他上吊之后，外婆不得不做洗衣妇来养家糊口。但至少我的三个女儿有了好生活，她说，语气中的自豪我很能理解。有一次，我说漏了嘴，坦言自己还是挺想知道外公是怎样的，她便说：是的，他到死都很英俊，但他是个没良心的无赖！如果我想，我可以告诉你……她紧紧地抿起双唇，压实无牙的牙龈，什么都不说了。我思考着"没良心"这个词，害怕自己和糟糕的外公是一样的。我经常有种难以摆脱的怀疑，觉得自己无法对任何人有任何真正的感情，当然，露特除外。有一天在外婆家该给她唱歌的时候，我说：我在学校里学了一首新歌。随后坐在她的床上，用颤抖的假声唱起了我写的一首诗。诗很长，跟《亚尔玛与希尔达》《约恩与汉西内》，还有妈妈唱的很多歌谣一样，是关于两个人相爱却不能拥有彼此的故事。但在我的版本里，结尾没有那么悲伤：

爱，丰饶而年轻，

千根铁链将他们缠绕。

婚床安放在乡村的小径上

有何不可呢？

我唱到这里的时候，外婆就皱了皱眉头，站起身来，把裙子捋顺，似乎在驱散令人不悦的印象。这不是一首好歌，托芙，她严肃地说，你真的是在学校里学的吗？我给了肯定的回答，心里却很沉重，因为我本以为她会说：真美，谁写的？人必须在教堂里结婚，她温和地说，不然不能和彼此产生关系。但你当然无从得知。噢，外婆！我知道的比你想的多，但我今后会对此保持沉默。我想起几年前，我震惊地发现父母是在二月结婚的，四月就生了埃德温。我问妈妈这怎么可能，她轻快地说：你看，第一个孩子是不需要怀超过两个月的。然后她就笑了，埃德温和爸爸则皱起了眉。我觉得那是大人最糟糕的地方：从来不肯承认自己曾经犯过错或是不负责任。他们急着批判他人，却从来不觉得自己需要审判日。

我只有跟父母在一起的时候才会见到其他的家人，或至少得有妈妈在。罗萨莉娅姨妈住在阿迈厄岛，和外婆一样。我只拜访过她几次，因为人称酒疯子的卡尔姨父总坐在客厅里喝啤酒，嘟嘟囔囔，不适宜让儿童看到。他们的客厅就跟其他人家一样，餐具柜靠在一面墙上，另一面摆着沙发，中间有一张桌子，配四把高背的椅子。餐具柜上和我们公寓一样，有一个铜制的托盘，盛放着从未使用过的咖啡壶、糖碗和奶罐，只在特别场合才取出来擦拭一新。罗萨莉娅姨妈在马加辛百货做缝纫工，经常在回家时顺路看我们。她抱着一个羊驼毛的大包裹，里面是要缝补的衣服，到了我们家也从不放下。她总是只逗留"一分钟"，也不脱下帽子，似乎在否认自己已经待了几个小时的事实。她和妈妈总是谈起她们的青春，从中我发现了许多不该知道的秘密。比如，有一次，爸爸突然来探望妈妈，妈妈就把某个男理发师藏进了房间的衣柜里。如果妈妈没有及时把爸爸支开，理发师就该窒息了。还有很多类似的故事，她们说起的时候都开怀大笑。罗萨莉娅姨妈只比妈妈大两岁，阿格妮特姨妈则大八岁，不曾跟她们两一起年轻过。她和彼得姨父经常过来找爸爸妈妈打扑克。阿格妮特姨妈很虔诚，每次听到有人在她面前说粗话就会难受，她的丈夫经常这样，仅仅是为了惹她生气。她很高大，胸前佩着的达格玛十字架被彼得姨父称作阳台。如果我相信父母所说的，那彼得姨父就是邪恶与奸诈的化身，但他对我总是很友善，所以我并不怎么相信他们。他是木工，不会失业。他们住在东桥区的三居室公寓里，有放着钢琴的冰冷客厅，只在平安夜才会踏足那个空间。据说彼得姨父继承了一笔巨额遗产，把它存在不同的银行账户，以此糊弄税务部门。有时他工作的那家店里的员工会受邀参观其他公司，接受免费招待。和他们一起参观乐堡啤酒的时候，他喝得太多，以至于第二天被送到医院洗胃。参观恩耐登乳品的时候，他又灌下很多牛奶，一连病了八天。若非这类情况他除了水什么都不会喝。

我的三个表姐都挺丑。每个晚上她们都会坐在餐桌旁疯狂地织毛衣。但她们不是很聪明，爸爸说，而且那么大的房子连一本书都没有。爸爸妈妈直言不讳，说我们的孩子比他们家出落得更好。彼得姨父之前结过一次婚，那段婚姻里的女儿只比我妈妈小七八岁。她叫埃斯特，身材肥硕，走路摇摇晃晃，弯腰驼背。她的双眼似乎要从头上蹦出来，来我家做客的时候像对婴儿一样哄我，还亲在我的嘴唇上，那是我最厌恶的。她叫我妈妈"甜心派"，两人晚上会一起出去玩，爸爸十分不满。有一次她们要去人民之家的化装舞会，化妆时我为她们举着镜子，我觉得妈妈美得不可思议，不愧是"夜之女王"。埃斯特则是"十八世纪的马车夫"，双臂从泡泡袖里捅出来，就像粗重的球杆。她们必须抓紧，因为爸爸快回来了。妈妈站在那里，一袭黑纱缀以成百上千的亮片。它们容易掉落，如同她脆弱的幸福。两人刚准备出门，爸爸就下班回到家了。他直勾勾地盯着妈妈，说：呵，像个老稻草人似的。妈妈没有回应，只是一言不发地从他身边走过，紧跟埃斯特。爸爸知道我听见了，在我对面坐下看着我，和善忧伤的眼里透露出犹疑。你长大之后想干吗呢？他笨拙地问。我想做夜之女王。我残忍地回答，因为此刻我面前正是那个总要毁掉妈妈快乐的"迪特莱乌"。

10

　　我上中学了，世界由此开始拓宽。父母允许我继续，因为他们发现我即使中学毕业也才十四岁，既然埃德温可以学手艺，他们也不想冷落我。同时，我终于能上瓦尔德马尔街的公共图书馆了，那里有一个童书区。妈妈觉得读为成人写的书只会让我变得更奇怪，爸爸不同意，却什么也没有说，因为我服从妈妈的权威，在重要事情上他不敢违背世界运行的规律。于是当我第一次踏足图书馆时，看到如此多的书收藏在同一个地方，我心生困惑，说不出话来。童书管理员名叫黑尔佳·默勒鲁普，这一片的很多孩子都认识她，她也深受孩子们喜爱，因为每当孩子们家里没有暖气或照明，她会允许他们在图书馆的阅览室里一直坐到下午五点关门。他们在那里做作业，或者翻阅图书，只有当他们开始吵闹，默勒鲁普小姐才会把他们赶出去，因为这里本应该保持绝对的安静，就像在教堂里一样。她问我几岁，找出了她觉得适合十岁孩子的书。她高挑、漂亮，有着深色的灵动的眼睛。她的双手很大、很美，我对它们心怀尊重，因为听说她扇耳光比男人更有力。她的打扮和我的老师克劳森小姐相似，柔顺的长裙，白色低领衬衫。但和克劳森小姐不同的是，她对孩子没有那种难以克服的憎恶，恰恰相反。我被安排坐在摆放着一本童书的桌前，所幸我已忘记标题和作者。我读着："'父亲，戴安娜生了小狗。'说着，一个瘦削的十五岁女孩闯入房间，那里不仅坐着地方议会议员，还有……"诸如此类。一页又一页。我读不进去。这让我满怀伤感，觉得无聊透顶。我无法理解为什么语言，这精致而敏感的乐器，可以被如此粗暴地对待，而这些荒谬的句子怎能被写入书里，怎能被收进图书馆，默勒鲁普小姐这样聪明漂亮的女人又怎能推荐给毫无防备的孩子。然而眼下，我无法表达这些想法，说它们很无聊，说我更想读萨卡里亚斯·尼尔森或者威廉·贝瑟①，这就够了。但默勒鲁普小姐说童书是很精彩的，只要你有足够的耐心，继续读下去，直到情节展开。只有当我固执地坚持要去成人区时，她才让步，一脸诧异，提出可以给我拿几本书，但我要告诉她书名，因为我不能自己进去。一本维克多·胡果，我说。念雨果，她微笑着说，拍了拍我的头。被她纠正发音不让我觉得尴尬，可我拿着《悲惨世界》回到家后，爸爸赞许地说：维克多·胡果，是啊，他很棒！我便自以为是地对他说教：念"雨果"。我他妈一点都不在乎怎么念，他冷静地说，所有名字怎么拼写就该怎么念，否则不过是炫耀罢了。②告诉父母不住我们这条街的人说过什么从来没有任何意义。有一次，学校的牙医叫我回家告诉妈妈给我买一支新的牙刷，

---

① 即 Vilhelm Bergsøe(1835—1911)，丹麦作家、诗人、昆虫学家，以浪漫主义与现实主义相结合的风格著称。
② 雨果（Hugo）一名在丹麦语与法语中遵循不同的发音规则。

我居然蠢得照搬回家，妈妈顿时火了：你告诉她，叫她自己给你买这该死的牙刷！但每次她牙痛的时候，她都会忍上一周，整栋房子里回荡着她痛苦的呻吟。然后，她会在楼梯平台上咨询另一个女人，对方建议拿烈果酒沾湿棉花，堵在感染的牙齿上，她照做几天，不见好转。只有在这样的情况下，她才会精心打扮，前往西桥街找我们的医生。他拿出钳子，把牙齿拔掉，她就能得到片刻安宁。牙医根本就不会出现在我们的生活里。

在中学里，女生穿着更好，也不像小学时一样哭哭啼啼。也没人有虱子或者兔唇。爸爸说，现在我会和"条件更好"的人的孩子一起上学，但我不可以因此而看不起自己家。很对。这些孩子的父亲大多是熟练技工，我就把爸爸变成了"机械师"，听上去比锅炉工要好。班上最有钱的女孩的爸爸在煤气厂街开理发店。她叫埃迪特·施诺尔，自以为是地咬舌。我们的班主任是马蒂亚森小姐，一个瘦小有活力的女人，看上去热爱教书。她连同克劳森小姐和默勒鲁普小姐，还有旧学校的校长（像巫婆的那位），给我的鲜明印象就是女人如果要在工作上有所作为，那就必须是平胸。我妈妈是个例外，我们街区所有的家庭主妇都有着硕大的乳房，走路的时候总是有意识地向外挺。我心想这是为什么呢。马蒂亚森小姐是我们唯一的女老师。她发现我喜爱诗歌，装傻对她也不起效。我就把这个伎俩留给我不感兴趣的科目，但实在太多了。我只喜欢丹麦语课和英语课。我们的英语老师叫达姆斯高，他有时非常暴躁。他会拍桌子说：我发誓我会好好教你们！他经常这么发誓，很快大家都管他叫"我发誓"了。有一次他大声念了一个特别难的句子，然后叫我重复一遍。句子是这样的：作为对你问询的回复，我可以特别向你推荐沃本广场11号的膳宿公寓，去年冬天我有朋友在那里住过，给予了很高的评价。他夸赞我准确无误的发音，这就是我永远忘不了这个白痴句子的原因。

班上所有的女孩都有诗歌本，我缠了妈妈很久，也得到了一本。棕色的，封面有金色的"诗"字。我让一些女孩在里面写下一般的韵文，然后在中间加入自己的诗，下面标上日期还有我的名字，这样后世就会认定我是一个神童。我把诗歌本藏进房间柜子的抽屉，压在一摞毛巾和洗碗布下面，我认为那里相对安全，能躲开亵渎的目光。但有一天晚上，爸爸妈妈出门去和姨妈姨父打牌了，埃德温和我独自在家。通常埃德温会晚上出门，但自从开始当学徒之后，他就没那个精力了。他说那里的工作环境很差，经常哀求爸爸让他换一个。如果不奏效，他就大吵大闹，说他会离家出走，去当水手之类的话。接着爸爸也会开始吼叫，一旦妈妈插手他们的骂战，选择站在埃德温那边时，客厅的喧嚷就会几乎吞没楼下长发公主家的打闹。如今每晚客厅的安宁被摧毁，这都是埃德温的错，有时候我希望他能说话算数，一走了之。现在他坐在客厅的沙发上，闷闷不乐，封闭自己，翻着《社会民主党人》，只有墙上嘀嗒的钟打破沉寂。我正在做作业，但是我们之间的沉默压制着我。他用沉思的深色双眸盯着我，忽然之间它们就像爸爸的眼睛一样忧郁。随后他说：该死的，你不是应该睡觉了吗？在这该死的家里根本没法一个人待着！那你可以回你的房间，是不是。我回了一句，感到很受伤。我他妈当然要回，他嘟囔道，拿着报纸走出客厅，把门重重地摔上。过了一小会儿，卧室里爆发出一阵笑声，让我吃了一惊，也很不自在。什么这么好笑？我走进去，因恐惧而僵住了。埃德温坐在妈妈的床上，手里拿着我那可怜的诗歌本。他笑得直不起腰。我的脸羞得通红，我朝他走近一步，伸出手。把本子给我，我跺着脚说，你没权利拿！天啊，他笑得透不过气来，弓着身子，这太滑稽了。你真是满嘴胡言。听听！然后，他一边窃笑，一边念：

你是否记得我们那次沿着
清澈、宁静的水流泛舟？
月光倒映在海上。
一切仿佛美妙的梦。

突然你放下桨，
任船停下。

你并未开口，但亲爱的——

你的凝望所含的热情的确让人颤抖。

你拥我入怀，如此有力。

你充满怜爱地亲吻我。

我永远，永远不会忘记

和你共度的那段时光。

噢，不要啊！哈哈哈！他笑得前仰后合，我的眼里不断地涌出泪水。我恨你，我大喊，无力地跺脚。我恨你！我希望你淹死在泥灰坑里！扔下最后这句话，我正要冲出房间，埃德温发狂的爆笑换上了一种新的令人不安的音色。我在走廊里回过头，看见他趴在妈妈的条纹毯子上，脸埋在臂弯里。我珍贵的诗歌本已掉落在地。他失控地抽泣着，无可慰藉，我吓坏了。我犹豫地走近床边，却不敢触碰他。我们从未触碰过彼此。我用裙子的袖子擦干自己的眼泪，说：我不是那个意思，埃德温，刚才说的泥灰坑。我……我根本不知道那是什么。他还是啜泣着，不作回答，又突然转过身来，露出绝望的神情：我恨他们，那里的老板和助手，他们……打我……整天都打，我永远都学不到如何给车涂漆。我只是被派去给他们买啤酒。我恨爸爸，因为我不能换地方。回家了，又不能单独待着。没有哪个该死的角落能让你做任何自己的事情。我低头看着我的诗歌本，说：我也不能做自己的事情，你瞧，爸爸妈妈也不能。他们甚至不能单独……单独……他讶异地看着我，终于停止了哭泣。不，他忧伤地说，天啊，我从没想到过。他站起来，显然后悔让妹妹瞧见了自己软弱的时刻。怎么讲呢，他用强硬的声音说，可能搬出去之后一切都会好起来的。这一点我同意。我走出房间，数起了食品柜里的鸡蛋。我拿了两个，把剩下的挪挪位置，看上去就会显得多些。我来做个蛋酒，我朝着客厅喊，开始动手。在那一刻，比起那个疏远而美好、英俊又开朗的他，我更喜欢眼下的埃德温。过去的他似乎从来不会因为任何事不开心，人才不该是这副模样呢。

11

耶尔达要生孩子，锡鼻子却不见了。露特说他
有老婆孩子，不让我跟已婚男人扯上任何关系。我
也无法想象跟未婚男人扯上任何关系，但我没有告
诉她。妈妈说，如果我怀着孩子回家，我就会被扔
出去。耶尔达没有被扔出去。她只是不再去她每个
星期赚二十五克朗的工厂干活了，现在挺着大肚子
待在家里，整天哼唱，所以远远地就可以听出来她
完全没有丧失好心情。她金色的辫子早已剪掉，在
我心里她也不再是长发公主，不过事实上，童话里
盲眼王子在沙漠遇上女孩时她已有了双胞胎。这听
起来如此美好而遥远，我轻易便照单全收，小时候

也从没质疑过当中的可能性。去年房东家的奥尔加和一个士兵有了孩子，对方也人间蒸发了，但她已满十八岁，后来便嫁给了一个不在乎谁是孩子父亲的警察。每当我看到大肚子的女人，我都尽量只盯她们的脸，徒劳地从上面寻找无与伦比的幸福的征象，就像约翰内斯·V. 延森①的诗里写的：我肿胀的胸膛怀着一个甜蜜而顾盼的春天。她们眼里没有我日后怀孕时会有的璀璨神色，对此我很确定。我不得不从其他书里找诗，因为爸爸不同意我把图书馆的诗集一摞摞拖回家。那都是海市蜃楼，他轻蔑地说，和现实一点关系都没有。我从没喜欢过现实，也从不描写现实。在我读赫尔曼·邦②的《卡婷卡》③时，爸爸用两根手指夹走它，极其厌恶地说：你不该看他写的任何东西。他不是个正常人！我知道不正常是很糟糕的，假装正常对我来说已经够艰难了。

---

① 即 Johannes V. Jensen（1873—1950），丹麦作家、诗人，以广博的题材与多样的文体著称，曾获诺贝尔文学奖。
② 即 Herman Bang（1857—1912），丹麦印象主义作家，以描写外化的人物心理著称。
③ 即 *Ved Vejen*，描写主人公卡婷卡身陷无爱婚姻中的心境。

所以赫尔曼·邦也不正常的事实给了我慰藉，我在阅览室里看完了那本书。读到结尾我哭了：墓地的草皮下睡着可怜的玛丽安娜。来吧，女孩们，为可怜的玛丽安娜哭泣。我也想写出那样的诗，所有人都能理解的诗。爸爸也不想我读昂内丝·亨宁森[①]的任何作品，因为她是"公共女性"，对此他懒得多作解释。如果他看到我的诗歌本，大概会烧掉它。自从埃德温发现它并嘲笑一番后，我一直都带在身边，白天放书包，或者裤子里，松紧带能防止它掉落。晚上，它在我床垫下。顺便一提，埃德温后来说，他其实觉得那都是好诗，只要不是我而是其他人写的。当你知道这一切都是假的，他说，你只会笑死。我为他的赞赏而高兴，因为假不假的我并不在意。我知道有时为了道出真相你必须说谎。

凯蒂和她妈妈被赶出公寓后，我们有了新的邻居。一对年老的夫妇和他们的女儿于特。她在一家巧克力店工作，晚上我爸爸到墓园值班时经常来看

---

① 即 Agnes Henningsen（1868—1962），丹麦作家，以描写女性困境著称，私生活备受大众关注。

我们。她和妈妈在一起特别开心，因为妈妈最擅长和比她年轻的女人相处。于特高兴地带巧克力给埃德温和我，我们吃得很开心，即便爸爸说那可能是偷的。于特的慷慨让我承受了恶果。有一天，我从学校回家，妈妈说：瞧瞧，你今天的午餐不是挺好吗？我满脸通红，吞吞吐吐，不知道她在说什么。我总是碰都不碰我的午餐就把它扔掉，因为那是用报纸包起来的。其他孩子用的是蜡纸，妈妈这辈子都不肯碰。噢，是的，我闷闷不乐地回答，是很好。我在想她是不是真的偷了，妈妈很有兴致地说，一般店主都会留个心眼。我松了一口气，明白过来是我的午餐包里装了巧克力，我很开心，因为那是爱的表现。真奇怪，妈妈从来不会发现我在撒谎。同时，她几乎永远无法相信事实。我觉得我童年的大量时间都花在琢磨她的性格上，她却依然这么神秘又教人不安。基本上，最恐怖的是她能记恨你好多天，始终拒绝开口或是听你说话，而你永远不会知道你到底怎么冒犯了她。她对爸爸也是一样。有一次，她拿埃德温和女孩子玩打趣，爸爸说：你看，女孩子也是人类的一种。哼……妈妈回道，双唇紧闭，至少一周都没见她张开过。其实我支持她，因为女孩子肯定不应该和男孩子一起玩。在学校里也不能，除非是兄弟姐妹。但男孩子也不敢被别人看见自己和妹妹在一起，无论何时当我迫不得已和埃德温一起上街，我都得走在他身后三步远，也绝不能暴露我们认识的事实。我不值得拿来炫耀。妈妈也这样觉得，因为去人民之家参加纪念仪式的时候，她会费尽心思把我打扮得勉强能见人。她用卷发棒把我又硬又黄的头发烫焦了一点，还麻利地叫我缩起脚趾，塞进从于特那里借来的鞋。她已经够好看了，他妈的，爸爸安慰道，自己也在艰难地整理着白衬衫的衣领，衬衫还是专门为这个场合买的。埃德温现在已经是个十足的大人了，为自己还要跟家人一起出门而愤怒，所以他不再像往常一样，说我很丑、绝对嫁不出去这种讨喜的话。那是一个很特别的夜晚，因为斯陶宁在向工人致辞后，会亲自给西桥区的所有招募员颁奖，其中就有我的爸爸。一个接一个的周日，他都迈着沉重的步子在社区楼道里跑上跑下，为政治团体招新奔走，而妈妈一到每月要交五十欧尔会费的时间就帮他退出，这让他很绝望。他会嘟囔一长串粗话，抄起他的旧帽子，追出去重新入会。她对斯陶宁怀着难以言明的恨意，时不时暗示爸爸曾几乎跟他一样有罪。她不会大声说出那个词，她不敢，但我有时会想起小时候爸爸总在看的禁书，书上幸福的工人家庭仰望着红旗，所以妈妈的影射可能包含些许真相。

当斯陶宁走上讲坛，我的心跳开始加速，我确信爸爸也是。斯陶宁以他惯常的方式演讲，我最多只能听懂一半。但我享受他冷静、深沉的嗓音平和地落在我的心间，向我担保只要他存在，就不会有真正的坏事发生在我们身上。他谈论引入八小时工作制，虽然那已经是很久之前的事了。他讲起工会，以及任何工作场所都不该容忍的罪大恶极的工贼。我马上就对自己、斯陶宁和我们的上帝承诺，我绝对不会成为工贼。他只在提起破坏和分裂党组织的分子时提高了音量，就像发怒的霹雳，很快这声响又化为近乎轻柔的低语，对失业进行解释，而在这件事上不只我妈妈怪他。但不，这完全是世界范围内的大萧条导致的，他说。这个表达听起来很悦耳，也很诱人。我想象整个世界正在深深地默哀，每个人都放下窗帘关上灯，雨水从灰蒙蒙的、无可告慰的天空倾注而下，不见一点星辰。现在，斯陶宁最后说，我很高兴给我们每一位辛勤的招募员颁发奖品，以表彰他们为我们伟大事业所做的贡献！我红了脸，很骄傲爸爸就是他们中的一员，用余光瞥向他坐的位置。他紧张地拨弄胡子，朝我微笑，仿佛知道我同享着这份快乐。关于工作场所的争吵仍令他和埃德温之间有股寒意，而埃德温看上去快要睡着了。然后斯陶宁清晰地大声报出每个名字，轮流和每个人握手，递给每个人一本书。轮到爸爸的时候，一切都在我眼前闪烁。他获得的书叫《诗歌与工具》，斯陶宁在扉页写了他的名字和致谢的话语。回家路上，仍因为这份荣誉兴高采烈的爸爸说，等你长大了我就给你看。我知道你喜欢诗歌。妈妈和埃德温不在旁边。他们晚点会去跳舞，一贯严肃的爸爸不感兴趣，而我还只是孩子。后来妈妈把那本书放进书柜深处，玻璃门关上的时候根本看不到。这就是每周日都把楼梯跑烂的美妙回报，她轻蔑地对爸爸说，他还有脸谈什么工贼和酬不抵劳。上帝啊！爸爸也并不能不被打扰地享有他的快乐。

12

时间流逝，我的童年逐渐变得稀薄、扁平，犹如纸片。它既疲惫又破旧，在低潮时似乎难以为继，等不到我长大那一天。其他人也有所察觉。每次阿格妮特姨妈来探望我们时都说：我的天啊，你长高了好多！是的，妈妈说，惋惜地看着我，要是她长胖一点就好了。她是对的。我单薄得就像一只纸偶，衣服披在我肩上，如同挂在衣架上。我的童年本应该持续到十四岁，但要是它提早耗尽，我又能做什么呢？任何重要的问题你都没有答案。我饱含羡慕地盯着露特的童年，它坚定、平滑，没有一丝裂痕。它看上去会比露特长寿，其他人可以继承，再把它耗尽。露特自己并未觉察。当街上的男孩朝我吆喝，上面的天气如何，妹妹？她便在后面吐出一连串的咒骂，吓得他们连忙逃开。她知道我脆弱又害羞，总是在保护我。但露特对于我来说已然不够了。默勒鲁普小姐也不够，因为她有那么多小孩要照顾，而我只是其中一员。我总是幻想找到一个人，一个就好，可以任由我展示我的诗歌，并且懂得欣赏。我开始思考很多关于死亡的事，我把它当成朋友。我告诉自己我渴望死去。有一次，妈妈进城的时候，我拿起面包刀锯手腕，希望找到动脉的位置，痛哭着想到绝望的妈妈很快会伏倒在我的尸体上抽泣。我不过是割伤了自己，疤痕仍依稀可见。在这无常的、颤抖的世界上，我唯一的慰藉就是写下这样的诗句：

> 我曾年少，泛着光彩，
>
> 满是欢声笑语，
>
> 我曾如羞赧的玫瑰。
>
> 现在我已老去，被人遗忘。

我那时十二岁。除此之外我的诗仍然"满嘴谎言"，如埃德温所说。大部分都以爱为主题，如果你选择相信它们，你就会觉得我过的是一种放荡的人生，多的是关于征服的趣话。

我深信，如果父母看见这首诗，肯定会把我送到少年管教所：

　　我感觉到的是欢愉，我的朋友，
　　当我们双唇相抵，
　　深知正是为这一瞬间
　　你我诞生

　　随后我朦胧年少的梦消逝。
　　生活的门开启。
　　生命很美，谢谢你我的朋友，
　　你用激情为我洗礼。

我为月表的脸孔、为露特写情诗，或不为任何人。我觉得我的诗覆盖着我童年的荒原，就像尚未彻底剥落的疮痂下细腻的新生皮肤。我成年的形态会由我的诗歌塑造吗？我很好奇。在那段日子里，我几乎一直是抑郁的。街上的风冷冷地吹透我又高又瘦的身体，世界投之以不齿眼光的身体。学校里，座位上的我总是对老师怒目而视，我看所有大人都是这样。有一天，一位代课的音乐老师平静地走到我的座位前，低声但明确地说：我不喜欢你的脸。我回家盯着五斗橱镜子里的脸。苍白，有圆圆的双颊和惊恐的眼。我上门牙的牙釉质有几处小小的凹陷，因为小时候得过佝偻病。是学校的牙医告诉我的，说来由是营养不良。当然，我没告诉任何人，因为这是不能在家里提起的。当我无法理解自己与日俱增的伤感时，我想那是蔓延全世界的萧瑟终于找上了我。我也常常回想我童年的早期，它一去不复返，那时的一切似乎都比现在更好。傍晚，我坐在窗台上，在诗歌本里写道：

　　断了的细弦

永远接不回，

　　除非那音调平息，

　　除非音符会消逝。

我那时的文学根基是颂歌、民谣和九十年代的诗人。

　　有天早上我醒来觉得难受极了。喉咙很痛，下床时身体要结冰了。我问妈妈我能不能请假在家，她却皱着眉告诉我不要胡闹。她无法忍受突发事件，或是未提前通知的访客。我发着高烧去了学校，第一节课没下就被送回了家。那时妈妈已经冷静下来，接受了我生病的事实。我一躺下就睡着了，醒来的时候，妈妈正忙着给整所房子做大扫除。她正在卧室里挂干净的窗帘，在我喊她的时候转过身来。你醒了，真好，她说，医生一会儿就来，要是我搞得完的话。我极度害怕福利机构指派的医生，妈妈也是。她换好床单，用发卡掏了我的耳朵，门铃就响了，她慌张地冲出去开门。您好，她毕恭毕敬地说，不好意，要麻烦您——话音未落就被医生猛烈的咳嗽打断了。他干咳着朝手帕喷溅口沫，用手杖把妈妈撇开。是啊，是啊，他喘过气来低吼道。这么多楼梯——能把我累死。而且连个喘气的地方都没有，怎么给人治病啊。我记得您，您就是那个牙齿不好的。但到底是谁生病了？噢，是您的女儿——该死的，她在哪儿？在这里边。妈妈带路，医生艰难地收紧肚子才挤过婚床，来到我身边。好吧，他大喊，把脸凑到我面前，你哪里不舒服？不是想逃学吧？他看上去真讨厌，我把被子拉到下巴。他那突出的黑色眼睛盯着我，我想告诉他我们是穷，但我们根本不聋。他的手被浓密的毛发覆盖，每只耳朵里也有一绺支出来。他吼着要汤匙，妈妈跑去厨房拿的时候差点摔倒。他打开小电筒照我的喉咙，触摸我颈部的两侧，如临大敌地问，你们学校里有人得了白喉吗？怎么说？你同学有吗？我点头。他面容扭曲，就像尝了什么酸的东西，大叫道，她得了白喉！她得马上去医院！妈的！妈妈责怪地盯着我，仿佛没有想到我竟会用如此轻率的毛病麻烦日理万机的医生。医生恼火地抄起手杖，重重地踏入客厅，出具住院单。我怕极了。医院！我的诗！现在我该把它们藏在哪儿？睡意又俘虏了我，再次醒来时妈妈就坐在床边。她十分温柔地问我是否需要什么。为了让她高兴，我说我想要一块巧克力，即使我知道我根本吞不下。多亏于特，现在我们家里时时刻刻都有巧克力。等待救护车时，我跟她解释我想要带上诗歌本，这样医院的人就可以在上面留言。她没有反对。救护车里，她坐在我的旁边，一直抚摸我的额头和双手。我不记得她何时这样做过，感到尴尬又欣喜。每当我走在街上或是站在商店里，我都会满心喜悦和羡慕地看着怀抱或是轻抚孩子的母亲。或许我妈妈这样做过一次，但我不记得了。在医院，我被安排进一个很大的病房，那里有各个年龄段的孩子。我们都患了白喉，他们中的大部分人都和我一样病得很重。我把诗歌本放进抽屉里，没人觉得这有什么奇怪。虽然在那里躺了三个月，我却几乎不记得那些日子。探病的时段，妈妈会站在窗外，朝我喊话。我回家前不久，她和负责的医生谈过，对方说我贫血且体重过轻。两件事都伤到了妈妈。我回家之后的头几天，她给我做黑麦粥，还有其他长肉的食物，尽管爸爸已再次失业。我离开的漫长时间里，露特和房东家浅金头发、快满十三岁的胖明娜黏在一起，整天都跟着她在垃圾桶旁边玩，尽管自己远远不够年龄享受这种晋升。我感觉被抛弃了，落单了。那段日子，只有夜晚、雨水和我沉默的夜星——还有我的诗歌本，给了我些许稀薄的慰藉。我写的诗都是这样的：

    黯然的鸦色的夜晚，

    你温柔地裹我进黑暗，

    那样沉静又温和，你庇护我的灵魂，

    使我沉睡，使我轻盈。

    安静的细雨

    轻轻敲打着窗，

    我脑袋搁在枕头上，

    在凉凉的床单上。

    我安静地入睡，

神圣的夜，我最好的朋友。

明天我将醒来，重新面对生活，

灵魂深陷悲痛。

有一天，哥哥说我应该试试把诗卖给杂志，但我不认为谁会愿意为它们付钱。我也不在乎，只要有个人肯把它们印出来，而我永远不会和那个人见面。等我哪天长大了，我的诗自然会出现在真正的书里，但我不知道那要怎么实现。爸爸或许知道，但他说过女孩不可能成为诗人，所以我什么都不会告诉他。无论如何写下这些诗本身于我已经足够了，不必急着向一个目前为止只会嘲笑和责备的世界展示。

13

彼得姨父杀了外婆。至少那是爸爸妈妈和罗萨莉娅姨妈的说法。他和阿格妮特姨妈在平安夜接上外婆，当晚有猛烈的暴风雪。三人在雪中等了至少十五分钟的电车，纵使彼得姨父那么有钱，他也没有想到搭的士回家。夜里外婆得了肺炎，他们让她睡在客厅沙发拼成的床上，当然每个圣诞那里都是有暖气的。但你知道，妈妈说，一年只开三天暖气的房间该有多么潮湿。整个圣诞假期外婆都躺在那里接受我们所有人的看望，坚信自己快要死了。我们都不相信。她身穿高领白色睡裙仰卧，纤细的双手很像我妈妈的，在被子上丝毫不安分，似乎在徒劳地搜寻某些重要的东西。你会发现摘下眼镜的她鼻子又长又尖，深蓝的双眼很清澈，不笑的时候凹陷的嘴巴严肃且僵硬。她不断地说起她的葬礼，还有兰德曼兹银行不光彩地倒闭时她损失的五百克朗。妈妈和姨妈们由衷地大笑道，你会有个体面的葬礼的，妈妈，当那一刻到来的时候。我觉得我是唯一把外婆的话听进去的人。毕竟她都七十六岁了，所以这也不会是很久之后了，我想。我们选了要唱的颂歌："教堂钟声，不为首都响起"，还有"一旦你手握上帝的犁"。当然，后面那首不是葬礼颂歌，但外婆和我都很喜欢，每次我去看望她，我们都会一起唱。我个人的选择里也带有一丝怨恨。爸爸憎恶这首歌胜过其他任何一首，因为那句"如果啜泣扼杀了话音，就想想金色的收获"在他看来，正是教会仇视工人阶级的证据。

我很想为外婆写一首颂歌，却无能为力。我试了很多很多次，但它们听起来都像是那些老颂歌，我不得不伤心地放弃。圣诞节后的第二天，可怕的事情发生了。外婆的三个女儿坐在她床边，彼得姨父也在房间里。突然门铃响了，我的一个表姐打开门，谁知是烂醉的酒疯子，他挤到了病床前。罗萨莉娅姨妈掩面大哭。酒疯子要揍她，大喊着她最好马上滚回家，否则就把她身上的每一根骨头都打碎。彼得姨父上前擒住这个醉鬼，我们一群小孩则被嘘出了房间。只听见一阵可怕的咆哮，女人们的尖叫，还有夹杂其间的外婆沉静而威严的嗓音，尝试唤醒他人格中任何可能残存的体面。然后是突然的安静，我们后来才知道原来彼得姨父亲手把他扔了出去。他们之前从来没允许过他进家门。在我们那条街也一样。男人要么喝酒——大部分都喝，要么对喝酒的抱有强烈的恨意。外婆的病情越来越严重，医生说她很可能熬不过这场危机，他们也不再允许我去探望她了。妈妈日夜都在那里守候，回家时眼睛红红的，带来令人沮丧的消息。外婆死的时候，我也不被允许去看她，埃德温却可以。他说她看上去就和她活着时一样。但我参加了葬礼。松德比教堂里，我挨着妈妈和罗萨莉娅姨妈坐，听布道中途，一阵歇斯底里的笑意攫住了我。这真的很糟糕，我只好用手帕盖住鼻子和嘴，希望大家觉得我只是在哭，像其他人一样。幸运的是，泪水也从我的脸颊上流了下来。我很惊恐，自己对她的死居然没有任何知觉。我真的很爱外婆，我们一起选的颂歌也唱响了。那为什么我无法哀悼呢？葬礼之后很久，我都改盖外婆的被子，这是妈妈继承的唯一遗产。夜里，当我把被子拉上来盖住自己，外婆特有的干净床单的气味没过我时，我才第一次哭了起来，明白过来到底发生了什么。噢，外婆，你再也听不到我唱歌了。你再也不会给我的面包抹上真正的黄油，忘记告诉我的人生故事也不会有谁知晓了。很长一段时间里，每个夜晚我都哭着入睡，因为那气味依然流连在被子上。

14

不赶快把熨平机送过去，就祈求上帝保佑你吧，妈妈说，把重重的机器扔给我。我只能跳开，否则它会砸到我的脚趾。她站在洗衣房里，在冒蒸汽的水缸前弯着腰，而我知道她在每个月的这天会进入半疯癫状态。但我处在一个糟糕的境地。她给了我十欧尔去租熨平机，而一个小时需要十五欧尔。上次涨了五欧尔，我承诺这次补上欠下的，所以今天他们要收二十欧尔，但我只有十欧尔。妈妈，我怯懦地说，涨价了我也没有办法。她抬起头，抹开脸上湿漉漉的头发。快点去，她威胁道，我只好从洗衣房走到院子里，看着灰暗的天空，仿佛祈求能从那里得到帮助。快傍晚了，垃圾桶周围那帮孩子照常围在一起。我希望我是其中一员。我希望我像露特一样，小巧得消失在人群中。嘿，托芙，她开心地喊，因为她不觉得她抛弃了我。嘿，我回应道，瞬间有了希望。我走上前，示意露特过来。我向她解释了我的任务，她说，我跟你去，我会把它送回去。把那十欧尔给我吧，有总比没有的好。对于露特来说一切都直截了当，她从不为大人的行为疑惑。我也不怎么疑惑，如果事关妈妈，她不可预测的性格我已经接受了。松德维街上，我在角落里等待，随时准备逃跑，露特则闯进店，把机器和十欧尔砸到柜台上，便朝我飞奔而来。我们一路冲到美国街，上气不接下气地站着，像以前试胆后那样大笑。那婊子在我身后喊，露特喘着气说，这要十五欧尔，她嚷嚷着，却没法及时绕过机器来抓我，因为肚子太肥了。天啊，可太好玩了。清澈的泪水在她美丽的小脸蛋上留下痕迹，我很快乐，也心怀感激。回家的时候，露特问我为什么不想加入垃圾桶角落的女孩们。她们可好玩了，那些比我们大的女孩，她说，她们真的玩得很开心。如果露特够岁数，那我肯定也够。到了楼下的院子时，只有明娜和格雷特在垃圾桶边。露特看上明娜哪点，我不懂。格雷特住临街那排，妈妈离婚后一个人带她，和我的姨妈一样是缝纫工。她读七年级，我跟她一点都不熟。她穿一件针织上衣，胸前有两个小鼓包，很可惜，那是我所欠缺的。她笑起来时你会发现她的嘴是歪的。角落很暗，垃圾桶也很臭。那两个大女孩坐在上面，明娜热情地给露特腾出身旁的位置。我站在那里，笔直笔直的，宛若一道里程碑，根本想不到该说些什么。这是我多年以来期盼的晋升，现在却不知道意义何在。耶尔达快生了，格雷特说，鞋跟梆梆敲击着垃圾桶。孩子会像漂亮卢维兹那样弱智，明娜兴奋地说，酗酒时怀上的孩子就会这样。会个屁，露特说，否则我们大部分人都会是弱智。她们总是这样讲话，对每个人都能发表一番又脏又臭的感想。不知道她们在背后是不是也这样议论我。她们一边咯咯笑一边谈论饮酒、性交，还有不可言明的通奸。她们在坚信礼之后不会守贞超过一小时，格雷特和明娜说，还会注意不在十八岁之前怀孕。我从露特那里都听说过了，所以垃圾桶角落的对话就像死水那样无聊乏味。它压迫着我，让我渴望逃离这个院子、这条街、这片高楼。我不知道还有没有其他街道、其他院子、其他房子和其他人。目前为止，我仅在上杂货店买三磅普通土豆时去过西桥街，老板总会给我一颗糖果，他后来被发现是保险柜大盗"钻孔X"。白天，他静静地守着他的小铺，到了晚上，就骗过警察潜入城市里的邮局。很多年才抓到他。我的思绪飘得很远，直到露特突然说，托芙有个男朋友！两个大女孩爆笑。撒谎，明娜说，她太圣洁了！我要是撒谎就下地狱，露特坚持道，朝我灿烂一笑，毫无恶意。我还知道是谁呢，是鬈发查理！噢，哈哈，哈哈！她们笑得直不起腰，而我笑得最大声。我这么笑是因为露特只是想逗乐我们，但我并不觉得有什么好笑的。耶尔达从院子里走过，她的身子朝前倾，负重累累。笑声停了下来。她手上拿着一个网兜，啤酒瓶在里面彼此碰撞。她的短发颜色变深了，脸上也出现了棕色的斑点。我急切地盼望她能生出一个漂亮可爱、心智正常的孩子。一个女孩，我为她祈愿，金色的头发编成粗粗的长辫子垂在身后。或许耶尔达是爱锡鼻子的，没谁能看透一个女人的内心。或许每个夜晚她都哭泣着入眠，不管白天如何歌唱或是欢笑。有一次她站在垃圾桶的角落里，大喊她满十四岁时会怎样。我不想跟随这样的传统。我在遇到我爱的男人之前不想这样做，也还没有男人或是男孩朝我瞧过一眼。我不想要一个"不喝酒、带着周薪按时回家、稳定的熟练技工"。我宁愿做个老处女，我猜父母也逐渐接受了这个事实。爸爸总是说什么毕业后要有"含退休金的稳定工作"，但那于我而言就和熟练技工同样糟糕。每当想到未来，我都会在各处碰到高墙，这就是我一心祈求延长童年的原因。我看不到任何出路，当窗前的妈妈唤我的时候，我如释重负地离开备受珍视的垃圾桶角落，走上楼梯。说说，她很温柔地问，你把熨平机还回去了吗？嗯，我说。她对我微笑，仿佛我成功地完成了一项她布置的艰巨任务。

15

　　马蒂亚森小姐叫我回家寻求许可念高中，即便考试时我无法说出"三十年战争"持续了多久。我永远也学不会理解这种笑话。马蒂亚森小姐说我很聪明，应该继续读书。我也想，但我知道我们负担不起。虽然不抱希望，我还是问了爸爸，谁知他异常愤怒，轻蔑地谈起了女学究和丑陋又高傲的女毕业生。有一次他准备帮我写一篇关于弗洛伦斯·南丁格尔的文章，却只能谈论她的大脚和口臭，我只得去问默勒鲁普小姐。除此之外，爸爸给我写了不少好作文，从马蒂亚森小姐那里拿到了高分。他从未失手，直到有次在一篇关于美国的文章里他这样结尾："美国被称为自由之地。以前这意味着你可以自由地做自己、工作和拥有土地。现在这基本上意味着你如果没钱买吃的就可以自由地饿死。"你这一派胡言，班主任说，到底是什么意思？我无法解释，我俩那次只因完成作业拿到了 B。不，我无法继续读书了，而且留给我做小孩的时间所剩无几。我要快点毕业，受坚信礼，去某所有许多家务等着我干的房子里工作。未来是狰狞强大的巨人，即将落在我身上，把我压扁。我破烂的童年在我身边扑腾，才补好一个洞，另一个又出现在别处。这让我脆弱而易怒。我和妈妈顶嘴，她就幸灾乐祸地说，好吧好吧，等你有一天进入社会和陌生人打交道……他们最大的哀伤来自埃德温，自从他和爸妈决裂之后，我就和他更亲近了。我对他没有什么深刻或痛苦的情感，所以他可以毫不畏惧地向我坦白他的喜好。但爸爸一直相信他可以大有出息，因为他小时候有许多才艺。他会唱歌弹吉他，而且一直是学校戏剧表演里的王子。学校和院子里的所有女孩子都迷恋他，由于我们上的是同一所学校，老师们总会带着惊喜对我说，你是不是有个特别聪明、特别英俊的哥哥？他还是丹麦青年团这个工人阶级团体的一员，而且全心全意为组织效力，这也让爸爸很开心。爸爸总是说他不敬重任何不曾手握铲子的政府官员，所以谁知道他本来对埃德温有过什么期望呢？现在这一切希冀都被打碎了。埃德温不过是在等待成为熟练技工的好日子，这样就可以欺负可怜的学徒了。他也在等待满十八岁的那一天，因为到时他就可以搬出去，租个房间，不被打扰地做自己的事情。他想住在能请女孩子进门的地方，因为妈妈坚决禁止。在她眼里，所有年轻女孩都是敌人的特务，只想找个熟练技工结婚，靠他养活，而他当初的培训费都是父母一分一毫积攒出来的。现在他能赚钱了，妈妈愤恨地对爸爸说，可以还一部分钱回来的时候，他当然就跑得远远的，肯定是哪个女孩让他有了这个念头。每当他们准备上床，以为我睡着了，她就会说这些话。我完全理解埃德温，因为这不是一个我们可以停留的家，等我十八岁了，我也会搬走。但我也明白爸爸的失望。最近，他和埃德温争吵的时候，埃德温说斯陶宁是酒鬼，还有不止一个情妇。爸爸的脸瞬间因为愤怒而通红，抽了他重重的一耳光，埃德温一个趔趄摔倒在地上。我从未见过爸爸打埃德温，他也从未打过我。一天晚上，他们躺在床上讨论这个问题，爸爸说应该允许埃德温邀请女朋友来家里。他没有女朋友，没有稳定的，妈妈简短地说。他有的，爸爸说，要不然他也不会每天晚上都出门，你这样是自己把他赶走。和往常一样，如果爸爸鲜见地坚持立场，妈妈只能让步，埃德温因此得以邀请佐尔法伊格第二天晚上来喝咖啡。我知道很多关于佐尔法伊格的事，但我从未见过她。我知道她和哥哥是相爱的，哥哥成为熟练技工之后他们就会结婚。我也知道哥哥拜访过她家，很受她的父母喜爱。他在人民之家的舞会上认识了她。她住在恩哈弗街，跟他一样十七岁。她的爸爸修理单车，在西桥街开了作坊。她自己是受过训练的美容师，赚很多钱。

那个夜晚来临了，我们都焦躁不安地注视着妈妈的举动。我帮她把我们唯一的白餐布铺在桌子上，埃德温想看着她的眼睛向她微笑，却是徒劳。他穿着受坚信礼时的套装，手腕和脚踝处太短了。爸爸身穿礼拜日的盛装，坐在沙发边缘，紧张地摆弄着领带结，好像他才是客人。我把装着泡芙的托盘摆放在桌布的中央。然后门铃响了，哥哥冲过去开门的时候差点把自己绊倒。爽朗的笑声在外头走廊里回荡着，妈妈紧紧地抿住双唇，抓起她的织物，愤怒地做起了针线活。你好，她简短地问候，把手递向佐尔法伊格，头也不抬。请坐下。她还不如说去死吧，但佐尔法伊格似乎并没有意识到气氛里的紧张。她坐下了，微笑着，我觉得她很漂亮。她的金发在头上盘成花环，双颊粉红，有着深深的酒窝，深蓝色的眼睛似乎总是笑眯眯的。她没意识到我们有多么沉默，不过她讲话时兴致高昂，十分自信，好像习惯了发号施令。她谈论着她的工作、她的父母、埃德温，还有她来做客有多开心。妈妈看上去越来越抗拒，继续织毛线，仿佛在完成计件工作。终于佐尔法伊格发现了异常，因为她说，真的很奇怪！既然埃德温要和我结婚，您就会成为我的婆婆，您知道的。她由衷地笑着，却完全没有人跟着笑，突然妈妈哭了出来。这简直是酷刑般的尴尬，我们都不知道该怎么办。她一边哭，一边继续织，而她的泪水并不令人动容，也不值得怜惜。阿尔菲达！爸爸呵责道，而他不曾直呼她的名字。我绝望地抓起咖啡壶。再喝一杯吧？我问佐尔法伊格，还没等她回答就斟满了一杯。我猜她可能认为这对于我们来说是再寻常不过的。谢谢你，她说，向我微笑。有那么一刻所有人都是沉默的。哥哥低着头，脸色阴沉地盯着桌布。佐尔法伊格郑重其事地往咖啡里加糖加奶。泪像雨水般从妈妈极度悲伤的双眼流出，埃德温突然把椅子往回一推，任它撞上一桌的餐点。好了，佐尔法伊格，他说，我们走了。我就知道她会把一切都毁掉。不要再号哭了，妈妈。不管你喜不喜欢，我都会和佐尔法伊格结婚的。再见。他拉着佐尔法伊格的手，冲到走廊里，没给她道别的机会。门在他们身后摔上了。这时妈妈摘下眼镜，把眼睛擦干。你看看，她责备爸爸，他那么坚持做学徒有什么用？那女孩绝对不会放弃这么个金矿！爸爸疲倦地瘫倒在沙发上，松松领带，解开衬衫最上面的纽扣。并不是这样的，他毫无怒气地说，但你这样做是亲手赶走自己的孩子。

埃德温再也没有带过女朋友回家，等他结婚了，我们在婚礼后才第一次见着他的妻子。不是佐尔法伊格。

16

　　我童年的最后一个春天很冷，狂风阵阵。尝起来有尘埃的味道，闻起来是痛苦的离别和改变。学校里，所有人都忙着准备考试和坚信礼，但我看不出来这些有什么意义。为陌生人打扫屋子或者洗碗又不需要中学文凭，而坚信礼不过是一块墓碑，竖立在眼下于我明亮又安稳的幸福童年之上。这期间发生的所有事都对我有着难以磨灭的深刻影响，我仿佛甚至能把无关紧要的话语记上一辈子。和妈妈出门买坚信礼穿的鞋子时她说了这么一句话，一旁的柜员也听着：是的，这是我们买给你的最后一双鞋子。这句话替未来揭开了一番恐怖的景象，而我不知道以后要怎样才能养活自己。鞋是刺绣的，要九克朗。还是高跟，因为我穿着很容易把脚踝扭伤，而且妈妈觉得我穿上就像塔一样高，所以爸爸用斧头把跟砍短了。这样一来，鞋头又会翘起来，妈妈安慰我说，反正只需要穿一天。埃德温在十八岁生日那天搬到了巴格巷的一个单间，我现在睡在客厅里用沙发铺的床上，我把这个也看作童年结束的伤感明证。这里，我不能坐在窗台，因为上面都是天竺葵，而且唯一的景象便是一个广场，停放着吉卜赛人的绿色大篷车，加油栓装着大圆灯。那盏灯有一回让我感叹：妈妈，月亮掉下来了。我自己没印象，但一般来说，大人们对你有着和你自己完全不一样的记忆。我明白这一点很久了。埃德温的记忆也截然不同，只要我问他还记不记得我们一起经历的某些事，他都会说不记得。哥哥和我喜欢彼此，却无法好好沟通。我去他的住所看他时，房东来开门。她长着黑色的小胡子，而且似乎和妈妈一样为多疑所困。他妹妹，她说，哟，这个不错，我从没见过哪个房客有这么多姐姐妹妹。即便埃德温现在拥有了自己的房间，他还是过得不顺。他抽烟，喝啤酒，经常晚上和一个叫托瓦尔的朋友出去跳舞。他们是一起当学徒时认识的，都梦想着有一天能开设自己的工坊。我从没见过托瓦尔，因为我俩都不可以把朋友带回家，无论性别。埃德温很不开心，因为佐尔法伊格离开了他。有一天她来到他的房间，两人终于可以单独相处了，她却说自己并不想和他结婚。埃德温责怪妈妈，但我觉得是佐尔法伊格有其他人了。你瞧，我在书上读到过，遭遇反对时真爱只会更强大，但我没有对埃德温说，让他相信是妈妈吓跑了她或许对他更好。他的房间很小，家具看上去都该报废了。我从不会在埃德温那里待太久，因为我们每次对话，中间都有大段的沉默，每当他看到我要离开都如释重负，如同见我到来时会高兴一般。我告诉他家里的一些小事情。例如，我穿了一双上过油的皮靴，就和以往一样，这是他传给我的。爸爸给鞋底过了光油，这样会耐穿一点，还打磨了鞋头，它们就翘了起来，完全变成了黑色，而靴子其他部分仍是棕色。有一天，妈妈朝我扔了一堆破布：把靴子擦干净，然后把它们扔进炉子。我的靴子？我开心地问，她大声地笑我，笑了很久。不是，你这个傻瓜，把破布扔进去！她说。这些事情也会让埃德温发笑，这就是我现在告诉他的原因，他已经不再是我们日常生活的一部分。一切都和以前不同了。只有伊斯特德街没有变，他们现在也允许我晚上去那里了。我和露特还有明娜一道前往，而露特并没有意识到我和明娜之间有着近似厌恶的东西。有时候我们会到撒克逊街看望奥尔加，她是明娜的姐姐，嫁了警察，什么都有了。奥尔加在家带小孩，允许我抱抱。这感觉美妙得令人难以置信。明娜也想嫁穿制服的男人，他们多帅啊，她说。然后他们会搬到赫德比街附近，因为所有人结婚了都这么做。露特点头认可，为相同的命运做准备，她们似乎都向往那样的命运。我微笑着表示赞同，仿佛我也期盼那样的未来，如往常一样害怕被看透。我觉得我是这个世界的异乡人，不能同任何人谈论一想到未来就充斥我内心的那种种势不可挡的难题。

耶尔达生了一个可爱的小男孩，每当父母去上班时，她都带着他骄傲地在街上晃悠。她才十七岁，不满十八是不可以生孩子的。她被讨厌是因为凭那副脾性和态度，她不愿意承认事情脱离了正轨，因而无法恭敬地接受左邻右舍施舍的怜悯。见她不肯收下奥尔加的妈妈为她收集的一箩筐婴儿衣服，大家气坏了。而她呢，就像那样，这把年纪还仰仗父母的供养。如果是你，妈妈说，你早就被赶出家门了。噢，我多么想把自己的孩子抱在怀里！我会供养他，找到出路，不管以怎样的方式。要是我能走到那一步该多好。晚上睡觉的时候，我幻想着遇到一个英俊、友好的年轻人，我会礼貌地问他，能不能帮我一个大忙。我向他解释我非常想要一个自己的孩子，希望他帮我实现。他同意了，我便咬紧牙关，双眼一闭，假装一切发生在其他人身上，与我毫不相关的人。之后，我就不想再见到他了。但在我们的院子和街区遇不到这样的年轻人，我在诗歌本里写了一首诗，现在它睡在餐具柜的底层：

一只小小的蝴蝶飞高了，
在染了蓝的天空中。
一切常理、道德
和责任，与它无关。

为春天的魅力醉倒，
颤抖的双翼舒展，
阳光的金线带它
落入美丽的世界。

它钻进淡粉的苹果花，
花开得正好，
小蝴蝶飞呀飞，
找到了可人的新娘。

苹果花闭合，
热烈的飞翔结束了。
噢，谢谢你，小蝴蝶。你已教会我
如何以欢愉去爱。

17

　　墓里的外婆尸骨未寒，爸爸就带着我们退出了国家教会。这是妈妈的表达。外婆没有墓地。她的骨灰装在骨灰罐里，放置在比斯普耶火葬场，我站着看那愚蠢的瓮，毫无感觉。但我经常到那里去，因为妈妈希望这样。每次去她都哭，而我总感到愧疚，只要她说：你为什么不哭？你在葬礼上可哭了。现在埃德温离开了，我没上学或者不在街上玩的时候，都和妈妈在一起。我也跟她去人民之家跳舞，但是跟她跳不好玩，我比她高出一个头，和她相比我总会觉得自己魁梧又笨拙。她和男伴跳舞的时候，一个年轻人上前来邀我共舞。这是前所未有的，我

准备拒绝，因为除却妈妈心情愉快时在客厅教我的
舞步，我就什么也不会了。但那个年轻人已经用手
揽住了我的腰，因为他跳得很好，我也跟着跳得好。
他一言不发，我只是为了说两句，就问他是做什么
的。我在邮政军团工作，他简短地回答。我以为跟
治疗有关，于是断定他是名医生。[①] 那自然完全不同
于"稳定的熟练技工"。或许他会和我跳上整晚，或
许他已经对我萌生了一丝爱意。我的心跳得更快了，
轻轻靠在他的怀里。"夜晚来临，是小偷出动的时刻
了"，他跟随音乐在我耳边唱。突然一切停止，他把
我交回妈妈身边，僵硬地鞠躬，随后永远地消失了。
他长得不错，妈妈说，要是他能回来的话就好了。他
是个医生，我炫耀道，还告诉妈妈他在邮政军团工
作。噢，天啊，妈妈笑着说，那只是个送信的差使！

　　我们家不是国家教会的成员，因此我将参加世俗
的坚信礼仪式。这让我和班上所有去牧师那里参加坚
信礼的女孩背道而驰，但没关系，毕竟我已经放弃成

---

① 在原文中，邮政军团对应 kurérkorpset，治疗对应 kurere，读音
存在相似之处。

为她们了。她们在周六轮流拜访彼此，维克托·科内柳斯会在电台为周六舞会演奏。男孩也被邀请参加，而且很多同学都有稳定对象了。我们家里没有收音机，戴上耳机听哥哥在学校做的矿石收音机噼噼啪啪也不再有趣。即便我们有收音机，爸爸妈妈也不会为我特地举办周六舞会。我现在开始考试了，但我不在乎成绩如何。或许是因为我终究还是为不能上高中而失望。班上只有一个女孩可以。她叫英厄·内尔高，和我一样又高又瘦。除了学习之外，她什么也不做，每科都得A。其他人说她会变成老处女——这就是她继续读书的原因。和其他人一样，我从来没有怎么跟她说过话。我什么都埋在心里，有时我觉得我快窒息了。我晚上已经不再跟露特和明娜上伊斯特德街了，因为她们的对话越来越没有实质，只充斥着引人痴笑的指称和粗鄙下流的内容，并非总能在我日渐敏感的灵魂里转化为纤柔而灵动的语句。我只对妈妈讲鸡毛蒜皮的事情，我们吃什么，或是楼下住户的八卦。自从埃德温搬走，爸爸就变得沉默寡言，而对他来说，我这个孩子只需要"好好迈出第一步"，而这个表达在他的想象中伴随着各种糟糕的事情。有一天我去探望哥哥的时候，他说他的朋友托瓦尔想见我，我很震惊。他告诉托瓦尔我写诗，还问我能不能给他读。惊恐的我连忙拒绝，但是哥哥说托瓦尔认识《社会民主党人》的编辑，对方如果觉得好，或许可以发表。他的话掺在咳嗽里，因为他在工作的地方吸入了太多硝基漆。最后我妥协了，答应第二天夜晚带上诗歌本，让托瓦尔读读。托瓦尔也是一个熟练的油漆工，今年十八岁，还没订婚。我确认了后面的信息，因为我已开始幻想他就是那个友善的年轻人，几乎不需要言语就可以明白一切。

我把诗歌本装进书包，第二天晚上走到了巴格巷。我坚定地看着迎面而来的人，因为我很快就要出名了，他们会因为在我成名路上遇见我而骄傲。我极度害怕托瓦尔会像很早以前的埃德温那样取笑我写的诗。我想象他长得像哥哥，只是留着薄薄的黑色小胡子。走进埃德温的房间时，托瓦尔和哥哥并排坐在床上。他站起来伸出手。他个头矮小，身材结实。头发是金色的，毛毛燥燥，脸上长满熟度不一的痘痘。他肉眼可见地害羞，手一直捋头发，捋得它们笔直地竖了起来。我盯着他，吓坏了，觉得根本无法给他看自己的诗。这是我的妹妹，埃德温这话完全是多余的。还真他妈漂亮，托瓦尔说，手指卷卷头发。我觉得他这样说是友善的表现，于是对他微笑，在房间里唯一的椅子上坐下。你不能被人们的外表所干扰，我心想，况且他可能的确觉得我漂亮。不管怎样，他是第一个这样说的人。我从书包里拿出诗歌本，在手里攥了一会儿。我很害怕这个有影响力的人认为我的诗很烂。我不知道它们到底有没有一点可取之处。现在就给他，哥哥不耐烦地说，我不情愿地递了过去。见他皱着眉严肃地翻阅，我感觉我似乎正以一种截然不同的方式存在着。我兴奋，感动，害怕，仿佛那个本子是我身上颤动着、活生生的一部分，只一个严苛或侮辱的字眼就可以把它毁掉。托瓦尔沉默地读着，脸上笑意全无。最后他合上本子，淡蓝的眼睛向我投来倾慕的目光，肯定地说：写得真他妈好。托瓦尔的语言让我想起了露特。没有千篇一律的粗话修饰，她也无法组织完整的句子。但你不能以此评判一个人，那一刻我觉得托瓦尔睿智又英俊。你真的这样认为吗? 我开心地问。该死的，是的，他宣告，你轻轻松松就可以卖出去。他的爸爸是印刷工，埃德温解释道，他认识所有的编辑。是的，托瓦尔骄傲地说，我会给你安排，上帝作证。让我把它带回去，给我爸看。不行，我慌忙说，伸手抢夺。我，我想亲自拿给编辑读。你只需要告诉我他住在哪儿。好吧，托瓦尔顺从地说，我告诉埃德温，他会向你解释。我把本子装回书包，匆匆忙忙往家赶。我想独自一人畅想这份幸福。现在坚信礼已不重要，长大面对陌生人也不重要，除了在报纸上刊登哪怕一首诗这个美丽愿景，一切都不重要。

托瓦尔和埃德温信守诺言，几天之后我就拿到了一张纸条，上面写着：布罗克曼编辑，《家庭礼拜日》（《社会民主党人》），北法里马格街 49 号，周二两点。我穿上最好的衣服，用妈妈的粉色纸巾搓了搓脸颊，让她以为我要去照顾奥尔加的孩子，然后走向北法里马格街。我在一幢大楼里找到那扇写着编辑名字的门，谨慎地敲了敲。另一头传来唤我进去的声音。我踏入办公室，一个白胡子的老人坐在杂乱无章的大桌子边。请坐，他很和善地指向一张椅子。我坐下，一阵强烈的羞赧袭来，我无所适从。讲讲，他说着脱下眼镜，你想要什么呢？我一个词也蹦不出来，除了把那个现在已经脏脏的小本子递给他，想不到该做什么。这是什么？他翻了翻，半开嗓门地读了几首。然后他的目光越过眼镜投向我：这都是很感官的诗，不是吗？他吃惊地说。我满脸通红，赶紧回答，也不是全部。他继续读着，说：不是全部，但感官的那些才是最好的，天啊。你几岁了？十四，我说。嗯，他犹豫不决地摸着胡子说，我只负责编辑儿童版面，你瞧，我们不能发表这些。过几年再来吧。他猛然合上我可怜的本子递过来，一脸微笑。再见，亲爱的，他说。我糊里糊涂地摸出了门，希望被碾得粉碎。慢慢地，麻木地，我穿过城市的春天，他人的春天，他人的欢欣转变，他人的幸福。我永远不会出名，我的诗一文不值。我会和一个不喝酒的稳定的熟练技工结婚，或者找一份有退休金的稳定工作。那次致命的会面之后，过了很长一段时间我才重新开始在诗歌本上写诗。虽然没有任何人欣赏我的诗，我还是得写，因为这样能冲淡我心中的悲哀与渴望。

18

坚信礼准备过程中有这么一个大难题：到底该不该邀请酒疯子。他之前从来没有探望过我们，突然之间却戒酒了。他现在坐在家里没完没了地喝汽水，就跟他以前喝啤酒一个节奏。妈妈和爸爸说这对罗萨莉娅姨妈来说是天大的好事。但她看上去并不开心，丈夫的脸由于肝脏毁了已经完全变黄，很明显没多久可活了。家里人觉得这对于她来说也是好事。现在我可以自由地上他们家，不需要担心听到看到任何对我的成长有害的事了。但卡尔姨父完全没变。他还是粗暴而含混地在餐桌上抱怨腐败的社会和无能的政府官员，嘟嘟囔囔。其间，他会向罗萨莉娅姨妈下达电报般简短的命令，而她对他最细微的指示都言听计从，一如既往。汽水瓶在他面前一字排开，真无法想象一个人怎么灌得进这么多液体。我的父母令我不解。进地下室取煤一般都会摔到醉鬼身上，他们直接裹着大衣的残骸入睡，而街上也到处是喝醉的男人，这番司空见惯的景象根本就不会有人多看一眼。几乎每个夜晚都有一群男人聚在门口喝啤酒或烈甜酒，只有很小的孩子会害怕他们。但整个童年，我们都不被允许见卡尔姨父，哪怕这会让罗萨莉娅姨妈高兴得难以言表。经过妈妈与爸爸，还有妈妈与阿格妮特姨妈的长时间讨论，他们最终决定邀请卡尔姨父参加我的坚信礼。所以全家都会来，除了我的四个表姐，因为客厅容不下。这件大事让妈妈心情很好，她说我不懂感恩也很奇怪，因为我表现得过于明显，像是所有准备工作都与我无关。

考试结束，学校给我们举办了毕业晚会。所有人都为离开"红色监狱"欢呼，而我的声音最大。我似乎不再拥有任何真实的情感，却总得靠模仿他人的反应佯装自己拥有，这令我很困扰。仿佛我只会被间接与我相关的事物触动。我会因为在报纸上看到不幸家庭被驱赶的照片而落泪，但如果在现实生活中看到这样比比皆是的现象，我却无动于衷。我会为诗歌和抒情散文感动，一直如此，但其中所描绘的光景却让我毫无感觉。我并不怎么思考现实。对马蒂亚森小姐说再见时，她问我有没有找到工作。我说找到了，假装兴致昂扬，大谈一年后我会如何去上家政学校，那之前会寄宿在一个女人家里帮她照顾孩子。令我羞愧的是，其他人都会去办公室或者商店上班，而我却只能做保姆。马蒂亚森小姐善良而睿智的目光打量着我。好吧，好吧，她叹气道，你不能上高中真是遗憾。坚信礼一结束，我就要开始工作了。我和妈妈一起去求职。那个女人离了婚，一副高高在上的冷漠态度。看起来，对于我会写诗，并且只是需要在几年后回到《社会民主党人》的布罗克曼编辑那儿之前消磨一下时间这种事，她并不会在乎。她的公寓也并不雅致，虽然自是不缺三角钢琴，也铺了地毯。她白天工作，与此同时我要做清洁、煮饭、照顾她的儿子。我从来没有做过这些事情，也不知道怎样才可以配得上每个月的二十五克朗。我身后是我的童年和学校的日子，面前是未知的、恐怖的生活，陌生人环绕。我被困在两极之间，动弹不得，就像我的双脚在长长的尖头刺绣鞋里被挤压一般。在奥德兄弟会公馆里，我坐在父母中间听着演讲谈论少年是整个丹麦未来的指望，以及我们一定不能辜负父母，因为他们已经付出太多。所有女孩都像我一样坐着，腿上放着一束康乃馨，看上去就和我一样无聊。爸爸不停地拉扯僵硬的衣领，埃德温因为一阵阵的咳嗽而难受不已。医生建议他换份工作，但那自然是不可能的，他花了四年时间受训才成为一名熟练的油漆工。妈妈穿着新的黑色丝绸裙子，颈间三朵布艺玫瑰花，新烫的鬈发很蓬松。她吵了一架才做成这个发型，部分因为爸爸认为他们负担不起，部分在于他觉得这是"赶时髦的放荡行为"。我更喜欢她柔顺的长直发。她时不时把手帕举到眼前，但我不知道她是不是真的在哭。我看不出理由何在。我想到曾经对于我来说，世界上最重要的就是妈妈是否喜欢我，但深深渴望那份爱、一直苦苦寻觅迹象的孩子已不复存在。现在我觉得妈妈喜欢我，但是这并不会让我开心。

我们的晚餐是烤猪和柠檬慕斯。任何家务都会让妈妈变得暴躁易怒，直到该吃甜点了她才放松下来。卡尔姨父坐在炉子旁边，大汗淋漓，只能不断地用手帕擦拭又光又圆的头顶。桌子另一端坐着的是彼得姨父，他是木工，跟小时候参加过教堂唱诗班的阿格妮特姨妈共同代表家中有文化那一支。她为我写了一首歌，因为她有这么一种"血脉"，流淌于所有这些场合。这首歌讲的是我童年各种各样无趣的事件，每一段的结尾都是这样：上帝常伴你左右，啦啦啦，好运与幸福常随你身后，啦啦啦。大家合唱副歌的时候，埃德温看着我，眼睛在偷笑，我赶紧盯着打印的歌词，只为不笑出声来。然后彼得姨父敲敲杯子站了起来。他准备发表感言。就像对待奥德兄弟会公馆里的那段演讲一样，我左耳进右耳出。讲的是如何走上成人的阶梯，像我的父母一样努力工作，精打细算。有点太长了。卡尔姨父说，听听，听听！一秒不停，仿佛喝了葡萄酒，埃德温则在咳嗽。妈妈的眼睛闪烁着光芒，尴尬与无聊令我不适。他说完后，每个人都喊了"好哇"，罗萨莉娅姨妈温情的目光包裹着我，她轻柔地说：成人的阶梯，上帝啊！她没那么容易定义。我可以感觉到我的嘴唇在颤抖，匆忙低下头看着餐碟。整场坚信礼，她这句话是最有爱意的，或许也是最真实的。晚饭后，大家终于可以伸伸腿了，看上去也都比刚来时开心，或许也是因为喝了酒。他们很喜欢爸爸妈妈送我的小手表。我也喜欢，觉得它令我瘦瘦的手腕多了点分量。其他人也给了我钱，超过五十克朗，但这些要存进银行给我养老用，所以我并不兴奋。

等到客人都离开，我帮妈妈收拾好之后，我们坐在餐桌旁聊了一会儿。虽然已经过了午夜，我却仍然精神抖擞，很庆幸聚会终于结束了。天啊，看看他都撑得像什么了，你看到了吗？妈妈说道，指的是彼得姨父。看到了，爸爸义愤填膺地说，还大喝特喝！只要不用花钱他就放纵得不行。他甚至无视了卡尔的存在，妈妈接着说，我真为罗萨莉娅难过。突然她对我微笑，说：今天不是很美好的一天吗，托芙？我想着这一切带给了他们很多麻烦，也是一笔很大的花销。噢，是的，我撒谎道，这场坚信礼办得很棒。妈妈点头同意，打了个哈欠。然后她有了一个主意。迪特莱乌，她用欢快的嗓音说，既然托芙现在可以自己赚钱了，我们不就买得起收音机了吗？血液带着恐慌和愤怒冲上我的头顶。你不可以用我的钱买收音机，我激动地说，我自己有很多地方用得上。懂了，妈妈冷冰冰地说，站起身来冲出房间，门摔在身后，墙上的石灰咔嗒咔嗒地掉下来。爸爸看着我，一脸尴尬。别一字一句都当真，他解释道，我们账上还有一点钱，可以用来买收音机。你只需要向家里交食宿费。好，我说，后悔自己发火了。现在妈妈会一连好几天都不和我说话了，我知道。爸爸温柔地道晚安，进了卧室，而我再也不会坐在那儿的窗台上，幻想所有只有成年人才能得到的幸福。

我在我童年的客厅里孤身一人，曾经哥哥坐在这里，把钉子敲进木板，妈妈唱着歌，爸爸则读着那本我已多年未曾见过的禁书。这都是几个世纪前的事了，我认为我那时是幸福的，虽然因为童年的无尽而痛苦不堪。墙上是水手的妻子远眺大海。斯陶宁严肃的脸俯视着我，长久以来我凭他的形象塑造自己的上帝。虽然还会在家里过夜，我却觉得我今晚在和自己的房间告别。我不想上床，也没有睡意。我被浩瀚的悲伤俘获。我把窗台上的天竺葵移开，朝天空望去，新月的摇篮里闪烁着一颗幼小的星星，轻柔地在变幻的云间摇摆。我默默重复约翰内斯·V.延森《冰川》中的诗句，我经常读，已了然于心：此时像夜星，彼时如晨星，被杀死在母亲胸口的小女孩闪耀着，纯白，一心一意，像孩童的灵魂独自游荡，自顾自在无尽的道路上纵情玩耍。泪水滑过我的脸颊，因为这些诗句总是让我想起露特，我已经永远失去了她。露特和她精致的心形嘴唇，还有坚定而清澈的双眼。我丢失了童年好友，牙尖嘴利，又满心爱意。我们的友情逝去，一如我的童年逝去。现在最后一层残余从我身上剥落，如同晒伤皮肤的碎屑，而其下隐现的是一个笨拙、无可救药的成年人。夜晚流经窗外，我读着我的诗歌本，不知不觉我的童年静静地落在了记忆的底部，我那心灵的图书馆，那我余生获取知识和经验的地方。

图书在版编目（ＣＩＰ）数据

哥本哈根三部曲. 1，清晨 ／（丹）托芙·迪特莱弗森著 ；刘奕奕译. —— 海口 ：南海出版公司，2024.7
ISBN 978-7-5735-0890-4

Ⅰ. ①哥… Ⅱ. ①托… ②刘… Ⅲ. ①回忆录－丹麦－现代 Ⅳ. ①I534.55

中国国家版本馆CIP数据核字(2024)第061200号

著作权合同登记号　图字：30—2024—053

哥本哈根三部曲 ②

所有
明亮的梦

〔丹麦〕托芙·迪特莱弗森 著

刘奕奕 译

南海出版公司

新经典文化股份有限公司
www.readinglife.com
出 品

1

　　我的第一份工作只干了一天。为了多预留一些时间，我七点半就从家出发了，因为你应该在开头的时候更努力，妈妈说，而她自己青年时期的工作从没撑过开头。我穿着罗萨莉娅姨妈在坚信礼后第二天给我做的裙子。浅蓝色的羊毛，胸前有小小的褶子，令我看上去不会像往常一样平胸。单薄而锐利的阳光下，我沿着西桥街走，觉得所有人看上去都自由且幸福。当他们穿过皮勒大道附近即将吞噬我的大门，脚步便轻盈如舞者，幸福也栖息于瓦尔比山的另一侧。黑黑的走廊有恐惧的味道，所以我很害怕奥尔费森夫人会注意到，仿佛那是我带来的一样。我站着听她噼里啪啦地解释这样那样的事务，身体和行动都变得僵硬局促，解释间隙穿插着废话——关于天气、她的儿子、我与年龄不相符的高个子，像空转的卷线轴絮絮叨叨，没完没了。她问我有没有带围裙，我便拿出妈妈的那条，清空了书包。接缝旁有个洞，因为妈妈处理一切事情都会犯这样那样的错，看到它，我受到了触动。妈妈离得很远，八个小时我都见不到她。我身处陌生人之中，他们每天会以一定报酬换取我一定小时的体力。他们不在乎其余的我。我们走进厨房，小男孩托尼穿着睡衣跑了过来。早上好，妈咪，他甜甜地说，倚靠在他妈妈的腿上，对我投以敌对的目光。女人轻轻挪开，说：这是托芙，向这位亲切的女士打个招呼吧。他勉强地伸出手，在我握住时威胁道：我说的一切你都必须照办，否则我开枪打你。他妈妈笑得很大声，指着摆了茶杯和茶壶的托盘，叫我冲好茶端进客厅。然后她牵着男孩的手进了客厅，高跟鞋敲得地板嗒嗒响。我烧水倒进茶壶，里面垫好了茶叶。我不确定这样对不对，因为我从来没有喝过或泡过茶。我默默地想，有钱人喝茶，穷人喝咖啡。我用手肘压下门把手走进房间，停住脚步，吓呆了。奥尔费森夫人坐在威廉叔叔的大腿上，托尼躺在地上玩火车。女人跳了起来，在地板上来回踱步，宽大的袖子把阳光一小段接一小段裁成炽烈的光束。进这里的任何一道门，她嘘声训道，都要学会敲门，我不知道您在家养成了什么习惯，但我们这里的规矩就是这样，您最好适应。现在出去！她指着门，困惑的我放下托盘，出去了。她对我说话就像对成年人说话，不知道为什么我被刺痛了。此前这从未发生过。我走到走廊时，她喊道：现在敲门！我照做。进来！我听见了，这次她和沉默的威廉叔叔坐在各自的椅子上。我因屈辱而脸色通红，迅速判定我不能忍受他们中的任何一个。这稍稍有点帮助。他们喝过茶，便走进卧室换衣服。向这对母子伸手道别后，威廉叔叔就离开了。很明显，我不是人家道别的对象。女人给了我一张长长的打印清单，上面写明我不同时间段该做什么工作。然后她再次消失进了卧室，返回时换上了冷酷而尖刻的神情。我发现她化了很浓的妆，散发着一种不自然、没有生命力的新鲜感。我觉得她刚才的样子更漂亮。她跪下亲吻仍在玩耍的男孩，随后站起来对我微微点头，不见了踪影。男孩立刻起身，抓住我的裙子，楚楚可怜地抬头凝望我。托尼想吃鳀鱼，他说。鳀鱼？我一头雾水，完全不了解儿童的饮食习惯。你不能吃。这里写着——我研究着日程表——十点，给托尼吃黑麦粥；十一点，溏心蛋和一片维生素；一点……他不关心剩下的内容。汉内总会给我鳀鱼吃，他不耐烦地说，其他她都自己吃掉，你也可以这样。汉内显然是前任，而我也不准备给一心只想要鳀鱼的孩子强灌别的东西。行，行，我说。现在大人们走了，我的心情好些了。鳀鱼在哪呢？他爬上厨房的椅子，取出几个罐头，又从抽屉里找到了一个开罐器。打开，他急切地说，把东西递给我。我打开罐头，按要求把他抱上厨房柜台。我看着鳀鱼一条又一条消失在他的嘴里，一点不剩后，他说要下楼去院子里玩。我帮他换好衣服，带他从厨房的楼梯下去。透过窗户，我可以留心他玩耍的情况。

然后我该打扫房子了。清单中有这么一条：地毯清扫器放地毯上。我抓住那沉重的怪物，在客厅红色的大地毯上操它。我尝试推着它驶过一缕缕的线，发现它们并没有消失。接着我摇摇机子，来回摆弄一番，盖子便开了，一堆尘垢掉到地毯上。我无法装回去，由于不知道该如何处理那堆尘垢，就把它踢到地毯下，再跺一跺平整表面。几番努力过后已经十点了，我也饿了。我吃下托尼的第一餐，还补充了一点维生素。然后是下一项：用水刷所有家具。我吃惊地盯着单子，环顾家具。好奇怪，但肯定是这里的规矩。我找到了一个合适的硬毛刷，往盆里倒了冷水，再次从客厅开始。我均匀而勤恳地擦洗了半台三角钢琴。随后我意识到有哪里大错特错。在那精致闪亮的表面，刷子已留下无数细小的划痕，我不知道在那个女人回家之前该怎样去除。恐惧像冰冷的蛇爬过我的皮肤。我拿出清单，再次读到：用水刷所有家具。无论我怎样解读这项指令，它都再清楚不过，钢琴并非例外。有没有可能钢琴不是家具？那是下午一点，女人五点回家。我感到一阵燃烧的渴望，我要妈妈，我没有时间可以浪费。我快快脱下围裙，在窗边呼唤托尼，向他解释说我们要去瞧瞧玩具店。他上楼换好衣服，我拉着他的手一路跑过西桥街，他都几乎跟不上了。我们要回家找我妈，我上气不接下气地说，去吃鳗鱼。在那个点见到我，妈妈很惊讶，不过当我们进了门，我告诉她自己刮花了三角钢琴之后，她便爆笑起来。噢，天啊，她倒抽一口气，你真的用水刷钢琴吗？噢，不会吧，怎么会有人这么蠢！突然她严肃起来。这样吧，她说，你没必要回那里了。我们肯定可以给你再找一份工作。我很感激，但并没有特别惊讶。她就是这样。要是由她决定，埃德温本可以换个地方当学徒。明白，我说，那爸爸呢？噢，她说，我们就跟他讲威廉叔叔的故事，爸爸受不了那种事。轻快的情绪攫住了我们，像过去一样，而当托尼哭着要鳗鱼时，我们便带他上伊斯特德街买了两罐。快到四点时，妈妈带着男孩返回奥尔费森夫人的家，取回了围裙和书包。我从未知晓那架刮坏的三角钢琴的后续。

2

　　我在西桥街靠近自由之碑的一间膳宿公寓工作。对妈妈而言，送我去城市的另一端工作同送我去美国一样难以想象。每天早上八点开始，我要在一个满是煤烟和油污的厨房工作十二小时，那里没有一丝安宁或休憩。晚上回家后我已筋疲力尽，只能上床睡觉。这次，爸爸说，你必须坚持下来。妈妈也认为工作对我有好处，况且威廉叔叔的托词也不能重复利用。我满心想的都是如何摆脱这种沉闷的存在。我不再写诗，因为日常生活中没有一星半点的灵感。我也不去图书馆。每个星期三下午两点以后我可以休息，但我也直接回家睡觉。膳宿公寓是彼得森夫人和彼得森小姐开的。她俩是母女，但看起来差不多大。除了我还有一个十六岁的女孩于尔萨。她远在我之上，因为当住户们进餐时，她会换上黑色连衣裙、白色围裙、白色帽子，端着重重的托盘忙前忙后。她是侍应，负责招待客人。她们承诺，两年后，我也可以像于尔萨一样当上侍应，每月领四十克朗。现在是三十。我的工作是确保炉子一直生着火，清扫三个住户的房间，以及厕所和厨房。即使火急火燎地赶工，我还是跟不上。彼得森小姐责骂我，您母亲从没教过您拧抹布吗？您从没打扫过厕所吗？您为什么要做怪相？为了您好，我希望您以后不会遇到比这更难的工作！于尔萨又瘦又小，窄而苍白的脸上长着朝天鼻。晚饭前女士们小睡，我们在厨房柜台前喝咖啡，她说：如果你的指甲不总是那么黑的话，你就可以做侍应了。我听彼得森夫人是这么说的。或者：如果你能偶尔洗洗头，你就可以见客人了，我确信。对于于尔萨来说，不存在膳宿公寓之外的世界，除了每顿饭都围着餐桌忙碌外没有更高的目标。我没有回应她或她们的话，这些言论就像弹弓发射的石子，从来都击不中目标。于尔萨和我一起洗碗时，女士们用我们身后炉上的大锅做饭，谈起各种病痛，医生换了一个又一个，哪个都不满意。她们有胆结石、动脉硬化、高血压，这儿痛那儿痛，体内莫名地疼，每次吃东西肠胃都会发出阴沉的警告。星期日，为了让心情变好些，她们行经格伦宁根街上的残疾人之家，专看那些不健全的人。总的来说，她们心怀丑恶的愉悦感，批判任何人任何事。她们对每个住户都有具体的不满，知晓住户私人生活的一切，在把食物盛到于尔萨的托盘上时一边谈论其中的私密细节，一边抱怨那些人太能吃。有时候我觉得她们卑鄙刻薄的想法穿透了我的皮肤，让我窒息。但大多数情况下，我只觉得这样的生活难以忍受地无聊，忧伤地怀念自己多变而充实的童年。在每天我还醒着的一丁点时间里，我会和妈妈说说话，问她楼里和家里的近况，贪婪地吞食每一条令人神清气爽的新闻。耶尔达现在在嘉士伯工作，她妈妈留在家照顾婴儿。露特已经开始和男孩子约会了。这本来就是意料之中的，妈妈说，你就不该收养别人的孩子。埃德温丢了工作，重新开始在家露面了。但是你不应该为此难过，妈妈说，因为现在他咳嗽没那么严重了。我还是有点惊讶，因为爸爸总说熟练技工永远不会失业。我的上帝，妈妈兴奋地说，我差点忘了告诉你卡尔姨父住院了。他病得很重，但想想他一直以来的生活方式，也不足为奇了。罗萨莉娅姨妈每天都守在那儿，但他死了才真的对她最好。还有，伊尔玛的人造黄油涨了两欧尔，夸张吧。那现在要四十九欧尔了，我说。我一直都在关注物价，因为我不是和妈妈一起购物就是自己去。要是爸爸可以留在奥斯特就好了，她说，现在他都在那里干了三个月了，哪怕上夜班不是什么好事。黑暗愈渐浓郁，她叽叽喳喳的话音温柔地环绕我，直到我枕着手臂在桌子上睡着。

一天晚上，听到杯子的碰撞，闻到了咖啡，我像往常一样以这个姿势醒来。我昏昏欲睡地抬起头，目光被报纸上的一个名字吸引了：编辑布罗克曼。我凝视着它，彻底清醒过来，慢慢意识到这是一则讣告。它像鞭子抽在我身上。我从来没有想到他会在两年之约期满前死去。我觉得他抛弃了我，留我在这世上，未来希望全无。妈妈倒了咖啡，将咖啡壶放在他的名字上。喝吧，她说，在桌子的另一端坐下来。她说：漂亮卢维兹被送进了福利院。他妈妈死了，你知道吧，然后他们就这样来这里把他带走了。是的，我说，再次感觉到我们之间有无限的距离。她说：等你买到那辆自行车就好了，还差两个月。是的，我说。我每个月给家里十克朗，十克朗存进银行养老，剩下十克朗归自己。那一刻，我一点都不在乎那辆自行车，不在乎任何事物。我喝着咖啡，妈妈说：你这么安静，有什么事吗？没有吧？她语气尖锐，因为只有我的灵魂完全栖息在她的灵魂里，对她毫无保留时，她才会喜欢我。如果你继续这么古怪下去，她说，你永远都结不了婚。反正我也不想，我说，尽管我正坐在那里考虑这个绝望的选项。我想到我童年的幽灵：生活稳定的熟练技工。我对熟练技工没有任何偏见，是"稳定"一词遮蔽了未来所有明亮的梦。就像下雨的天空一样灰暗，没有丝毫明亮的阳光穿流而过。妈妈起身。

好吧，她说，我们该上床了。明天得早起，你知道的。晚安。她是站在门口说的，面带疑虑，似乎被冒犯了。她走后，我将咖啡壶挪开，再次阅读那则讣告。名字上方印着一个黑色十字架。我看到他友善的脸庞，听到他的声音：过几年再来吧，亲爱的。我的眼泪落在字句上，我觉得这是我一生中最艰难的一天。

3

　　我沉入一场持久的昏眩，所有的动力都被剥夺了。您在梦游，女士们说，这责备比以往任何时候都更无效。我失去了和妈妈对话的渴望，有一晚埃德温带来托瓦尔的邀约，我说不。我没兴致和那个喜欢过我的诗的年轻人出去跳舞。或许他的父亲认识另一位编辑，而他也会在我岁数足够写真正的、成年人的诗之前死去。我畏缩了，不敢将自己暴露在更多的失望之中。夏天来了。晚上回家，清新的微风像丝绸手帕拂过，舒缓了我被炉子烤红的脸颊，穿着轻薄裙子的年轻女孩与她们的心上人手牵手走在路上。我深感自己是独自一人。现在垃圾桶旁的那帮女孩里，我只认识露特，我路过院子时她总是对我大喊"嘿"。我抬头看向临街公寓的墙壁，那里流淌着生命和回忆，我童年的哭墙，人们在其后吃饭睡觉争吵打斗。然后我上楼梯，身穿有着蓝色波点和泡泡袖的红色连衣裙，我唯一的夏裙。有时于特会坐在客厅里抽烟，也会问妈妈抽不抽。妈妈别扭又笨拙地抽，老让烟雾熏了眼睛。现在于特在烟草工厂工作。爸爸说烟是她偷的，但妈妈不在乎。她总是必须有个小得多的女性朋友，因为她是如此年轻。但是她的黑发里夹杂了灰色，腰臀也开始发胖。这就是为什么她经常去吕尔绍街的公共浴室洗蒸汽浴，她回家后会欢呼雀跃，告诉我们其他女人都有多胖。

有一晚膳宿公寓的厨房门铃响了，我打开门时，露特站在外面。嘿，她微笑着说，你现在回家吗？我想告诉你一件事。是的，我说，你在外面等我。我倒掉最后的洗碗水，脱下围裙，朝她的方向溜过去，仿佛她是我的秘密情报员，谁都不可以发现。 她找我有什么目的？距离上次有人有事找我已经过了很久了。她身穿短袖上衣和白色平纹长裙，系着黑色漆皮的宽腰带，涂了口红，像妈妈一样修过眉。虽然她还是很瘦小，但在我看来她的模样很成熟。我们走到街上才开始说话，而这时露特开始闲聊，似乎我们之间从未分离过。她告诉我明娜已经不读书了，现在在东桥区有份包吃住的工作。东桥区？我重复道，很诧异。是的，露特说，但她总是有根筋不对。我并没有特别高兴。我只觉得露特从未想念过任何人。她耸耸肩，把明娜一笔勾销，正如一年前她把我一笔勾销那样。她的心里容不下深刻或持久的情感。抵达我平常拐弯的松德维街时，我们停下了脚步。但是你知道，露特说，你甚至还没有听到我想告诉你的事。我不情愿地跟她继续走下去，现在妈妈不得不开始徒劳地等待，如果超时太久，她就会去膳宿公寓找我。然后她会发现我已经离开了，因而确定发生了什么事故。但露特隐约闪烁着古老的魔法和力量，驱使我做我自己永远不会想到的事情。露特说她有一个心上人，一个十六岁的男孩，名叫埃温，住在美国街。他是学徒机械师，他们有一天会结婚。他已拿走她的童贞，感觉"真他妈棒"。后来她认识了一个非常有钱的男人，一名住在老国王街的古董书商。这就是她希望我和她一起去拜访的人。她自己去过，但他试图勾引她，她说自己不能对不起埃温。有钱人名为克罗先生，最好的朋友是霍尔格·比耶勒，他会说服此人把露特打造成歌舞团女孩。还有你，她说，他答应了我。我？一丝希望的光芒穿过我的灵魂。歌舞团女孩每晚都在台上跳舞，白天想做什么做什么。当然，我知道我家人是永远不会允许的，但每当我和露特在一起，世界从来都不是完全真实的。而且你知道吗，她热切地说，他很老，也病了。当我在他那儿的时候，我以为他会死于心脏病发，他又是咳嗽又是呼哧呼哧的，还总喘不上气。他一个人住，如果我们对他真的很好，也许他会把所有遗产都留给我们，这样埃温就可以开自己的工作坊了。她开心地抬头望向我，用那清澈、强烈的眼神，这疯狂的计划也使我心情愉快。我很清楚露特想要我做什么，便说：我不会那样做的，但是我愿意去见他。

露特大笑，手遮住嘴，同时用拇指擦鼻子。她说他的模样很恐怖，但我应该想着钱，想着我们作为歌舞团女孩的未来。克罗先生住在一栋大楼的顶层，那里看起来却完全不像百万富翁的家。按铃时，我们听到门的另一侧传来刺耳的咳嗽声。瞧，你能听出来他不久于世了，上帝，露特低声说。好一阵防盗链和钥匙的锵锵声之后，门打开一条缝，克罗先生的脸出现了。防备地看了我们片刻后，他松开了链条，让我们进门。噢，我惊呼，好多书啊！客厅的墙上满是书籍，还有我仅在博物馆见过的大幅画作。直到我们坐下来克罗先生才开口。他认真地看着我，和善地问：你喜欢书吗？是的，我回答，更仔细地看着他。他不像露特说的那么老，却也不年轻。他完全秃顶，脸颊丰满红润，就好像在室外的新鲜空气中待了很久。他的眼睛是棕色的，像爸爸那样有些忧郁。我很喜欢他，感觉到他也喜欢我。他给我和露特泡了咖啡，露特问他是否与霍尔格·比耶勒谈过。没有，恐怕他正在度假。看向露特时，他的眼睛上下扫视她的身体，但幸运的是，他似乎对我的身体不感兴趣。他用蛋糕招待我们，谈论着好天气以及城里像花一样从鹅卵石间冒出来的年轻女孩们。这景象，他说，令人神清气爽。露特很无聊，在桌子底下踢我的腿。我说：我可以成为歌舞团女孩吗，克罗先生？你！他讶异地说，不，你完全不适合。不，她适合，露特抗议道，如果她弄个永久性鬈发，化化妆，拾掇一下。她不穿衣服就很漂亮。我脸红了，生平第一次对露特感到恼火。克罗先生看看她又看看我，说：你们两个到底为什么会成为朋友呢？我问他是否可以看看他的书，听到我说喜欢读诗后，他就告诉我在哪里找。我随机取出一本打开。欣喜又幸福的我读了起来：

——壶里盛满葡萄酒，
大地蒙着暮光的面纱。

波德莱尔：恶之花。我看见标题页上的字眼，走到克罗先生跟前，问他如何发音。他告诉了我，还说如果我保证归还就可以借走。我向他保证，坐回桌旁。现在我才注意到克罗先生穿的是睡袍。他再次咳嗽起来，脸色变得鲜红，挣扎着喘气，要求露特捶捶他的后背。她这样做时无声地向我笑着，但我没有以笑回应。克罗先生和我之间有种秘而不宣的共识，我不记得曾与其他任何人体验过。我强烈地希望他就是我的爸爸或叔叔。露特注意到这一点，皱起眉，恼火了。我得回家了，她闷闷不乐地说，我要去见埃温。我们准备离开时，克罗先生尝试亲吻露特，她却移开了甜美的脸庞，我有些于心不忍。我不会介意亲吻他，但他只是伸出手说：你喜欢的书都可以从我这儿借，只要我能收得回来。晚上这个时候我总会在家。到家时，妈妈正坐在桌子旁，脸肿了，眼睛红红的。她问我到底去哪里了，书又是怎么来的。我说我去了埃德温那里，他的咳嗽确实好点了。书是我向膳宿公寓的一位住户借来的。上床时，一个可怕的念头击中了我，克罗先生会像我的编辑那样死去。我全心全意地渴求与这个世界产生联结，而它似乎完全由病恹恹的老人组成，在我自己长到值得认真对待的年纪之前，他们随时都可能倒下。

4

卡尔姨父死了。他是在睡梦中安静地死去的，罗萨莉娅姨妈说，他死时手握在她手里。她坐在椅子边缘，戴着帽子，缝纫的衣物抱在怀里，如往常一般，哪怕家里已经完全没有什么在等她回去了。她的眼睛因哭泣而完全肿胀，妈妈实在找不到任何办法来安慰她。妈妈一直认为卡尔姨父死了对罗萨莉娅姨妈才是最好的，罗萨莉娅姨妈却似乎不那样想。我们都参加了葬礼，包括彼得姨父和阿格妮特姨妈，卡尔姨父活着时他们不想跟他扯上任何关系。我的三个表姐也在。她们又矮又胖，脸色苍白，妈妈幸灾乐祸地说她们永远都结不了婚，父母又有什么可得意的呢？她和爸爸总是对阿格妮特姨妈和彼得姨父指指点点，每周却仍会跟他们打几次牌。我下班回家见了都会很恼火，因为他们离开之前我都不能上床。牧师谈论卡尔姨父时，我没有像在外婆的葬礼上那样大笑，而是想着除了罗萨莉娅姨妈，没有人了解他，也不清楚他真实的样子。最早他是一名轻骑兵，接着当了铁匠，接着他喝啤酒，最后是汽水。这就是我们其余人所知道的一切。我们在墓地附近的餐馆喝咖啡，气氛很压抑，因为不管谁想让罗萨莉娅姨妈振作起来，都会遭到她的抗拒。眼泪掉进她的咖啡杯，她必须不断地掀起葬礼帽子的黑色面纱擦拭。他年轻的时候很英俊，她对妈妈说，不是吗，阿尔菲达？是的，妈妈说，他那时候很英俊。罗萨莉娅姨妈说：我知道你们谁都不喜欢他，因为他酗酒。为此他受了很多的苦。他自己的家人也不喜欢他。场面很尴尬，没有人回应，因为她是对的，当然对。好了，埃德温说着站起来，我现在得走了。我得去见一个朋友。他走后，我环顾四周的家人，看向这些整个童年都围绕着我的面孔，我发现他们疲惫而苍老，仿佛我用来长大的岁月已将他们耗尽。甚至我的表姐，她们不比我大多少，看起来一样精疲力竭。爸爸很安静，很严肃，依旧穿着他的礼拜日套装。仿佛内衬是阴郁压抑的思绪缝制的，连同那套装一起穿在身上。他正低声和彼得姨父说话，咕哝着。哪怕在葬礼上他们也讨论政治，但不像往常那样激动。爸爸还在奥斯特工作，而妈妈终于得到了她指望我掏钱的那台收音机。她整天都开着，仅在客厅里有她想说话的对象时才关。爸爸在家时总躺在沙发上睡觉。要是妈妈关掉收音机，他就会惊醒，说：这天杀的噪音，我他妈怎么可能睡得着。我们觉得真的很好笑。但我不再真正参与家庭事务，不像以前了。只有在克罗先生家时我才是活着的。在不激怒妈妈的情况下，我尽可能频繁地拜访他。我说我去探望于尔萨，而妈妈不明白为什么我们突然成了朋友，因为我之前一直说不喜欢她。我向克罗先生借书，读完之后归还。他总是穿着丝绸睡袍迎接我，脚上踩着红拖鞋；从银制咖啡壶里给我们倒咖啡。如果没有糕点，他会给我五十欧尔让我下楼买。我们在表面嵌有黄铜的矮桌旁喝咖啡。克罗先生的双手白皙修长，总是微微颤抖，声音低沉悦耳，我爱听。我在他家的时候，大部分时间是他在讲话，因为他不喜欢我表现出好奇心。有天晚上，我问他为什么没结婚，他说：你不应该知晓一个人的一切，记住这一点。否则就没劲了。我也不知道露特是否还来这里，或者她是否会成为歌舞团女孩，或者克罗先生到底认不认识霍尔格·比耶勒。露特认为他不认识。每次我在院子或街上遇见她，她就说：那克罗满嘴谎言，是个肮脏的老男人。他还没有对你表示过那个意思吗？没有，我说，并且认为她口中的人不是我认识的克罗先生。行吧，我可不敢一个人去那里，她说。又有一天，她说他小气，因为他从不送我任何礼物。他为什么要送呢？我问。她一脸不耐烦。因为，她说，他老可你还年轻。他对年轻女孩痴迷得要命，所以必须付出点什么，还能为什么？一天晚上，克罗先生点燃了我们之间的桌子上立着的高高的银烛台上的蜡烛，我鼓起勇气说：克罗先生，我小的时候写过诗。他笑了。好啊，他说，你想给我看？我脸红了，因为他猜到了我想向他索取什么，我问他怎么知道。噢，他说，要么是这个要么是别的。人总想从对方身上得到什么，而我一直都知道你想利用我达成某些目的。当我摆手否认时，他说：这没什么，完全是正常的。我也想从你那里有所收获。什么？我问。没什么特别的，他说，从嘴里取出细长的烟斗。我只是收集怪人，与众不同的、特殊的人。我想看看你的诗。给我捶捶背。最后一句是呛出来的，他脸色变青。我每捶一下，他就咳一声，弓着身子，手臂垂到地面。我在想他得了什么病。我不敢问是不是绝症，第二天晚上带着诗集赶去公寓时，却几乎认定他已不在人世。但他仍在，我们在咖啡桌旁一坐下，我便把本子递给他，生怕他失望，毕竟他读惯了最最伟大的诗歌。他放下烟斗，翻动纸张，我紧张地注视着他的脸。是的，他说，点点头，小孩子的诗！他朗读道：

　　熟睡的姑娘，我来为你唱一首赞歌。

从未有过一番景象

给我带来如此真切的快乐，

见你一动不动，甜美可人

在梦里微笑，白色的床单

勉强遮住你年轻的乳房，

噢，那画面于我多么神圣，

你却全然不知。

总共四五节，他全都是对着自己低声念。然后他亲切而严肃地看着我说：有意思。你在写这首诗时想到了谁？谁也没想，我说，好吧，可能是露特吧。他由衷地笑了。生活很滑稽，他接着说，即将失去它的时候你才意识到。但是克罗先生，我惊慌地说，您没有那么老，一点不比我父亲大。噢，不是，他说，即使如此，我也活了很久了。他把本子合上，放在桌上。这些诗，他说，没有任何用处，但看起来你有一天会成为诗人。听到这句话，一股幸福感涌入我的身体。我向他讲起布罗克曼编辑，那个叫我几年后再去的人，他说他们很熟。他还说有一天我要是写出了好东西，写出别人爱读的东西，就该给他看，他会安排出版。烛光在烛台上闪烁着，黑暗的夜空满是星星。我太喜欢克罗先生了，但我不敢告诉他。我们沉默了很久。书架上弥漫着皮革、纸张和灰尘的迷人香气，克罗先生悲伤的目光扫向我，仿佛他想告诉我的永远不会说出口，恰如爸爸一直以来看我的样子。随后他站起身。好了，他说，你回去吧，我睡觉前还有一些工作要做。走廊上，他把手放在我的下巴上，说：你能给这个老人一个面颊吻吗？我小心翼翼地吻他，仿佛我的吻会招致他所畏惧的死亡。那是一个老人柔软的脸颊，让我想起了外婆的。

5

希特勒在德国上台了。爸爸说反动派赢了，德国人是自找的，因为是他们自己投票给了他。克罗先生说这是整个世界的浩劫，他沮丧而忧虑，仿佛这是他个人的痛楚。膳宿公寓的女士们欢呼着，说如果斯陶宁像希特勒那样，我们就不会有失业问题了，但他软弱腐败还酗酒，在政府做的一切都是错的。晚饭前她们不再小睡，而是听收音机里的新闻，回来时目光闪亮，说国会大厦的火是共产党人放的，庭审时肯定会证明。爸爸和克罗先生说是纳粹自己放的火，如果我有任何看法，那就是同意他们的看法。然而更要紧的是，我怕极了，仿佛世界广袤大洋的巨浪随时都会掀翻我这艘脆弱的小船。我不再喜欢看报纸了，却也不能完全躲开。爸爸给我看安东·汉森在《社会民主党人》上发表的黑暗的讽刺画，它们增加了我的恐惧。一个犹太老人背上有个大牌子，被大笑的党卫军包围。牌子上用德语写着：我是犹太人，但我不想抱怨纳粹。我得向爸爸解释这是什么意思。克罗先生订阅《政治报》。他给我看了一张范德吕伯的画像和下面的文字：

> 告诉我们你所知道的
> 关于托尔格勒和那场火灾。
> ——
>
> 你知道，我们想知道，该死的。
> 说迪米特罗夫和
> 波波夫在楼梯口等着，
> 这样你就可以保住你的脖子了。

噢，是的，他说，现在德国知识分子也参与其中。我问他"德国知识分子"是什么意思，他解释给我听。特指艺术家。诗人是艺术家，而克罗先生说过我有一天会成为诗人。女士们阅读《贝林时报》，而上面，据她们说，写有关于希特勒的真相，他或许会拯救整个欧洲，为我们所有人创造一种天堂。我比任何时候都更想离开膳宿公寓那封闭、肮脏的厨房，以及每天在那里接触的人。我到家时爸爸总是在睡觉，几个小时后他就要去上班了。一天晚上当他醒来时，我问他我是否可以另找工作。我说我讨厌洗碗讨厌打扫卫生，讨厌任何形式的家务劳动。我宁愿在办公室工作，学习打字。还不行，他说，你必须先学会好好打理家事，在丈夫下班回家时为他做饭。这些她很快就能学会，妈妈帮我说情，等到她哪天用得上的时候。她还说：你说得好像她明天就要结婚了似的。她才刚满十五岁。爸爸紧咬嘴唇，皱着眉头。是你还是我做主？他说。妈妈沉默了，却也受到了侮辱，客厅里的气氛很紧张。爸爸离开后，她停下针线活，笑了。我们可以假装，她说，有个住户追你，这样你就可以换工作了。好，我如释重负，震惊于自己居然从未想过这个办法。

几天后我回家时，爸爸正坐在沙发上。好吧，他说，妈妈告诉我发生什么了。现在你也到了需要照顾自己的年龄了。你不能再去那里了。妈妈可以去领取你的工资，然后你就必须开始另找工作了。我在家里待了一段时间。我们买《贝林时报》，我申请了许多办公室岗位，但没有得到回应。我还在西桥街上走来走去，申请那些需要面试的工作。我在宽敞明亮的办公室和体面的绅士们对话，他们都问我爸爸是做什么的。当我告诉他们时，他们认为我的生计只能依赖自己的薪水，而这根本就不是那种工作。不过最后我成功地找到了一份工作，负责人只问我是不是工会成员。一听说我不是，他立即雇用了我，月薪四十克朗。那是瓦尔德马尔街的一家护理用品公司，我将成为库存管理员。渣滓公司，爸爸听到关于工会的对话时说，但他让步了，因为即使对女孩来说，找工作也不容易。

由于这一切的发生，我没有机会拜访克罗先生。他从来没有问过我住在哪里，而且不爱打探，同样也不喜欢别人打探。一天晚上我又出门去看他。现在是冬天，我穿着改造过的埃德温的大衣，与其说好看，不如说是暖和。我期待再次见到我的朋友，跟他讲讲我的新工作，我现在干得很满意。我按往常的路线从西桥街穿过，抵达老国王街时，我停下来，仿佛瞬间瘫痪，完全弄不明白了。那栋黄色的建筑已经不在了。它曾经存在的地方，现在只是一个碎石、石膏以及生锈扭曲的水管散落的空间。我走过去，用手撑住低矮的残墙，觉得双腿再也无法支撑我了。人们从我身边走过，神色淡漠，沉浸在各自晚间的差事里。我想抓住他们中一个人的胳膊问：昨天这里有一栋楼，您能告诉我它在哪里吗？克罗先生在哪里？他现在一定住在别的地方，肯定的，可你要怎么找到一个消失的人呢？我不明白他怎么能这样对我。但也许他认识太多年轻女孩，我只是其中之一。他说他收集怪人，也许我还不够怪。我慢慢往家走，仍不确定该对这场不幸作何反应，我想要是我写出了好诗就不会发生这种事。我想如果他想要我的身体，也不会发生这种事，毕竟他显然渴望露特的身体，但至今还没有人对我表现出任何那样的兴趣，爸爸的警告完全是多余的。回到我们的街道，露特和她的学徒机械师正站在通往临街楼房的楼梯口。我停下来，扣上大衣的扣子裹住脖子，因为风冷得像冰，我此刻才注意到。克罗先生的楼被拆掉了，我说，你知道他住在哪里吗？不知道，她越过那个年轻人的肩膀说，我他妈也不在乎。他们再次消失在彼此的怀抱中，而我走过去，穿过院子。走上后排楼房的楼梯时，我被恐惧擒住了，怕自己这辈子都逃离不了出生之地。突然间我无法忍受它，觉得关于它的每一份记忆都是黑暗而悲伤的。只要我住在这里，我就注定要堕入孤独和无名。我对这个世界来说并不作数，每当我抓住它的一角，它便又从我手中溜走。人们死去，眼看着建筑物被拆毁。这个世界在不断变化，只有我童年的世界留存了下来。楼上客厅里一切依旧。爸爸在睡觉，妈妈坐在桌前编织。她的灰发不见了，因为被她极其隐秘地染黑了，谁知道这笔钱是哪里来的。偶尔爸爸会说：真奇怪，你的头发还是黑色的。我的已经完全变灰了。他很天真，相信我们说的一切，因为他自己从不撒谎。你去哪儿了？妈妈问，怀疑地看着我。去于尔萨家了，我说，并不关心她是否相信。她说：房间里很冷，往炉子里添些煤。接着她备好水煮咖啡，而我决定像埃德温一样，十八岁的时候搬出去。在那之前这是不会被允许的。如果我住在别处，远离西桥区，我就会更容易接触到克罗先生这样的人。我们喝咖啡的时候，我扫了一眼报纸。上面说范德吕伯已被处决，迪米特罗夫在审判中将戈林耍得团团转。我翻到讣告栏，却没在死者名单中发现克罗先生的名字。我突然意识到他仿佛是在希特勒上台后就对我失去了兴趣，我的小船又一次在模糊的恐惧中颤抖起来，生怕被掀翻。

6

　　我必须早上七点开工，和延森先生一起打扫房间，在办公室员工和主任到来之前把一切归置整齐。延森先生十六岁，又高又瘦又傻。他趁着我清洗地板的间隙，吹起避孕套，让它们在我头上飞来飞去，还试图亲我，以至于我不得不边笑边单手拿抹布自卫。他只是个男孩子，他的粗鲁冒犯不到我。主任办公室里，他坐在椅子上，双脚放在桌子上，嘴唇间夹着一根烟。我看起来是不是很像他？他问，手指卷着长长的刘海。他说我太谨慎，是因为我是处女，而且不愿意吻他。如果您爱上了我，我说，我会的。他坚持说他爱我，但我不相信。一天早上，我清洗主任办公室地板的时候，主任突然走进来。正当我手忙脚乱地收拾刷子和水桶，他从后面抱住了我，双手抓住我的乳房。他的动作跟妈妈在屠夫那里摸肉的方式差不多，我羞愤得脸色通红，拿着桶和刷子从他身边溜走，一言不发。我告诉延森先生，他说我应该揍他，因为他总是和女员工上床，而我不应该忍受这些。他已婚而且有很多孩子，因为他是天主教徒。但事后我并没有强烈的恶感。他是第一个对我的身体表现出兴趣的男人，而我深信如果不这样，我将永远无法出人头地。等两个办公室秘书和仓库主管到了，就得处理订单了。在库房的长柜台上打包货物是我的职责。温度计、吸水棉、阴道注射器、热水瓶、避孕套、支撑吊架。延森先生已经仔细解释了所有物品的用途。性爱在我看来极其复杂，而且不大吸引人。一样用于事前，另一样用于事后，而就延森先生的解释来看，一切自是不简单，这让我觉得自己很无能。仓库主管名叫奥托森先生，漂亮的秘书们毫不掩饰对他的迷恋。当她们拿着文件站在柜台前向他解释什么时，他就搂住她们的腰，她们则靠向他，眼睛里满是星星。两个都是漂亮时髦的年轻女孩，满头小卷，脚踩高跟鞋，腰间系着宽大的漆皮皮带。有一天当我在办公室工作了，我要试着和她们看起来一样。我会留意该穿什么衣裙，头发该怎么弄。但是我推迟这些努力，因为它们让我厌烦。我穿着公司发的棕色罩衫。找工作的时候，我就用妈妈的纸巾揉揉脸颊，这就是我为自己外表所做的一切。我有长而直的金发，只要我认为有必要，我就会用棕色的肥皂洗。克罗先生说我的头发很美，但也许是他找不到别的可夸的了。无论如何，我经常站在奥托森先生身边，也曾试着稍稍往他身上靠，他却从来没有搂过我的腰，抑或是注意到过我丝毫微弱的暗示。我想了很久，得出的结论是大多数女人都对男人有一种不可抗拒的吸引力，而我没有。这既可悲又奇怪，但确实能保护我，使我不会像我们街区大多数女孩那样过早怀孕。有一天，延森先生问我晚上想不想去看电影。我答应了，因为我从小就希望能被允许去看一场电影。那时我的父母不让。这一次我回家说了实话，妈妈看起来很兴奋。她想知道关于延森先生的一切，在她的脑海里她已经将我嫁给他了。但我不知道他父亲是做什么的，也不知道他自己对未来有什么计划，所以我无法满足她的好奇心。他是丹麦社会主义青年团团员这点让爸爸很高兴，毕竟他为埃德温拒绝加入而遗憾。毫无疑问，他捻着胡子的末梢说，他是一个非常明智的年轻人。所以我第一次坐在了电影院里，旁边是好好拾掇过自己的延森先生，他穿着坚信礼套装，刚好露出了没有彻底洗净的手腕。我们把大衣挂在椅背上。首先有人弹钢琴。然后灯光熄灭，炫目的广告在屏幕上闪烁。结束后灯光再次亮起，我准备起身，以为这就是全部，但延森先生把我拉回到座位上。现在才开始，他耐心地说。电影叫《船之子》，船之子是英俊动人的杰基·库根。我完全被他迷住了，忘记了我在哪里、和谁在一起。我哭了，就像挨了打，机械地接过延森先生递给我的手帕。他的手放在我的膝盖上，被我推开，仿佛那是一样死物。男孩与船长一起，跟着船沉没，为剧烈抽泣的美丽女子和她的女儿牺牲了自己的生命。我号啕大哭，灯光亮起时还不能停止。嘘，延森先生很尴尬，挽着我的胳膊向外走。您为什么不哭？我问，您不觉得很悲伤吗？我觉得，延森先生说，但是不至于在电影院里直接哭出来！我们走在南部大道上，延森先生的手指缠上我的。我瞥了他一眼，发现他有长长的睫毛。也许他真的爱上我了。雪在我们脚下吱吱作响，天空被星星点亮。他的手臂有点颤抖，但可能是由于寒冷。漆黑的家门口，他拥着我，亲吻我。我没有抵抗，却也没有任何感觉。他的嘴唇像皮革一样冷又硬。要不我们直接称呼彼此的名字吧？他用嘶哑的声音问道。好吧，我说，你叫什么？他叫埃尔林，我们同意在工作场合仍使用姓氏。

每当下午库房没有事情可做时，我就会被派到阁楼，把金属箱按顺序摆成长长的一排。我喜欢这项工作，因为这黑暗、积满灰尘的房间只有我一人。我躺在地上，把箱子按上面所写的均匀地摆放成排：氧化锌软膏、绵羊油。我沉入甜蜜的忧郁中，文字有节奏的浪潮再次流过我的身体。我把它们写在棕色包装纸上，悲哀地得出这些诗还是不够好的结论。小孩子的诗，克罗先生说。他还说：为了写出好诗，你必须经受很多。我认为我经受过了，但也许还会经受更多。有一天我写出了和以前完全不一样的东西，只是我不知道区别是什么。我这么写：

夜里有一支蜡烛燃烧，

它只为我而燃烧，

如果我向它吹气，

它就烧得更旺，

也只为我一人。

但如果你轻轻地呼吸，

如果你安静地呼吸，

这蜡烛便突然愈加明亮，

在我的胸腔深处燃烧，

只为了你。

我认为这是一首真正的诗，克罗先生失踪带来的痛苦再次涌上心头，因为我多想把它展示给他啊。

我多想告诉他现在我明白他的意思了。但对我来说，他就像那个老编辑一样死了，而我无法撬开缝隙，进入一个被诗歌打动的世界，一个我希望也会被写诗的人打动的世界。你离开了很久，我下楼时埃尔林说。他总是表现得好像我们的关系已经稳定了一样。他站着收拾一个清洗器——他向我解释过这是用于事后的，一边扭动那个怪东西下方的红色管子，一边说：我们星期六一起去旅馆住怎么样？我已经存好了钱。不，我说，因为如果我现在能写出真正的诗，那么我还是处女也无所谓。相反，当我遇到合适的男人时，可能还会用得上。全能的上帝啊，埃尔林愤怒地说，你是在为验尸官保留吗？是的，我说，笑得几乎停不下来。我自己都不知道童贞关诗歌什么事，又怎能向埃尔林解释这种奇怪的联系呢？

7

每个星期六晚上，埃尔林和我都会去看电影。他靠在临街楼房的墙上等我，手埋进他父亲大衣的口袋，这是他继承的，就像我继承了哥哥的一样。如果我让他等得太久，他就会嚼火柴，用手指缠绕头发。当我们穿过门厅时，妈妈打开窗户大喊：再见，托芙。这意味着她赞同这段关系，而埃尔林也这么认为。他问我是否很快就能见我的父母。不，我说，还不行。妈妈问埃尔林是有畸形足还是兔唇，鉴于我不允许他们见他。我也不想见埃尔林的父母，因为那样他们会以为我们已经订婚了。如果我有一个女性朋友，一切就会更容易也更有趣，但我已经没有了，所以有个埃尔林聊胜于无。我非常喜欢他，因为他也有点怪，在很多方面都像我。他的父亲是工人，经常失业。他有一个已婚的成年姐姐。他想成为教师，但他十八岁之前不能进入师范学院。他正在为此攒钱。他说公司雇佣无组织劳工太离谱了，但如果他加入工会就会被赶出去。他每周挣二十五克朗。我们看电影是我自己买票，因为他没有能力支付两个人的费用，而且我认为这使我更加独立。所有这些夜晚都遵循同样的模式。电影结束后，他陪我走回家，在黑暗的门厅拥抱亲吻我。我带着某种冷冷的好奇心观察他，想看看我可以让他兴奋到什么程度。如果我爱上了他，我也会很热情，但我没有爱上他，他也知道。某个时刻，我松开他绕着我脖子的冰冷的手，说：不行，别这样。哎呀，他气喘吁吁地低声说，一点也不疼的。对，我说，但我不想。我替他遗憾，走之前亲吻了他皮革般的嘴唇。他问我什么时候才想，而我只是为了回应，便保证满十八岁的时候一定，毕竟那还有好久呢。我也有点替自己遗憾，因为他的拥抱并没有让我的心弦产生丝毫振动。我在想我这方面是否也不正常。真他妈棒，露特说过，而她那时才十三岁。垃圾角的所有女孩都说了同样的话，但也许她们在撒谎。也许她们只是随口说说。我们什么时候能见到你的心上人？楼上客厅里的妈妈说，遇到你爸爸时，我马上就邀请他进门了。她还说他的目的显然只有一个，如果我遂了他的意，他就不会再想和我有任何关系了。你可不能带着个孩子回来，她说。一天晚上，我说她并没有那么欢迎埃德温把女朋友带回家，她尖锐地说男孩完全是两码事。男孩不用着急，随时可以结婚，但女孩必须有人供养，而且得时刻想着这一点。爸爸叫她别烦我了。他说埃尔林想当老师是很聪明的打算，因为老师收入高，而且不会失业。白领工人，有幸找到新工作的哥哥说，他们是最糟糕的那种人。哥哥对我有男朋友这件事很恼火，因为他总取笑我说我永远结不了婚。他正在听收音机里新闻报道腓特烈王子的婚礼，妈妈非常感兴趣。把那些王室的垃圾关掉，爸爸窝在沙发上说，现在我们多了一张嘴要喂，仅此而已。在我工作的地方，办公室秘书都为迷人的英格丽德公主欣喜若狂。她们像往常一样组织筹款，拿着一张长长的清单穿过库房，在上面写下每个人为献给王室的花束捐赠了什么。我捐了一克朗，几天前还给主任女儿的坚信礼捐了一克朗。他有那么多的孩子，为他们的洗礼或生日举办的募捐从没断过。在你意识到之前，埃尔林说，你的工资全都花在这些无聊的事情上了。埃尔林是社会民主党人，像爸爸和哥哥一样。他梦想着一场提升大众地位的革命。我喜欢听他讲述这个计划，因为穷人上台对我的个人利益有好处。埃尔林想改变社会民主党，让它变得更红。事实上，他说，我是一个工团主义者。我没有问他那是什么，因为那样我就会听到一番关于政治难以理解的长篇大论。有一次他带我去蓝房子广场的集会，但场面变得很暴力，警察拿出警棍驱散了喧闹的人群。打倒警察，穿着丹麦社会民主青年团制服的埃尔林大喊，头上立即挨了一下，他随之发出号叫。惊恐万分的我抓住他的胳膊，我们手拉手沿街跑，一路上都回荡着人群逃跑的脚步声。这不适合我，我再也不会做了。工作的地方除了我们还有两个工人和一个司机。我们都在仓库后面的一个小房间吃午饭。那里没有暖气，而这，埃尔林说，也很离谱。按照规矩，我们都穿着大衣坐着。

我们坐在倒置的啤酒箱上，我和这一小群人相处得很好。我和他们在一起并不害羞，就算他们问，比如，我是否真的知道支撑吊架或阴道注射器是干什么的。但我告诉他们应该加入工会，某天心情好的时候还爬上一个啤酒箱，模仿斯陶宁：同志们！我抚摸着我看不见的胡须，声音压得很低，我的观众也很捧场。他们大笑着鼓掌，很快我就忘了这事。不久，奥托森先生走进来，说主任想和我谈谈。自从那天他抓我的乳房后，我就没有和他单独相处过，害怕他还想做类似的事。坐下，他简短地说，指着一把椅子。我在最边缘的位置坐下来，惊恐地发现他的脸因愤怒而阴沉。我们不能继续用您了，他激动地说，我的公司容不下布尔什维克。不，我说，并不知道布尔什维克是什么。他用力拍桌子，我跳了起来。然后他站起来，走到我的椅子旁，红红的脸凑了上来。我稍稍侧过头，因为他有口臭。您敦促我的工人加入工会，他喊道，您可知道后果吗？不，我小声说，尽管我知道。他们会被炒鱿鱼，他吼道，再次拍桌，就像我现在炒您一样，没有推荐信！您可以在前台领取您的支票。他站直身子，回到了自己的位置上。我觉得我的眼泪应该夺眶而出，心中却充斥着一种自己也无法定义的黑暗的喜悦。这个人认为我是危险的，在一个我一无所知的领域是举足轻重的。没什么可笑的，他大喊，想必我是坐在那里笑了。滚出去！他指着门，我赶紧离开。我再也不想见到您了，他在我身后大喊，摔上了门。库房里，奥托森先生和埃尔林满脸惊讶。他们问我到底是怎么回事，我则自豪地告诉了他们。奥托森先生耸耸肩。您还年轻，他说，而且工资很低，所以很容易就能找到其他工作。您只有自己要养活，当然了。我有妻子和四个孩子，所以我会保持沉默。埃尔林说我不应该表达自己的观点，所以我对他大发雷霆。丹麦永远不会有革命，我激动地说，只要还有像你这样舍不得拿自己脖子去冒险的人。说完，我愤愤不平地走到秘书那里要了我的支票，它已经在等着我了。回家时街道上的雪已经堆积如山，冰冷的风呼呼灌进我的大衣。我已为我的信仰受难，等不及要告诉爸爸了。我觉得自己像圣女贞德，像夏洛特·科黛，是一个将在世界历史上刻下自己名字的年轻女子。反正写诗的进度已经够慢了。我挺直腰杆，昂首挺胸地走上楼梯，满怀着受伤的自尊踏进客厅，爸爸躺着睡觉，背对全世界。妈妈问我为什么已经回来了，我告诉她之后，她说我不应该掺和与自己无关的事情。她愤怒地说这是个好工作，没有男人会娶一个不断换工作的女孩。这一次她没有支持我，我大声清了清嗓子，在餐桌边制造动静，好让爸爸醒来。他醒了。他坐起来揉眼睛时，妈妈说：托芙被赶出来了。都怪你给她灌输那些关于工会的废话。听过细节后，爸爸的脸上出现了愠怒的神色。你以为你是谁？他大喊，用拳头砸桌，钩子上的吊灯晃个不停。你好不容易找到一份体面的工作，却因为这种愚蠢的行为被赶走。你对政治一无所知。这是个糟糕的时代，有这么多人渣，你用他们喂猪都来不及。你找到下一份工作后不准换，否则你就会像你妈妈一样。他们对彼此怒目而视，埃德温和我惹了麻烦时他们总是这样。我保持安静，根本不知道我曾期待的是什么。但在几分钟的时间里，我已失去了我对政治、红色条幅和革命突然觉醒的兴趣。埃尔林和我又去看了几场周六的电影，然后他就不再靠墙等我了。我有点想念他，因为他让我不再那么孤独，我还格外想念放着金属箱子的阁楼，在那里我写了第一首真正的诗。你的男朋友怎么样了？妈妈问，她曾梦想成为教师的岳母。他和别人在一起了，我说。对妈妈而言每件事都必须存在非常具体的理由。她说：你应该在你的外表上多花点心思。你应该买套春装，而不是那辆自行车。如果你不是天生丽质，她说，你就必须下点功夫。妈妈说这些话并不是为了伤害我，她只是完全不了解他人的内心。

8

　　您能看出我长得像谁吗？ 朗格伦小姐正用鼓鼓
的眼睛盯着我，我真的看不出她像谁。她微笑着，
挑起又垂下眉头。也许她有点像卓别林，但我不敢
这么说，因为她很容易被冒犯。现在她已经不耐烦
地皱起了眉。您不上电影院吗，小姑娘？ 她说。嗯，
我去的，我痛苦地回答，绞尽脑汁也毫无头绪。那
侧脸吧，她转过头来说，现在您该看出来了，每个
人都这么说。从她的侧脸我也没有看出任何线索，
只知道她的鼻子长歪了，下巴后缩。正当我处于煎
熬中时，电话响了。她接起来说：延森印刷公司。
她的语调总是高亢而咄咄逼人，我不知道电话那头

的人怎么敢阐述他们的目的。这次来了一个订单，她一边写下来，一边用左手把听筒放在右耳旁。挂断电话后她说：葛丽泰·嘉宝——现在您看出来了吧？噢，确实，我说，希望能有人和我一起笑。但我谁也没有。很奇怪，我在这里完全是孤身一人。我受雇于一家平版印刷厂。老板住在最里面的房间，被称为师傅。他在里面时门总是紧闭。前台有两张办公桌。卡尔·延森是他的一个儿子，坐在其中一张桌子前，背对着朗格伦小姐的椅子。她坐在我对面的电话和总机旁，我们办公桌的尽头有一张小桌子，上面有一台打字机，我得学会使用。但我整天几乎无事可做，似乎也没人知道我为什么会被雇用。办公室楼上有一间公寓，老板的另一个儿子斯文·奥厄就住在这里。他是个平版印刷师，在院子对面的印刷厂工作。卡尔·延森很瘦，动作敏捷，像只松鼠。棕色的眼睛挨得很近，有点斜视，这使他显得狡黠。他从不跟我说话，朗格伦小姐也在场的时候，他们会把我当成隐形人。他们经常调情，有时卡尔·延森在他能旋转三百六十度的椅子上转来转去，试图亲吻朗格伦小姐。她拍打他，放声大笑，得意扬扬，而我觉得很可笑，因为他们都这么老了。每当师傅穿过办公室时，他们就把头埋进工作，我则快速写下一些数字或文字，之后再慢慢地细心擦掉。卡尔·延森不常来，我能感觉到朗格伦小姐仔细打量的目光总是停留在我身上。她对我的每一个动作都要点评。您为什么总是在看表，她说，这不会让时间走得更快。她说：您没有手帕吗？老吸鼻涕让我受不了。或者：为什么总是我起来关门？您也很年轻。"也"这个字让我吃惊。有一天她问我觉得她有多大。四十，我谨慎地说，因为我确定她至少五十。我三十五，她备感冒犯地说，人们甚至说我看起来更年轻。每当我努力保持完全静止，把目光投向一个空空的点时，她总会说：您睡着了吗？您多少得做些工作来换取每个月那五十克朗。我碰巧打个哈欠，她就用男人般的声音问我晚上究竟有没有睡觉。我整天都要听这些发言，傍晚到家时就像在膳宿公寓工作时那么累。但坐办公室是我自己的主意，我得待到十八岁，尽管这令我不敢想象。我把工作订单记在本子上，一个小时就完成了。朗格伦小姐不喜欢我在打字机上练习，因为咔嗒咔嗒的。有一天师傅怯生生地问她能否让我负责总机，她生气地说她不想背对顾客坐着。我身后有一个柜台用来接待没有预约的客人。师傅似乎和我一样害怕她。他是一个很胖的矮个子男人，有着发青的海绵鼻，朗格伦小姐说长成这样肯定是有原因的。每当她要找他时，她总是打电话给趣伏里公园的格罗夫滕餐厅，似乎当他不在办公室的时候，那里便是他的永久居所。隔一阵他就叫我进去一趟，交给我一些纸条，叫我替他打出来。是信，都以"亲爱的兄弟"开头，"致以兄弟的问候"结尾。有时是关于某个已经去世的兄弟，当我写到他所有的优秀品质，特别是跟其他兄弟有关时，我会有些感动，认为这个家庭中有一种罕见而美好的亲密关系。有一天我冒险问朗格伦小姐师傅有多少个兄弟，她却大笑着说：那是他组织里的兄弟，全都是。他是圣乔治骑士团的成员。之后，她把这件事告诉了师傅的儿子，他就把他的椅子转过来，特意看看这个白痴长什么样。每周五晚上我都会在印刷厂里转一圈发放薪水信封。这是件折磨人的差事，因为工人们会调侃我，我却无法立刻回应。我不是他们中的一员，就像在护理用品公司时一样。爸爸说这是我做过的最好的工作，我没有任何借口不留下。每个人都加入了工会，包括我。师傅支付各类费用，我还得去上速记课，也是师傅掏钱。我不知道为什么要学速记，毕竟我只被允许给那些兄弟写信。朗格伦小姐负责写发票和商业信函。我感觉她反对雇我，现在又不让我学任何东西。从早上八点到晚上五点我都坐在那里盯着她，这可是又苦又累的工作。我从来没有遇到过这样一个人。有时她很友好，例如她会问我想不想吃苹果。她把苹果给我，但当我放在嘴里咀嚼时，她便皱起眉头说：您就不能安安静静地吃一个苹果吗？如果我上厕所太频繁，她就会问我是否消化不良。有一天她说她的侄女要举行坚信礼，问我是否认识谁能写首赞歌。为了出人意料，我说我可以，她便满脸怀疑地看着我。必须得写好，她说，就像报亭展示窗上的那些。我保证我会写得很好，她不情愿地让我试试。我按照要求，根据《快乐的铜匠》的曲调写好了歌词，朗格伦小姐很惊讶。这真的，她说，跟花钱买的一样好。她给师傅的儿子看，他对她说，好吧，真没想到，迪特莱弗森小姐竟然还会写歌呢。他调转椅子，用他那狡黠的眼睛好奇地盯着我。对我他一言不发，像往常一样。是的，朗格伦小姐说，这东西得看天赋。我觉得他们俩都很愚蠢。朗格伦小姐甚至不能说正确的丹麦语。例如，她会说"勿论如何"，而且经常这样说。每当她想强调什么，她就说：我说，而且我将继续这么说……诸如此类的表达。但她自然不会一直说下去。我还得这样毫无意义地消耗两年，想想都几乎无法忍受。晚上回到家时，于特往往都在，听她和妈妈说话让我筋疲力尽。于特身材高大，头发金黄，脸蛋漂亮。她自己说了永远不会结婚，因为她很快就会厌倦男人。她有一长串的情人，总是用最新那个的故事来逗乐妈妈。她们哈哈大笑，所以在这里我也觉得自己被排除在外。爸爸则鼾声如雷，在他出门工作和于特回家之前，我都不能上床睡觉。但我不明白为什么我几乎不能容忍别人，也不知道他们应该如何交谈才能让我心甘情愿地听下去。他们应该像克罗先生那样说话，而走在街上时，我总认为是他在转过街角或穿过马路。我追赶上去，那却从来都不会是他。他们正在他住所曾经的位置建新楼，我回家路上经过时从不朝那个方向看。我知道我可以在电话簿上找到他，但自尊心阻止了我。我对他没有任何意义。我只是逗他开心了一阵子，随后他便耸耸肩，转身离去。可我正在这样的存在中枯萎，必须找个出路。我记得《政治报》的分类版块里有个专栏，标题是"助手招募：戏剧和音乐"。这是我晚上可以做的，而且我现在可以在外面待到十点了。音乐是对我紧闭的领域，但我想成为一名演员。我极其隐秘地回复了一则为业余剧院寻找演员的广告。我收到了"成功剧团"的来信，他们在阿迈厄岛的咖啡馆集会，我需要在某个晚上出席。我穿上我的棕色套装，在妈妈的坚持下我没买自行车，而是买了它，然后坐电车去了店里。在那儿，我向三个严肃的年轻男子和一个年轻女孩打招呼。

她和我一样，也是第一次来。我们坐在桌子旁，领头的人说他正在考虑排演一出业余喜剧，名叫《昂内丝姨妈》。他带着剧本，经过短暂的审视决定由我来扮演昂内丝姨妈。这是个喜剧角色，他解释说，特别适合我。这个女人大约七十岁，但化化妆就可以轻松搞定。剧中有一对年轻的夫妇，男人由他自己扮演，女人则由卡斯滕森小姐扮演。我看了看那个年轻女孩，觉得她非常漂亮。头发是铂金色，眼睛是深蓝色，牙齿洁白而完美。我显然无法扮演她的角色。不过，我还是没想到我的首个舞台扮相会是七十岁的滑稽女人。角色分配完毕后，我们被告知记熟台词再集合。我们喝了一杯咖啡便散会了。卡斯滕森小姐和我一起走向电车站。她问我是否可以直呼我的名字。她叫尼娜，住在北桥区。我问她为什么回复广告。因为我快无聊死了，她说。她走路时臀部轻微摇摆，她的陪伴已然令我开心。尼娜十八岁，我肯定我们会成为朋友。

9

我们剧团的领队叫加默尔措夫。他二十二岁，有妻子和孩子。我们在他家排练，这让他的妻子很生气，因为噪音会把宝宝吵醒。她对艺术没有任何感觉，加默尔措夫抱歉地说道。但他有。他指挥我们时会动用头、胳膊和腿，就像著名的指挥家。他怒气冲冲，对我们大吼大叫，又几乎要流出眼泪来，恳求我们在台词中注入更多的灵魂，把自己完全投入到角色中去。昂内丝姨妈非常愚蠢，容易受骗，经常被这对年轻夫妇愚弄，而这就是喜剧所在，因为台词本身并不好笑，又少又短。故事的高潮在女人端着茶具托盘走进客厅的时候。看到双人沙发上的这对夫妇正紧紧拥抱着，她丢下托盘，拍拍手说：上帝拯救我们所有人！她说这句话时大厅里应该是笑声一片，加默尔措夫说，我说这句话时却像在朗读。再来！他吼道，再来！最后我终于成功地往台词中注入了足够的惊诧，他说一旦托盘上放了真正的杯子就会奏效。他的妻子拒绝为我提供道具。在家里的客厅，我给妈妈表演了这个角色，她非常感兴趣。也许，她说，你会成为一名真正的演员。你不会唱歌真是太可惜了。尼娜会，她要用颤音跟加默尔措夫合作一首情歌二重唱，我觉得她唱得真美。剧目将在阿迈厄岛的谢内克罗恩上演，加默尔措夫认为会座无虚席，因为结束后还有舞会。尼娜和我都非常期待。尼娜来自科瑟，她的林务员未婚夫住在那里。他会来参加开幕式。尼娜在《贝林时报》的分类广告部工作，住在北桥区的出租屋里。那是一个压抑的、没有暖气的房间，我们穿着大衣坐在床边，向彼此吐露未来的计划，同时可以听到薄墙另一边的人家炉火的轰鸣。有一天尼娜会嫁给她的林务员，因为她想在乡下生活，不过那之前她想在哥本哈根尽情玩乐，享受青春。她说我们忙完了这出戏可以去酒馆找人跳舞。女孩不能独自一人坐在酒馆里，但两人结伴就可以。我记得克罗先生说过人们总是想利用对方达到某些目的，我很高兴尼娜对我来说多少能派上用场。自从遇到她，我就不经常想露特了。说起来，她已经随父母搬走了，所以我晚上回家再也见不到她了。尼娜由祖母带大，祖母在科瑟拥有一家旅馆。母亲住在哥本哈根，和一个不是她丈夫的男人生活在一起。她很穷，靠给别人打扫清洁为生，尼娜说我应该找天晚上和她一起回家见她。我妈妈并不想见尼娜。既然她未婚夫在科瑟，她说，为什么她要住在哥本哈根？你的女朋友们总是带坏你。回到办公室，朗格伦小姐厉声说：您最近看起来很高兴。是不是家里发生了什么好事？我惊慌地否认了，努力让自己看起来不那么高兴。我正在西垒街上速记课，很享受。有时我只用速记符号来思考。一天晚上当我离开办公室回家时，埃德温正站在外面，看起来非常高兴。一起走回家的路上，他告诉我他很快就要和一个年轻女孩结婚了，她叫格雷特，来自沃尔丁堡。他们将秘密结婚，而且已经在南港区找到了一套公寓。我被一种黑暗的嫉妒所充斥，难以分享他热烈的喜悦。婚礼结束前爸爸妈妈都不会知道。他们会大发雷霆的，我说，有点为他们难过。你也知道妈妈，他只是这么说，她只会把我的女朋友拒之门外。我告诉他在这一点上我的处境会好些，因为妈妈对埃尔林很满意，尽管她从未有机会见他。他说大多数地方都是这样，没有什么好奇怪的。他问我的诗写得怎么样了，是否会尝试别的编辑。他们不可能都死了，你说呢。我说我已经逐渐开始写出更好的诗，但在足够好之前不想再尝试了。可埃德温认为我孩子气的诗跟他在课本和报纸上读到的一样好，我也无法解释好诗和坏诗之间无法定义的区别，因为我自己也是最近才发现的。我们站在家门口聊了一小会儿，跺着脚取暖。埃德温不想和我一起上去，因为那样妈妈会怀疑我们是一起走回家的，她并不喜欢被我们排除在外。他也还没有摆脱那四年艰苦学徒生涯里对爸爸的怨恨。我会咳嗽多亏了他，他愤愤地说道，而这话失之偏颇。埃德温现在二十岁，下巴的皮肤是剃须后的深色。他的黑色鬈发垂在额头上，棕色的眼睛像爸爸和克罗先生。有一天我会嫁给一个棕色眼睛的男人。或许我的孩子也就会有这样的眼睛，我想在十八岁时生第一个。对我还是处女这点尼娜无比惊恐，认为这是缺陷，应该尽快加以弥补。她说她以前也很害怕，因为听了那么多的传言，但实际上这一切无比美妙。尼娜为谢内克罗恩的舞会添置了一条长长的、贴合曲线的丝绸裙子。背部开得很低，而且还是赊账买的。两百克朗，我不明白她怎么能付得起。她笑着说她当然不会傻到报真名。我很佩服，就像每当有人敢于做我不敢做的事情时那样。谢内克罗恩剧场里，我们正忙着穿衣化妆。我穿着加默尔措夫祖母的黑裙子。裙子一直拖到地板，我还在肚子上捆了个枕头。我头上戴着一顶灰色纱线做的假发，加默尔措夫在我的脸上画了黑线。所谓的皱纹。我必须弯腰走路，像把折叠刀，因为我被身上各处的风湿所困扰。我们从帘幕的一个洞里向外窥视，朝下望望自己的家人，数数他们是否都来了。他们只占了前三四排座位，大厅的其余部分几乎是空的，除了几个坐着打哈欠的年轻人，他们完全不感兴趣，只是为了跳舞而来。尼娜指给我看她的林务员，他就坐在罗萨莉娅姨妈后面。他看起来心不在焉，不过尼娜告诉过我他非常反对她住在哥本哈根。他有什么不满？正和我们一起窥探的加默尔措夫问道。然后乐队奏响，大幕拉开。我的心因兴奋而剧烈地跳动，不确定我的昂内丝姨妈能否让人发笑。但这是一批异常热情的观众。他们拍手叫好，乐在其中，每一幕结束加默尔措夫都说这不成功都不行，况且看到那个在记事本上写字的人了吗？那是《阿迈厄新闻报》的记者，显然是被派来报道这个大事件的。终于那一刻到来，端着托盘的我吓了双人沙发上的年轻夫妇一跳。我丢下托盘，拍拍手高呼：上帝拯救我们所有人！在同一时刻，舞台入口后的一扇门打开，我头上的假发被吹走了。我吓坏了，想把它捡起来，但沙发上的加默尔措夫摇了摇头，因为一阵爽朗的欢笑从大厅向我涌来。笑声掌声，还有地板上的跺脚声。只有尼娜一脸受到冒犯的样子看向我，因为明星不应该是她吗？幕布落下时，加默尔措夫握住我的双手。你拯救了整场演出，他说，你将在下一场戏中担任主角。我的家人也夸奖了我，埃德温说我有天赋。他认为他也有，却从未有过机会，他和我跳了很久的舞，我很感激。他跳得很好，和她的林务员经过时尼娜也瞥了瞥。林务员比她矮，而且相貌平平。埃德温也跟妈妈还有两位姨妈一起跳舞，十二点时妈妈说要回家了，所以我得和我的朋友告别。下次在斯特兰洛德街的咖啡馆见面时，加默尔措夫向我展示了《阿迈厄新闻报》的剪报，上面除了其他内容外，还提了这么一句：一个相当年轻的女孩，托芙·迪特莱乌森，成功扮演了昂内丝姨妈。尽管拼错了，第一次在印刷品上看到自己名字的感觉却还是很怪异。这个，上进的加默尔措夫说，是新剧《特里尔比》的剧本。特里尔比是一个可怜的小姑娘，被魔术师蛊惑了。他强迫她唱歌，她唱得很美。由谁，尼娜冷冷地说，来扮演特里尔比呢？托芙，他说，因为她不会唱歌，所以只用对嘴形，你站在舞台边上唱。尼娜气得脸都红了。她抄起包站起身。我不会参与的，她说，你可以在她对嘴形的时候自己唱，我已经受够了。我盯着她，惊恐万分。那我也不想参与，我说，尼娜比我漂亮，为什么要我扮演特里尔比？一时间我们都站了起来。加默尔措夫捶桌子。是你的剧团还是我的？他大喊。呵，尼娜嗤之以鼻，成功剧团！白痴都可以在报纸上刊登广告，假装自己是号人物。我要走了！我也是，我喊道，紧跟着她的脚步冲出去。我得用跑的才能追上她。突然我们站住了，不约而同。我们站在两根灯柱之间，路上不见一个人。空气中弥漫着一丝春意。秀发的光晕萦绕着尼娜仍因愤怒而沉郁的脸，但她突然笑了起来，我也一样。所以你才应该是明星，她笑道，噢，真好玩。我们想象着我应该如何站立，嘴巴张开又闭上，唇间却不发出任何声音，尼娜则藏在观众视野之外，放声歌唱。我们笑得几乎停不下来，一致认为自己没有演戏的天赋。我们会自得其乐，而不是取悦别人。我们将在这个令人兴奋的大城市放纵自己，找到可以爱上的年轻人。外貌英俊，口袋里有钱的年轻人。既然晚上不用再参加《昂内丝姨妈》愚蠢的排练，我们便有了很多时间。唯一令人厌烦的是我必须在十点钟回家，不过我目前对此也无能为力。

10

罗萨莉娅姨妈住院了。有一天妈妈去看望她时，罗萨莉娅姨妈笑着说：我又变年轻了，阿尔菲达。妈妈说她应该去看医生，但姨妈不愿意。和妈妈一样，她只在病入膏肓的情况下才去看医生。晚上我从办公室回家后妈妈告诉了我。我不明白这句神秘的话是什么意思，但妈妈解释说，姨妈在停止流血多年后又开始了。妈妈在这些事情上从来没有告诉过我什么，却总是默认我知晓一切。可垃圾角里的性教育显然是断层的。妈妈花了很长时间才说服姨妈去看医生，当她终于去了时，医生马上就让她住院。现在她要做手术了，但她谈起来轻描淡写。是癌症，妈妈忧愁地说道，先是她丈夫，现在轮到她，就在她摆脱了那个畜生，刚要过上好日子的时候。妈妈真心地担忧难过，因为她喜欢罗萨莉娅姨妈远胜于阿格妮特姨妈。手术前一天，我和妈妈一起去看她。她躺着吃橙子，与病房里的其他病人愉快地交谈。我无法相信妈妈是对的，因为她看起来不带病容也不觉痛苦。可当我们告别她来到走廊时，一个护士走过来问妈妈谁是姨妈最近的亲人。一听我们就是，她让妈妈进去和医生谈谈。我在外面的长椅上等待。妈妈出来的时候眼睛红红的。她大声地擤鼻涕，离开时依偎着我的臂膀。我就知道，她吸吸鼻子说，我是对的。他们不确定她能不能熬过手术。去办公室的路上，我打给尼娜说我晚上不能去她家了。我觉得我不能丢下妈妈，而且她难过的时候也指望不上于特。办公室里，朗格伦小姐怀疑地问：所以，您姨妈怎么样了？她得了癌症，我严肃地说，可能会死。好吧，好吧，朗格伦小姐冷酷地说，我们都会死的，你知道。现在开始工作。这里有一些信。我敲下写给兄弟们的信，是我自己根据师傅的口述速记下来的。卡尔·延森从印刷厂进来，在他的旋转椅上坐下。他穿着一件灰色的罩衫，耳朵后面别着一支黄色的铅笔。在我看来，他从来没有做过任何工作，但在朗格伦小姐面前他也不需要假装。我可以看出他有话对她说，而我在场让他尴尬，但我还是冷静地继续敲着打字机，眼下也渐渐娴熟起来。朗格伦，他说，身子向后倾斜，以使自己的脸贴近她的，斯文·奥厄两周后庆祝他的银婚纪念日。您有可能找人给他写一首歌吗？他狡黠的眼睛在我身上扫视片刻，但我没有抬头。天哪，可以啊，朗格伦小姐说，迪特莱弗森小姐能写，不是吗？最后几个高亢尖利的字传入耳中，我不敢假装没有听到。是的，我对朗格伦小姐说，我当然可以。她当然可以，她对卡尔·延森说，她只需要一些信息，您知道。多年来的经历，诸如此类。会给她的，卡尔·延森松了一口气，我明天带来。我疑惑地看着他，突然意识到他不能直接和我说话是出于一种古怪的害羞。这让我没有那么不舒服了，问题落在了他身上。第二天，当窗外的人们在阳光下走过时，我写下了这首歌。那都是些独立的人，九点到五点之间可以在这个世界里自由活动，而且都有自己确定的个人目标。我写这首荒唐的歌时，医生正在给姨妈动手术，没有人知道她能否活下来。电话铃响了，朗格伦小姐把听筒递给我，就像听筒烧到了她的手指。找您的，她严厉地说，是一个年轻女人。我满脸通红地绕过桌子接起电话，站在卡尔·延森和朗格伦小姐身边，他们一言不发。是尼娜，我已经叫她不要打了。喂，她说，你听着就好，我昨天在海德堡遇到了一个非常贴心的男孩。他有个朋友，也很帅。高个子，皮肤黝黑，什么都很好。你会喜欢他的。我保证我们今晚都会在，他们俩都会来。不行，我低声说，今晚不行。我必须在家。为什么？她问道。我很尴尬，低声说之后再告诉她，现在很忙。尼娜生气了，说我很奇怪。她终于为我找到了一个年轻人，而我却不愿意见。我得挂了，我说，我很忙，再见。慌乱中，我放下了听筒。谢谢，我喃喃道，返回我的座位。那是您的女朋友吗？漫长而压抑的沉默后，朗格伦小姐问。我给出肯定的回答，她便说，她听起来相当轻浮。您这个年龄要小心自己结交的女朋友。没错，卡尔·延森哲理十足地补充，某些程度上有个男朋友更好，至少你就会知道周围的动向。我继续写歌，恼火找不到与斯文·奥厄押韵的词。天鹅，窗格，大河，雾色。斯文·奥厄的弟弟有多能说，他就有多沉默。他和他的父亲一样胖，头总是微微倾斜，仿佛有块颈部肌肉太短。这让他看起来很亲切。兄弟俩基本不说话，因为斯文·奥厄免费住楼上，而卡尔·延森要自掏腰包在别处租房。此外，斯文·奥厄作为长子，将在师傅去世后接管印刷厂。悲哀啊，朗格伦小姐感慨万分地说，血缘关系不够牢固。我写完歌后用打字机打了出来，见师傅突然出现，就把它撕下来塞进抽屉里，因为我不是被雇来为特殊场合创作的。作品完成后，我把它交给朗格伦小姐，她几乎比上次更热情了。她盯着我，仿佛我是新一代的莎士比亚，还说：真是了不起，看啊，卡尔·延森。他接过去读了一遍同意了她的观点，盯了我很久，一句话都没有说。随后他对朗格伦小姐说：我想知道她的才能是从哪里来的？这是天赋，朗格伦小姐信誓旦旦地说，与生俱来，我有一个叔叔就是这样。但这也榨干了他。每当他写完一首歌，仿佛所有的精力都离他而去。通灵者也是，会被耗尽心神。您不累吗，迪特莱弗森小姐？不，我不累，我的精力也没有离开我。但我非常希望有一个地方可以练习创作真正的诗。我想要一个房间，带四面墙和一扇紧闭的门。一个有一张床、一张桌子和一把椅子的房间，配上一台打字机，或是一叠白纸和一支铅笔，仅此而已。好吧，没错，一扇可以上锁的门。这一切我都不能拥有，直到我满十八岁可以离家为止。放着金属箱的阁楼是我最后一处享有平静的地方。那里，以及我童年的窗台。我走在回家的路上，五月柔和的空气抚摸着我。现在日照时间长，穿那身棕色的套装也不觉得冷。外套刚好到腰部，裙子是百褶的。我穿上这套衣服，就有一种打扮得体的愉悦。尼娜说我应该拥有更多的衣服，但我没钱。我每月要交给家里二十克朗，因为我现在三餐都在家吃，十克朗存进银行里，最后剩下二十克朗，要是付了医疗保险就又少了一点。我把大部分用来买糖果，因为不经历一场内心的斗争是不可能毫发无损地路过巧克力店的。此外，我和尼娜去舞厅时还需要钱买汽水。不幸的是，那些可能愿意掏钱的年轻男人不到十点不会出现，而那时我已不得不向夜生活的乐趣说再见。我有点好奇尼娜替我选择了一个什么样的人，为自己没能见到他而遗憾。可如果姨妈死了，我不能留妈妈独自一人。回家的路上我总是往婴儿车里瞧，因为我喜欢看躺在里头睡着的小孩子，荷叶边枕头上摊着他们的小手。我也喜欢看到人们以这样那样的方式表达自己的情感。我喜欢看母亲抚摸她们的孩子。我也乐意花上一点工夫尾随一对手拉手走在一起，大方相爱的年轻恋人。这给了我一种对幸福的怀念和对未来无可名状的希冀。楼上客厅里，妈妈正坐着等我。她脸色苍白，最近一直在哭。每当某种简单而真诚的情感将她俘获时，我也会很喜欢她。她没有死，她庄重地说道，但医生说这只是缓刑而已。现在最重要的是不要让她发现自己有什么问题。绝对不要告诉她。我不会的，我说。

妈妈出去煮咖啡，我看着爸爸熟睡的背影。突然间我发现他老了，也累了。没有什么具体的迹象，不过是我的印象。爸爸五十五岁了，而我从来没有见过他年轻的样子。妈妈最初是年轻的，后来芳华不减，现今仍然身处那个摇摇欲坠的阶段。她毫无顾忌地谎报年龄，甚至对我们也这样，尽管我们都很清楚她多少岁。她仍然会去染头发，每周洗一次蒸汽浴。这些努力让我产生了一种怜悯之情，因为它们表达了她内心的恐惧，而我并不了解这种感觉。我只是观察。她把杯子放在桌上的时候，爸爸醒了，揉揉眼睛，坐起身来。你告诉她了吗？他脸色阴沉地问。还没有，妈妈平静地说，你自己来。我们买了一套新的公寓，他痛苦地说，在西端街。一个月要付六十克朗，要是我再次失业的话，我不知道该去哪里筹钱。胡说八道，妈妈厉声说，托芙付二十，你知道的。我很惊恐，因为他们不应该围绕我的钱计划他们的未来。背着我制订计划的那一刻起，就不该指望我。我问他们之前为什么不告诉我，妈妈说是想给我一个惊喜。总共三个房间，其中一间归我。面朝街道，所以可以看到外面的风景。不管怎样我还是有点开心，毕竟我一直梦想拥有自己的房间。什么狗屁，爸爸火了，她在那个房间里能干什么？坐着咬指甲还是挖鼻子？嗯？我很生气，因为他对自己的孩子一无所知。每当我生气，我都会说出让自己后悔的话。我想看书，我说，还有写作。他问我到底想写什么。诗歌，我大喊，我写过很多诗，曾经有一位编辑还说写得很好。你瞧，爸爸说，用他的大手揉着脸，她也是个疯子。你知道她在这样胡闹吗？不，妈妈简短地说，但那是她自己的事。如果她想写作，很明显她必须要有自己的房间。在愤懑的沉默中，爸爸拿起午餐盒穿好外套上班去了。戴上帽子时，他站立片刻，看起来有点不自在。托芙，他用温柔的声音说，我可以读读你的……嗯……诗吗？我对这些略知一二。我的怒气完全消失了。好的，可以，我说，他离开前尴尬地对我点头。爸爸懂得后悔和惭愧，这是妈妈不具备的能力。他离开后，妈妈对我谈起我们将在下个月一号搬进的新公寓。有三个巨大的房间，她说，像舞厅似的，能远离这个无产阶级社区真好。她走进卧室后，我环顾我们这个小小的客厅。我看了看落满灰尘的旧纸偶戏院，爸爸做出来时我们曾经如此高兴。它多半经不起搬运。我看了看斑驳的墙纸，许多痕迹的来历我都记得。我看着墙上的水手妻子和餐边柜上的铜制咖啡器具，看着有一次妈妈摔门时损坏的、从来没有被修理过的门把手。我看向窗外的院子，那里有加油栓和吉卜赛人的大篷车。我看着这一切，它们一直保持不变，我才意识到原来我痛恨变化。当周遭发生改变时，你很难维持对自己的把握。

11

夏天过去了，秋天来临。色彩斑斓的树叶拂过街道，穿那身棕色套装出门太冷了。埃德温的旧大衣已经不合身了，我就赊账买了一件大衣。这完全违背了爸爸的忠告。他说，你应该向每个人支付他们应得的，确保你不欠任何人任何东西，否则你就会沦落到松德霍尔姆。我们现在住在西端街，一层，32号。我不在房间的时候，它就是所谓的客厅，与餐厅只隔着一层印花的棉布门帘。这里有一张歪腿的桌子，两把皮扶手椅，还有一张皮沙发，都是破旧的二手货。我晚上睡在沙发上，弯曲的靠背使我无法完全伸展。那也许你就不会再长高多少了，妈妈满怀希望地说。我自己经常在想一个人能持续长到多高，这在我身上似乎不见尽头。我很快就十七岁了，每个月有六十克朗的收入。工资是按照工会标准发放的。我的房间没有给我带来多少乐趣，因为如果我晚上待在里面，妈妈就会隔着门帘大喊：你现在在做什么？怎么这么安静。通常除了读爸爸的书之外我什么都不做，而且那些书我已经读过了。你在外面一样可以读，妈妈喊道，仿佛隔开我们的是一道沉重的铁门。心情好的时候，她会把头探进门帘，说：你在写诗吗，托芙？但通常我晚上都不再留在家里，而是和尼娜一起去洛贝尔、奥林匹亚或海德堡。我们坐下喝汽水，看着舞池中间起舞的情侣，好像我们并不是来跳舞的。约定俗成一般，尼娜总是先被选中。我对那个想和她跳舞的年轻人微笑，仿佛我是她的母亲，确信她现在有了好归宿。他们跳着舞从我身边经过时，我继续保持赞许的微笑，也饶有兴致地看着屋子里的其他人。我想象着人们会认为我在研究我的周遭，打算某天写一本关于他们的书。至于我，他们可以随心所欲地联想，只要别认为我是一个被忽视的、一心只想订婚的女孩。有一次，我起身和一个怜悯我的年轻人跳舞时，邻桌的一个男人嘟囔道：即使是丑小鸭也能找到对象。这毁了我的整个夜晚。尼娜说十点以后才好玩，我不能待到十二点吗？妈妈可不会听。尼娜也想给我添置点行头。我们一起赊账买了一副带棉垫的胸罩和一条黑红相间的哥萨克裙子。我不敢跟家里坦白，便说是向尼娜借的。这些物件帮助很大，这出乎我的意料，毕竟我还是同样的人，不管用不用棉垫。这个世界想要被愚弄，尼娜心满意足地说，她真的希望我像她一样开心。一天晚上，一个英俊而严肃的年轻人邀我共舞。他的衣着并不体面，跳舞时他告诉我第二天他就要去西班牙参加内战了。我们踩着舞步，他把脸颊贴过来，虽然胡子有点扎，但我喜欢他的轻抚。我稍稍靠向他，可以感觉到他的手在我后背皮肤上的温度。我的膝盖有点发软，体会到了在其他人的触碰下从未有过的感受。也许他也有同样的感觉，因为他用手搂着我的腰，站立不动，直到音乐再次响起。他的名字叫库尔特，他问是否可以陪我走回家。你会是我离开之前和我在一起的最后一个女孩，他说。库尔特已经失业三年了，宁愿为一项伟大的事业牺牲性命，也不愿留在丹麦苟活。他靠福利救济金生活。以前有工作时，他是一个出租车公司老板的司机。除了开车，他从来没有学过其他技能。他在我们的桌子旁坐下，尼娜开心地笑了，为我终于找到了一个或许能把握住的年轻人。我们说好了要远离失业的年轻人，却很难找到一个没有失业的。十点钟，库尔特陪我往家走。明朗的月光下，我颇为心动。我和一个男人走在街上，他很快就会经受一场英雄的死亡。这使他在我眼里与其他人都不同了。他深蓝色的眼睛是杏仁形状，一头黑发，双唇鲜红如孩童。在公寓入口，他双手捧住我的头，无比温柔地吻我。他问我是不是一个人住，我说不是。他自己租房住，恶狠狠的女房东不允许女孩上门找他。当我们站着拥抱的时候，妈妈打开窗户喊道：托芙，快上来！我们惊恐地弹开，库尔特问：那是你妈妈吗？我无法否认，眼下我们不得不分别。库尔特不得不从特罗梅萨伦街往下走，好去一家三明治铺子领午夜派发的食物，提前几个小时就得开始排队。我站着看他走在几乎空无一人的街道上。他没有穿大衣，两只手插在夹克的口袋里。他很快就会死去，我再也见不到他了。上楼后，我因为妈妈的干涉闹了一场，她却说我可以请那些小伙子上来，这样她就会明白他们没有什么可疑的。她不希望我和那些见光死的人来往。此外，她还有其他事情要考虑，因为很快罗萨莉娅姨妈就要从医院回家了，她已经入院好几回了。她将回到我们身边死去。医生是这么告诉妈妈的。他们已经无能为力，而且医院也容不下那些连医生都救不了的人。罗萨莉娅姨妈将睡在爸爸的那半边床，紧挨着妈妈。所以爸爸会在饭厅的沙发上过夜。所有这些，妈妈说，在旧公寓里都是不可能的，所以恳求爸爸搬家时，她仿佛是听从了内心的声音。

一天晚上，没有男伴护送的我在家门口遇到了爸爸。他要出去，而我正准备进去。他看起来很生气，很痛苦。埃德温在楼上坐着，他说，他已经结婚了，没有告诉我们任何一个人。他有了妻子和公寓，没准都快有孩子了。哈！我们为他牺牲了这么多。再见。在开门进去之前（现在我有钥匙了），我换上一副惊讶的表情。噢，我说，你来了吗？他们坐在我的房间里，因为埃德温现在是客人，而这正是客厅的用处。妈妈号啕大哭，埃德温看起来很不自在。也许他后悔自己做了蠢事，连我都觉得挺极端的。这是为了给你一个惊喜，他温顺地说道，这样你就不用花费婚礼的钱了。这只令事态更糟了。妈妈受到了冒犯，问他是不是觉得父母甚至送不起一份小小的结婚礼物，是不是不配。然后埃德温给我们看了一张他妻子的照片。她的名字叫格雷特，圆脸上有酒窝。妈妈皱着眉头细看。她会做饭吗？她问，停止了哭泣。埃德温不知道。看她的样子并不像是会，妈妈说。妈妈自己也不是什么厨房好手，做的所有能吃的东西都有着水泥的浓稠度，因为她把面粉袋子挖得太深了。我们喝咖啡吃糕点的时候，她问埃德温的房租是多少，如果没有孩子妻子是否要工作。她不打算工作，妈妈便好奇她怎么打发时间。很明显她已经对格雷特产生了不好的印象，也不会因为亲身接触而有所改观。饭厅里响起了十一点的钟声，埃德温起身要走。那我们周日再来吧，他沮丧地说。他走后妈妈想谈谈，而我想一个人待着。我想一个人去想库尔特，还想写下我看着他头也不回沿街行走时想到的诗句。西端街和马特乌街的交界有一个小酒馆，名为"乒与乓"的乐队会在那里闹腾到凌晨两点。正因如此，我们不得不冲彼此喊叫，旧公寓里则安静得多。妈妈问站在那里和我接吻的是个什么样的年轻人。和我跳舞的人，我说，除此之外我也不了解。她说我应该在他们离开之前约好下一次见面。她为一种无休无止的担忧所困，生怕我这辈子都定不下婚事，并且准备好了接受任何年轻人做女婿，只要他对我有丝毫兴趣。你太挑剔，她直截了当，你没那个本钱。终于她离开了，我在歪腿的桌子前坐下来，拿出纸和铅笔。我想到那个即将死在西班牙的英俊男子，写下了一首不错的诗。题为《致我死去的孩子》，与库尔特没有明显的关联。不过，如果没有遇到库尔特，我就不会写这首诗。写完后，我不再因为再也见不到他而遗憾。我很高兴，松了一口气，却免不了忧伤。不能向任何活生生的人展示这首诗真是太悲哀了，再次遇见一个像克罗先生那样的人之前，一切仍需等待。我已经给尼娜看过我的诗，她认为写得都很好。我给爸爸看了在阁楼铁箱旁写的那首，他说那是业余水平，称得上有益的爱好，就像他做填字游戏一样。你通过这样的方式训练大脑，他说。我也无法向自己解释，为什么我那么想发表我的诗，让其他对诗歌有感觉的人欣赏。但这就是我的愿望。这就是我沿着黑暗曲折的道路，正在努力实现的。这就是给我力量的东西，让我每天起床，去印刷厂办公室，在对面朗格伦小姐警惕的目光下坐上八个小时。这就是我想在满十八岁的那一天搬出去的原因。乒与乓在夜里咆哮，喝醉的人被从咖啡馆的后门扔进我们的院子。那里，他们喊叫，咒骂，争斗，直到早上我们的院子和街道才享有平静。

12

　　我能写诗的说法已经传到了印刷厂，现在每天都有订单涌入。卡尔·延森接下交给朗格伦小姐，她仍然是我唯一直接接触的人。我为各种场合写歌，当我过去发放工资信封的时候，工人们会尴尬地感谢我，我同样尴尬地表示没有什么可感谢的。我一边写歌，一边对给兄弟们的重要信息或死去兄弟的讣告进行速记。它们印在圣乔治骑士团的简报上。这些都与办公室的工作没有多大关系。但朗格伦小姐不愿意教我，她休假时一切都处于崩溃的边缘，因为我对什么都一无所知。等我满十八岁就会应聘一份真正的办公室工作，不再做实习生了。这样我的薪水会高很多。我十八岁的时候，世界上的一切都会变得不同，尼娜和我可以自由支配整个夜晚。然后我还得考虑如何抛弃我的童贞，尼娜对此非常重视。她把自己交给林务员时只有十五岁。每当我们晚上出去玩，她都会脱下订婚戒指。她只和那些没有失业的年轻人上床，我也还没有跟她提起库尔特。这是我想独自保留的经历。如果我有一个真正的房间，我就会请他进去。但我不知道我是否会接纳其他送我回家、在门口亲吻我的年轻人。有一天，当尼娜再次因为我可耻的童贞向我施压时，我告诉她我想先订婚。我以前不曾这么考虑过，但是这个决定让我松了一口气。事实上我的童贞只有过一个真正的潜在买家，这有点尴尬，毕竟尼娜说得好像每个人都趋之若鹜一样。现在罗萨莉娅姨妈生病卧床在家，妈妈就不那么关心我的行踪了。她整天都坐在姨妈的床边，有说有笑，晚上也早早上床躺着聊天，直到其中一个人睡着。在她的世界里，爸爸已经彻底变得多余了，我想如果姨妈不死，她就会很幸福。姨妈的脸色发黄，皮肤在骨架上撑开，以至于你无法忽视她头骨的存在。她的皮肤绷得那么紧，连嘴都无法完全合上。如果晚上我回家她还醒着的话，她会叫我进去，我就在她床边坐一会儿。我努力屏住呼吸，因为床的周围散发着一股可怕的气味。我希望姨妈自己不会察觉到。当她感到疼痛的时候，妈妈就会从街角的咖啡馆打电话给护士，护士来了便给她注射一剂吗啡。这让她神志不清，经常弄混我和妈妈。我要死了，阿尔菲达，一天晚上她对我说，我知道，你不需要瞒着我。不，我低落地说，你只是生病了，医生说你很快就会好的。卡尔也是这样，她说，医生说我不应该告诉他。我不作回答，只是把她枯槁的手放在被子下面，关灯，随后走进自己的房间，在那里透过棉布门帘能听到爸爸的鼾声。我本希望对姨妈坦白，因为我确信这会使她高兴，但妈妈让我不敢造次，她在表演她悲情的喜剧，姨妈则假装什么都不知道。我认为我有一天要死的时候，我会想知道真相。我还认为如果我遇到一个我喜欢的人，我也不能像妈妈要求的那样邀请他上来，因为姨妈的气味弥漫了整个公寓。我们都前往南港区看望哥哥和他的妻子。他们住着两室的公寓，有几样家具是赊账买的，这让爸爸露出担忧的神色。格雷特矮小而丰满，面带微笑，一直坐在埃德温的腿上，妈妈看着她，仿佛她是吸血鬼，过不了多久就会吸走埃德温所有的气力。她几乎不对她说什么，沟通也很艰难，因为妈妈总是小心翼翼地避免直接与她交流。我对我的家庭非常厌倦，仿佛每当我想自由行动，我就会撞上他们。也许我不结婚建立自己的家庭就无法摆脱他们。有天晚上我们坐在洛贝尔喝汽水时，一个年轻人邀请尼娜跳舞，和她一起踏入舞池，我则像往常一样面带慈母般的微笑坐着，看年轻人自得其乐。一个年轻人向我弯下腰，我们的步子便迈进拥挤的舞池。他随着音乐在我耳边哼唱：来自罗马的年轻人，不要忘了他。那是墨索里尼，我说。我碰巧知道，因为哥哥对利瓦·韦尔经常演唱的那首歌愤恨不已。那是谁？年轻人问，我说我不知道。我只知道那是意大利某个和希特勒一样的人，不应该写赞美他的丹麦歌曲。您的女朋友在和我朋友跳舞，他说，他叫埃贡，我是阿克塞尔。

您叫什么名字？托芙，我说。阿克塞尔跳得很好，根本不像大多数人那样青涩。您跳得很好，他说，比大多数女孩都好。我告诉他我从来没有学过，他说这不重要。我的身体里是有节奏的。他们跳舞时都甚少开口，而我喜欢阿克塞尔，尽管我还没看清他长什么样。我们从尼娜和埃贡身边经过，我对尼娜微笑，埃贡和阿克塞尔互相打招呼。音乐停止时，阿克塞尔问是否可以跟我们一起坐，我说可以。我们朝桌子走去，尼娜美丽的眼睛里闪耀着幸福。她问，你不觉得埃贡很英俊吗？我说确实。他是木匠，她说，他和父母住在阿迈厄岛的独栋别墅里。阿克塞尔和父母住在街对面。也是独栋别墅。他们走过来坐下，我仔细瞧了瞧阿克塞尔。他有一张圆圆的、友好的脸，身上的一切都会提醒你他曾经是个孩子。额头上浅色的鬈发有点潮湿，蓝眼睛透露出信任，下巴有一道深深的凹陷，只有在他笑的时候才会不见。他身上有一股淡淡的奶香。埃贡比他矮，皮肤黝黑，显然还大几岁。尼娜问他家有多少个房间。我看得出她正沉浸在一场美梦中，幻想着两个有钱人的儿子把两个贫穷的女孩带进他们无忧无虑的世界。也许她甚至在考虑甩掉林务员。在我的印象中，他沉重又严肃，而尼娜对他在乡间为她提供的未来有着过于浪漫的构想。她犯傻的时候叫他"灌木"，但其他人不可以这样叫。她每个周末都和他在一起，却不允许我见他，也不准他见我，因为她觉得他会认为我是不良影响，就像妈妈觉得尼娜会带坏我一样。那您是做什么的？喝着我们点的啤酒时，尼娜问阿克塞尔。我是收账员，他说，对她露出迷人的微笑。我不知道那是什么，而尼娜看起来很失望。噢，她说，您就是拿着账单什么的到处跑？是开着车，他的纠正带着某种自负，我开面包车。她的脸色稍稍明亮起来，突然提议庆祝这次相逢。我们干杯，不过我更想喝汽水。我不喜欢啤酒。已经过了十点，我便沮丧地承认我不得不离开了。阿克塞尔骑士般一跃而起，扣上阔肩外套。他很高，膝盖严重外翻。我们一起穿过大厅，他自如地挽着我的胳膊，到了衣帽间还帮我披上外套。我们走过凉爽的街道，城市的灯光比星星更亮，他告诉我他是被收养的，父母年纪很大，不过非常和善。令我惊讶的是，他问我是否愿意哪天去见见他们。当然，我说。我特别想有一个稳定的女朋友，他天真而直率地说道，而且老人们非常希望我能够订婚。在公寓入口，他程式化地吻了我，但我可以看出他并没有什么特别的感觉，甚至当我深情地贴上去的时候也一样。他说：我们四个可以一起玩。是的，我说，答应下周日去看他。他好奇地问我是不是处女，我承认我是。他抓住我的手，衷心地握了握。我尊重这点，他热切地说。我失望又困惑，就睡觉去了。我琢磨着是否可以和收账员订婚。我怀疑这只是自行车邮递员的一种更好听的叫法，只不过他开的是货车而已。

13

阿克塞尔和我在相识两周后正式订婚，为彼此保留贞洁，仿佛一对亲兄妹。尼娜告诉埃贡在订婚之前我不会和阿克塞尔上床，埃贡则告诉了阿克塞尔，他便把订婚作为他自发的主意提出来。现在我是一个订了婚的女孩，妈妈很激动。她认为阿克塞尔看起来很稳重，正如看得出埃德温的妻子不会做饭，她也能看出阿克塞尔不喝酒。他对妈妈非常殷勤。谁都能看出来他是个有教养的人，她对爸爸说，爸爸也不反驳。与他相处了几个晚上后，爸爸说：除了开车，他什么都没学过。嘿，妈妈反驳，这还不够吗？兴许你也会开车？阿克塞尔承诺会带妈妈兜风，不过我并没有多想。然而有一天，正当我无辜地坐在办公室里时，响亮的喇叭声传来，朗格伦小姐盯向窗外。那到底是谁？她惊讶地说，他们在朝这里挥手。是您认识的人吗？我否认了，满脸通红，因为阿克塞尔和妈妈都在疯狂地挥手，身子探出车窗，阿克塞尔还有节奏地长鸣喇叭。一定是在找楼上的人，我难受地回答。胆子真大啊，朗格伦小姐说着，把窗帘拉得更严了。回到家后，我愤怒地说，别把我搅进这种蠢事。妈妈说她和阿克塞尔一整天都很开心。他们去了一家糕点店，阿克塞尔请客。她的眼睛闪闪发光，仿佛她才是与他订婚的人。阿克塞尔的父母个子很小，年纪很大，也极其友善。他们住在凯斯楚普的单层房里。他的父亲是工厂领班，房子里弥漫着一种优裕的气息。阿克塞尔在地下室有自己的房间。他有一台收音机一台留声机以及三百多张唱片，像书一样陈列在高高的架子上。隔壁是台球室，尼娜和埃贡来的时候我们四个会在那里打台球。阿克塞尔的父母叫他阿塞曼德，像对小男孩一样对待他。他对他们充满爱意，就像对我一样。他身上散发着一种温暖，让人安心又舒服。有一天尼娜说我们要在阿克塞尔家开一个小派对。我们会喝他父亲自制的葡萄酒，也已经得到了他父母的许可。我们还准备跳舞打台球，之后我必须让阿克塞尔享受到上床的乐趣。你喝了酒，尼娜怂恿我，就一点也不疼。尼娜告诉我，埃贡也认为是时候了，就好像阿克塞尔和我都没有决定权一样。我们根本不谈这个，他对我尊重得过分。尼娜和我上门时，阿克塞尔是尽责的主人。他打开瓶子，放上唱片，葡萄酒弄得我们晕头转向，尝着倒不像啤酒那样糟糕。埃贡坐下来，在跳舞的间隙亲吻尼娜。她笑着说如果灌木能看到就好了，因为她已经对埃贡透露了秘密，埃贡则取笑灌木，想象他坐在门口的台阶上，就着日落压实他晚间的烟斗。这种刻板印象让我们都哈哈大笑。随后尼娜出来，埃贡见反响不错，继续描述道，裙角挂着三个哭哭啼啼的孩子，在围裙上擦干双手，然后说：爸爸，该喝晚上的咖啡了。阿克塞尔根本不吻我，随着时间的推移变得越来越严肃。我几乎为他难过，因为在很多方面他都像个孩子，而我自己喝酒后变得非常活跃，下定决心实施我的计划。比起其他人，这对我肯定也不会更糟糕。午夜过后，尼娜和埃贡溜进台球室，带上了门。你们在里面干什么？阿克塞尔毫无必要地喊叫道。随后他望向我，迷惑又害怕。我看，他说，我还是去把床铺好吧。他的动作缓慢而小心。脱掉你的衣服，他可怜兮兮地说，至少脱掉一些吧。这个场景就像在看医生。我们为什么不先聊一聊呢？我问。也是，他答道。我们便在各自的椅子上坐下来。他把酒杯斟满，我们贪婪地喝空。你应该看看怎么把门牙补好，他温和地说。是的，我惊讶地应道。不同于其他治疗，看牙医要花钱。我负担不起，我补充道。于是他表示他愿意付钱，由于我不觉得我能接受，他便说总有一天他是要供养我的。所以我感谢了他，同意让他支付费用。很可惜，他解释说，不然你还是非常漂亮的。突然间台球室传来一声奇怪的号叫，我们两人都屏住了呼吸。是埃贡，阿克塞尔解释道，他真有激情。你也是吗？我小心翼翼地问，因为如果他打算咆哮，我想做好准备。不，他诚实地说，我不是很有激情。我也一样，我承认道。他的眼睛里出现了一丝希望。我们可以，他乐观地问，另找时间吗？那样他们就会认为我们疯了，我答道，并朝台球室的方向点头示意。不会的，好吧，我们可以把灯关掉。阿克塞尔关了灯。我咬紧牙关，躺在床上听着他温暖友善又舒心的话语。整个过程并不太糟，而且他没有发出任何动物的声音。之后他打开灯，我们都松了一口气，大笑起来，因为这一切终于结束了，而且也没有任何特别。我想告诉你，他坦白道，我从没和处女上过床。尼娜和埃贡出现在门口，脸颊红润，目光炯炯。他们先看床，再看向我们，又看了看对方，仿佛这都是他们的所为，却什么也没有说。我们继续跳舞，只要和阿克塞尔在一起，我就可以晚归。和他在一起我可以做任何事情，所以如果妈妈知道了也不会生气。后来尼娜问我感觉是不是很好，我当然答是。她说每次都会更好。我没有考虑过这个过程会重复。实际上我认为这在我的生活中是一个无关紧要的事件，还不如我与库尔特那次的短暂相处，以及它本可以发展而出的后续重要。尽管如此，我仍在自从拥有自己的房间便开始记的日记中写道：尼娜在台球室里把她温暖而热情的身体完全交给了埃贡，我则用一个朴素而纯洁的"是"回答了阿克塞尔关于我是不是处女的问题。诸如此类。我日记中的一切都是纯粹浪漫主义的。我把它存放在卧室橱柜最上层的抽屉里。我为它配了一把额外的钥匙。抽屉里还有我两首"真正"的诗、三个温度计和五六个安全套。后面这些是我从护理用品公司偷来的，因为有一阵子我想开家护理用品店。但没等攒够存货，我就被赶了出来。让我如释重负的是，阿克塞尔仍像以前一样对待我，而且从不提那段尴尬的插曲。我觉得他对埃贡言听计从，就像我倾向于做一切尼娜要我做的事。当我和尼娜独处时，我假装阿克塞尔和我经常在一起，也许他面对埃贡也是这样。白天阿克塞尔载着妈妈到处跑，他和客户打交道的时候她就坐在面包车里等着。他在家具公司工作，告诉我客户中有很多妓女。多疑的妈妈发现他和她们待在一起的时间特别长，但他只说这是由于向她们讨钱很难。妈妈说我不应该相信他，实际上我却毫不关心他是否跟妓女上床。我不认为这跟我和妈妈有任何干系。更糟糕的在于每次登门拜访，我都能感觉到他父母对我的冷淡。我想不出我怎么冒犯了他们。偶尔我会发现他母亲目光尖利地盯着我，以为我注意不到。她非常瘦小，总是一身黑，像我的外婆一样。她有一双睿智的棕色眼睛，头发全白了。我从未见过她不系围裙的样子。一晚她说，阿克塞尔答应了支付你看牙的账单吗？是的，我说，同时感觉很不自在。他赚得不多，他母亲说，恐怕你得自己支付。这里有我完全不明白的东西。某天晚上，我受邀去用晚餐时比阿克塞尔早到了一点。他的父母看起来非常严肃。他的母亲说阿克塞尔不适合我。他永远都供不起妻子，而且配不上我。让我来，他的父亲说，向她摆摆手。事情是这样的，他说，我们已经多次在有资金下落不明的时候付款还给公司了。我的意思是，当阿克塞尔拿了不属于他的钱时。一涉及钱，他就是个孩子。我们以为他和一个好女孩订婚会有帮助，结果并没有用。他是我们唯一的儿子，也是我们最大的悲哀。他干了十一回学徒都逃跑了，脑子里只有汽车和唱片。他是个好孩子，他母亲擦拭着双眼为他辩护道，但他很鲁莽，不负责任。我很喜欢他，我说，而且我不需要他养活，我可以靠写诗谋生。后半句不由自主地从我口中溜出来，我看着阿克塞尔的父母，心怀恐惧。他们并没有表现得十分惊讶。我知道你不是一个普通的年轻女孩，看得出来，他母亲说。接着阿克塞尔的车驶来，停在了门前的砾石路上，刹车声刺耳。他经常开公司的面包车回家。他按下门铃时，他母亲说：现在别说没人劝过你。我琢磨了几天，很高兴有人能发现我并不普通。没几年前我还为此不悦。我仔细分析了我的未婚夫，得出的结论是他不适合做一个希望进入上流社会的女孩的终身伴侣。可我自己毁不了婚约。我为阿克塞尔感到遗憾，他仍然像骑士一样，友善且尊重我。但妈妈也开始纳闷为什么阿克塞尔的口袋里总是有钱，以及他为什么跟妓女待这么久。她不再陪他开面包车，还建议我物色别的人选，找一个像埃尔林那样想成为教师的人，而我却唾弃埃尔林，好像我门前排了一整列小伙子似的。尼娜处于不得了的危机之中，因为她正在考虑与灌木分手，嫁给埃贡。我告诉她阿克塞尔的事情后，她建议我补完牙立刻结束与他的关系。填充物毫不显眼，尼娜觉得我补好后可以拿下任何我看上的人。她说我终于有了些"格调"，这正是男人会留意的。可我和阿克塞尔在一起时如此快乐，因为我真的很喜欢他。在他的陪伴下我很开心，很有安全感。我不再拜访他父母，他也不再拜访我父母。妈妈现在对他很冷淡，爸爸问他问题，也只是为了展露他的无知。你对奥运会有什么看法？嗯？这不简直是丑闻吗？爸爸对他说。他指的是柏林奥运会，我们的女游泳运动员正在参加，但阿克塞尔对奥运会一无所知。他对希特勒和世界局势只是略有了解，也没有读过恩斯特·格莱泽的《最后的平民》。我读过，知道了很多迫害犹太人和集中营的事，这一切都让我充满恐惧。和阿克塞尔在一起很愉快，因为他对当今所有让人害怕的事情都全然不知。这并不意味着他是白痴，但爸爸的拷问都是为了证明他是。他有所察觉，就不再上门拜访。所以我们在一起便是流浪，只得上酒馆和街头。有一天他在办公室外面接上我，然后我们一言不发地沿着 H. C. 奥斯特街走。很明显他有事要告诉我。终于，那一刻来了。我一直在想，他说，我们应该摘掉手上的戒指。我从来没有真正爱过你。我也没有爱过你，我说。对，他说，我知道。他大步流星，尴尬得不得了，我得小跑才能跟上他。而且我很快就十八岁了，我说，自己也不明白和这件事有什么联系。是的，他说，那时候你就不再是未成年人了。我们走了一会儿，一言不发。我母亲说我配不上你，他解释道，你应该嫁给一个会看书的有钱人。是的，我说，我也是这么想的。家门口，他像往常一样温柔地吻我，然后把他的戒指从手上旋了下来。他把它放进口袋，我的也一样。也许，他说，我们会再见的。他短硬的睫毛最后一次擦过我的脸颊。然后他沿着西端街走，迈着剪刀状的双腿，孩子般的后背那么柔软。他转过身来，向我挥手。再见，他喊道。再见，我挥着手回喊。然后我走上楼，用钥匙开锁之前深吸一口气，因为家里的气味越来越难闻了。我进去找妈妈和罗萨莉娅姨妈。我已经取消婚约了，我说。挺好，妈妈说，他也不怎么样。嗯，我说，然后保持沉默。我无法向妈妈解释阿克塞尔的优点。每个人都有长处，阿尔菲达，姨妈在床上柔声说。而我们都知道她在想卡尔姨父。

14

一天早上，拐上印刷厂所在的腓特烈斯贝的街道时，我看到办公楼小前院里降了半旗。我首先想到也许是朗格伦小姐死了，这让我感到一阵扭曲的欣喜。这样我就可以负责总机和接打电话了。而且想打给尼娜就能打。怀揣着相当不错的心情，我走上楼梯，但是踏进门的时候，朗格伦小姐正坐在老位置上大声擤鼻涕。鼻子通红，仿佛她一直坐在烈日下。师傅去世了，她用嘶哑的声音说，很突然。他当时在会馆里和兄弟们一起。他发言时突然倒在桌子上。心脏病发作，无能为力。我坐在我的位置上，什么也没有说。师傅是一个沉默寡言的人，谁都害怕他，就连他的儿子们也一样。他不善用文字表达自己，我总是在给兄弟们的信和讣告中，帮他润饰语言，因为他不记得自己口述的内容。除了口述信件，他从来没有和我说过话。在我输入工作清单时，朗格伦小姐责备地瞪着我。您至少应该表示一下哀悼，她说。那是什么？我问。她没有屈尊做出解释，而是继续读她的报纸。您听了爱德华八世的退位演讲吗？她问。真真扣人心弦。为了一个女人放弃王位！而且他是如此英俊。连英格丽德公主都没有得到他的青睐。他长得像莱斯利·霍华德，我斗胆发言，现在轮到她问那是谁了。她给我看了一张辛普森夫人的照片，说：他能爱上这样一个中年妇女真是太奇怪了。如果是一个年轻女孩，我或许能理解。她用手捋了捋她的老处女发型，仿佛脑海中闪过了一个想法，觉得如果对象是她世人就更能理解了。他年轻的时候很英俊，她仿佛在呓语，话题突然转向师傅。卡尔·延森长得像他，您不觉得吗？我会为葬礼买一身黑套装，这是我该为他做的。您打算穿什么？我看，您可以穿您的套装，毕竟现在是春天。死亡和退位打开了她的话匣子。她说今后肯定会有很大的变化。而这个变化多半意味着我将被解雇。我被录用完全是师傅的主意。这个光明的前景让我满怀喜悦和慰藉。只剩半年我就满十八岁了，该轮到我搬出去了。空气彻底浓得让人无法呼吸。

罗萨莉娅姨妈所剩的时日不多了，她与妈妈之间轻松的谈话已经完全停止。姨妈无法进食，疼痛不已。爸爸像罪犯一样蹑手蹑脚，因为妈妈的目光一落在他身上就会对他大发雷霆。埃德温和格雷特仍然没来，因为妈妈沉浸在悲痛中没有精力料理家务。她晚上睡得很少，所以我给自己买了一个闹钟，早上自己做咖啡。每天晚上我都和尼娜在一起。她经过内心的斗争，已经与埃贡断绝了关系，因为她宁愿和灌木生活在乡下。几乎每天晚上，酒馆关门后，我都会站在楼下的入口亲吻某个小伙子。他们通常没有工作，我们也不会再见。一段时间后我就分不清他们了。但我已经开始渴望与另一个人建立亲密关系，也就是所谓的爱情。我渴望爱情，即便不知道它是什么。我想一旦搬出去我就会找到。而我爱的人将与其他任何人都不同。想到克罗先生，我甚至不认为我爱的人必须是年轻的。他也不一定要特别英俊。但他必须喜欢诗，而且必须能够对我该如何写诗提供建议。每次与当晚的年轻人告别后，我就在日记里写情诗，它已经取代了我小时候的诗歌本。其中有一些很好，也有的不太好。我已经学会了分辨。但我不再读那么多诗了，因为那样我很容易就会写出相似的东西。师傅的葬礼对我来说是一场可怕的考验。卡尔·延森在公墓向工人和家属致辞。风把话音带到另一个方向，我什么也没有听见。我站在最年轻和最不重要的人员后面，旁边是一个孕肚明显的熟食店工人。天开始下雨，我穿着套装都冻僵了。突然间我意识到我可能怀孕了，而奇怪的是我以前居然没有想过这个问题。阿克塞尔显然也没有想到。要怎么判断自己是否怀孕了？我突然觉得有各种各样的迹象表明我怀孕了，如果真是这样，我不知道该怎么办。尼娜向我坦白过她生不了孩子，否则她早就怀孕了。她说这些年轻男人向来什么都不用，他们根本不在乎。我想到妈妈，她总是说我不能带个孩子回家，但我想的更多的是，这将会怎样阻碍我懵懂地迈向一个同样懵懂的目标。我非常希望有一个孩子，可还不是时候。事情必须按正确的顺序来。致辞结束后每个人都打算去喝咖啡或啤酒时，我告诉朗格伦小姐我必须回家，因为我的姨妈快死了。她看起来并不相信，但我不在乎。我赶回家，看着走廊镜子里的自己。我觉得我看起来很糟糕。我摸着自己的乳房，想象它们是柔软的。我记起奶油泡芙，想象自己感到反胃。我用手抚摸平坦的肚子，想象它变大了。五点，我站在皮勒巷，在《贝林时报》那栋楼外等待尼娜。我向她坦白我的担忧，她说我应该去看医生。第二天我没上班，去找又老又刻薄的邦内森医生，挣扎了一番才吐露自己登门的缘由。在这么胡闹之前，他用愠怒的口气斥责道，您明明很清楚会发生什么。他给了我一个尿液瓶，第二天早上我把装满的交回去。接下来的几天，朗格伦小姐都在问我到底在想什么，因为我听不进别人对我说的话。她自己的思绪仍在师傅和温莎公爵之间来回切换。我感觉到她探询的目光落在我身上，就像感觉到身体上的疼痛，热切盼望许诺的解雇快点到来。几天后我终于发现我没有怀孕，松了一大口气。我很浪漫，朗格伦小姐翻阅着杂志承认道，上面登满了全世界最有名的夫妇的照片，这就是为什么我可以为这样的事情哭泣。您不能吗？您难道一点也不浪漫吗？这样的问题总是潜藏着责备，于是我赶紧向她保证我是非常浪漫的。这个词让我想到手握短弯刀、肤色黝黑的贝都因人，想到了河边的月光，想到布满星辰的深蓝色夜空。我想到孤独和完全没有家人的感觉，想到阁楼里的烛台，划过纸张的一支笔，想到一个暂时向我隐匿容貌和姓名的男子。是的，朗格伦小姐若有所思地说，我也觉得，否则您写不出如此美丽的歌曲。她还说：为什么您不做一个自由诗人？您可以赚很多钱。我稍作思考，觉得可以在家里的窗户上挂一个牌子：为所有场合创作歌曲。下面加上我的名字。不过妈妈多半不会希望自家窗户上挂着这样的牌子。

师傅葬礼后不久的一个晚上，妈妈把我叫醒。来，她说，我想那一刻要来了。她哭得让人完全认不出了。姨妈的身体绷成弧形，头拼命向后仰，脖子上坚韧的肌腱像蜡黄皮肤下突起的粗绳。她的喉咙咔嗒咔嗒，发出怪异声响，妈妈低声说她已经迷糊了。但她的眼睛是睁开的，眼珠在眼眶里转来转去，仿佛想跳出来。妈妈说我应该去请医生。我迅速穿好衣服，向街角的咖啡馆借电话，背景音是乒与乓喧闹的演奏。医生是个和善的人，他站了很久，悲伤地看着姨妈。应该给她注射最后一剂吗？他仿佛在问自己，同时抽出注射器。是的，妈妈恳求道，真不忍心看到她这样痛苦。好的。他在她骨骼突出的腿上注射，不一会儿她所有的肌肉都松弛了。她闭上眼睛向后躺，开始打鼾。谢谢您，妈妈对医生说，并跟着他走出去，全然不顾自己身上皱巴巴的睡裙。然后我们一起坐到病床边，谁也没有想过要唤醒爸爸。罗萨莉娅姨妈是我们的，而在他的生活中只是一个小角色。深夜，姨妈不再打鼾，妈妈把耳朵贴近她的嘴边，检查她是否还在呼吸。结束了，她说，感谢上帝，她找到了安宁。她坐回椅子上，向我露出无助的神情。我很为她难过，觉得自己应该抚摸或亲吻她，但这是完全不可能的。她看着我时我甚至哭不出来，尽管我知道有一天她会说我在姨妈去世时都没掉眼泪。她把这一点看作我无情的标志提起，也许在我接下来搬走时就会这么做。我从来没有告诉她我要搬走。我们坐得很近，手与手却相距数里。就在现在，妈妈说，在她正打算享受生活的时候。是的，我说，但她不用再受苦了。尽管已经很晚了，妈妈还是泡了咖啡，我们坐在我的房间里喝。明天，妈妈说，我得通知阿格妮特姨妈。她在这里卧床这么长时间，她只来看过三次。一旦妈妈开始对别人的行为感到愤怒，她就得以从最深的绝望中暂时解脱出来。她谈到阿格妮特姨妈从来都靠不住，即使在她们小时候。她还总告她们的状，总要比过她们一点点。我任妈妈继续说，自己并不怎么需要开口。罗萨莉娅姨妈死了我很难过，却不会像小时候那样难过。那天晚上，尽管乒与乓在喧闹，我还是开着窗户睡觉，期待令人窒息的腐臭渗出公寓。死亡并不像我曾经相信的那样，只是温和的入睡。它残酷，狰狞，臭不可当。我环抱自己，为我的年轻和健康欣喜。不然，我的青春只不过是一种缺陷，是我无法及时摆脱的障碍。

15

　我们都是为了你才搬家的，妈妈痛苦地说，这样你就有房间写作了。但你不在乎。现在你爸爸又失业了。你不分担家用是不行的。爸爸坐起来揉揉眼睛。可以的，他尖刻地说，我们可以。不靠孩子就过不下去也太糟了。你为他们牺牲一切，正当你要从他们身上获得一点快乐时，他们却消失了。埃德温也是如此。埃德温不一样，妈妈说，他是男孩。她完全是为了反驳而反驳。我的呼吸顺畅了一些，因为现在这变成了他们两个人的争斗。我们正坐在饭厅里吃晚饭。这已经成为一种习惯，因为爸爸的工作时间不固定，我们会在中午吃一顿热乎的正餐，尽管现在这也已经没有意义了。因为我也失业了。我在生日前两个星期被公司解雇了。但我已经找到了一份新的工作，后天开始上班，而且我还找到了一个房间。我明天就会搬过去，也已经告诉了他们。我把盘子取出来的时候，他们在争论这个问题。她没心没肺，妈妈哭着说，就像我父亲一样。罗萨莉娅死的那天晚上，她像块板似的僵硬地坐在那里，没有流一滴眼泪。真的很吓人，迪特莱乌。不，爸爸火了，她的心地够好了。你只是把这些孩子都教错了。你呢？妈妈喊道，难道你没有把他们带大？教他们用斯陶宁的胡子擦鼻涕？不，罗萨莉娅死了，现在托芙也要搬出去，我活着已经没有任何指望了。无论有没有工作，你都躺在这里打鼾。那副样子无趣得要命。那你呢？爸爸愤怒地说，你脑子里只有娘家和王室。只要能随时去趟美容院，你根本不在乎你的丈夫是否在挨饿。幸运的是，此刻妈妈是带着怒火抽泣，而不是因我要搬走而悲伤。丈夫，她哭号着，瞧瞧我的丈夫是什么鬼样子。你甚至都不再碰我了，我又不是一百岁，况且世界上还有其他男人！砰！她关上了卧室的门，一头栽在床上，继续啜泣，估计整栋楼都可以听见。我撤下桌上的桌布，把它折起来。自从搬到更好的街区，我们就不再用《社会民主党人》当桌布了，我也不用再看安东·汉森笔下纳粹德国的阴暗画作了。爸爸使劲揉搓着他的脸，仿佛想让五官都移位。他疲惫地说：妈妈现在这个年纪很艰难。她的情绪不稳定。你应该考虑到这一点。是的，我不自在地说，但是我想过自己的生活，爸爸。我只想做我自己。这就是为什么你有自己的房间，你瞧，他说，在那里你可以做自己，写所有你想写的诗。我厌恶他们提及我的诗，不知道为什么。不仅仅是那样，我说着，退到门帘背后，我想拥有一个可以邀请朋友来玩的地方。好吧，明白，他说，又揉揉脸，妈妈不会允许的。但不管怎样，你好好照顾自己。好的，我保证，最终溜进自己的房间。我打包了我为数不多的所有物，但必须等到妈妈去饭厅才可以清空卧室斗柜的抽屉。我在东桥区租了间房，因为我认为如果我留在西桥区，搬家就不算彻底。我不喜欢我的房东夫人，却还是租了下来，因为每月只需要四十克朗。我正在支付冬季大衣和牙医的账单，但我会有足够的钱过活，因为在货币交易所可以拿到一百克朗的月薪。我的房东夫人又高又壮。她有一头漂过的乱发，举止夸张，仿佛灾难随时都会降临。客厅里挂着一大张希特勒的照片。看，我租下房子时她说，他是不是很英俊？有一天他将统治整个世界。她是丹麦纳粹党的成员，还问我是否也想加入，因为他们想覆盖丹麦青年群体。我说不，我对政治没有任何感觉。她是什么人也与我无关。主要是这个房间很便宜。第二天我就搬了进去。我搭电车过去，拎着行李箱，拿着我的闹钟，行李箱放不下它。它在站与站间突然响起，我只好傻笑着关掉。这是个脾气古怪的闹钟，只有我懂得如何操作。它像老头一样暴躁，气喘吁吁，每当它走不动又吱吱作响，我就把它扔到地上。然后它就会开始嘀嘀嗒嗒，又变得温柔而友好。房东夫人穿着第一次见面时那件宽松的和服迎接我，举止也和那时一样夸张。您没有婚约吧？她问道，手按住心口。没有，我说。感谢上帝，她松了一口气，仿佛逃过一劫。男人！我结过婚，亲爱的。他一喝酒就把我打得鼻青脸肿，还要靠我养。这样的事情在德国是不允许的。希特勒不会容忍的。如果不工作，就会被关进集中营。那个闹钟很响吗？我特别难入睡，这房子里的每个响动都能听见。它响得整个郡都能听到，我仍发誓它几乎没有声响。终于她走了，我得以平静地打量我的新家。房间相当小。一张盖着花朵图案的罩子的沙发，一张同样风格的扶手椅，一张桌子，还有一个老旧的斗柜，歪歪扭扭的抽屉把手晃悠悠地挂着。其中一个抽屉里有把钥匙，所以我可以真正拥有属于自己的东西。角落里有块帘子，后面挂着一根杆子。这应该是用作衣柜的。还有一个开裂的盥洗盆和水壶。除此之外，这里十分冰冷，就像尼娜的房间，而且没有炉子。我把衣服放到帘子后面，出去买了一百张打字纸。然后，用最后的十克朗，我租了一台打字机，回来后放在摇摇欲坠的桌子上。我把扶手椅拉到桌旁，但我坐下来的时候，它就散架了。我支付这四十克朗想要的不过是一张桌子和一把椅子，但也许你必须把出价提高一档才能拥有。我走出去敲了敲客厅的门，房东夫人正坐在里面听收音机。苏尔夫人，我说，椅子坏了。我可以借一把普通的椅子吗？她盯着我，仿佛这个消息是一桩真正的不幸。坏了？她说，那是一把非常好的椅子。可以一直追溯到我的婚礼。她冲进去检查损坏情况。您得给我五克朗的赔偿金，她说完就伸出了手。我说直到下个月一号我都没钱。那就加到房租上，她生气地说。我跟着她走出房间，求她给我一把普通的椅子。这是拦路抢劫，她喘着粗气，再次按摩起自己的心脏。出租房间根本就不赚钱。您可能还会把男人也拖进我家。她向希特勒投去恳求的目光，仿佛他可以亲自把任何可能出现的男人都扔出去。然后她走进另一间房，那里沿着一面墙摆放着一排僵直的椅子。给您，她选择了其中最破的，气冲冲地说，就这张吧。我礼貌地感谢她，把它搬进我的房间。高度跟桌子挺匹配。接着我开始打我的诗，仿佛这样能把它们变得更好。这个活儿让我满怀平静，有朝一日成书的梦想以比过往更浓烈、更清晰的色彩发酵着。

突然间，房东夫人出现在门口。那个东西，她指着打字机说，吵得要命，听起来像机关枪。我快好了，我说，平时我只在晚上打。嗯，好吧，她摇了摇长着黄头发的脑袋，但不要在十一点以后。我可以听到这里的每个声响。对了，您今晚不想听听希特勒的演讲吗？我听过他所有的演讲，特别精彩。坚定，有男子气概，让人很有共鸣！她热情地用胳膊打手势，你可以看到她丰满的胸部。不，我警惕地说，我……我想我今晚不会在。可我会在家，因为尼娜的林务员来了，所以我没有地方可去。我坐着，即使穿了大衣也直发冷，而且无法集中精力写作，因为希特勒的咆哮穿墙而入，仿佛他就站在我身边。这威吓和吼叫让我非常害怕。他在谈论奥地利，我把大衣扣到脖子，蜷缩鞋里的脚趾。有节奏的"万岁"呼声不断地打断他，我在房间里无处可藏。演讲结束后，苏尔夫人走进我的房间，眼睛闪亮，脸颊发热。您听到他了吗？她心潮澎湃地喊道，您明白他说的话了吗？您根本不需要理解。它这么直接穿透你的皮肤，就像蒸汽浴似的。我喝下了每一个

116

字。您想来杯咖啡吗？我说不用，谢谢，虽然一整天都没有吃喝。我婉拒是因为不想坐在希特勒的照片下。在我看来，这样他就会注意到我，想出办法碾碎我。我的所为，在德国会被认为是"颓废的艺术"，我也记得克罗先生对德国知识分子的评价。第二天我开始了在货币交易所打字部门的工作，而希特勒入侵了奥地利。

16

您会跳卡里奥卡舞吗？我从速记的工作中抬起头，说我不会。我看着正在口述的秘书，他真的很英俊，但对待工作并不认真。他懒洋洋地靠在椅子上，时不时灌一口手边的啤酒。他大声地打哈欠，却不用手挡住嘴。嗯，他疲惫地问，我们说到哪儿了？我们正坐在顶楼的一个大房间里。这里有很多桌子，配了很多秘书。每当他们需要打字员时，他们会打电话到我们的办公室，主管就会派我们中的一人上去。我喜欢这份工作，但那些秘书让我绝望。他们宁可闲聊，而与此同时案子放在蓝色的文件夹里，上面用红字写着"紧急！"。各种各样的申请都有，而且每份都包含一封言辞恳切的信，暗示申请遭到拒绝将会导致自杀。每一个申请人都写了无可辩驳又极其个人的理由，阐明为什么他应该被批准进口货物。我会跳卡里奥卡舞，但这是办公时间，而且我现在在拿着高薪，比以前都要高。别皱眉头了，秘书微笑着说，否则皱纹会变成永久的。我跑下楼梯进办公室把信打出来。这是一封拒绝信，我努力缓和语气，让它不那么死板，就像润色寄给兄弟们的信那样，但在这里这是不允许的。我不得不重新打一遍，并被要求严格按照速记的原稿。办公室里大约有二十个我这样的年轻女孩，看起来像一间教室。每张桌子后都坐着一个女孩，桌子排成三长排。最靠前的位置坐着主管，她像老师一样冲着我们，每当噪音太大就会严厉地叫我们安静。所有其他女孩都很时髦，紧身裙，高跟鞋，脸上化了很浓的妆。有天其中一个决定给我的嘴唇、脸颊和眼睛上妆，她们都认为我这样好看多了。她们说我应该每天都化妆，于是晚上出去的时候我开始借用尼娜的化妆品。一打完所有的诗，我便无法忍受继续坐在房间里，牙齿因寒冷而打战。所以尽管很单调，我还是继续着和尼娜的夜生活，这段时间日日夜夜飞快地流逝，就像好戏上演之前的鼓声。在延森印刷公司的可怕年月过去，我已满十八岁，也脱离了我的家庭。一天晚上在海德堡，我和一个高大的金发年轻人跳舞。他不像一般的年轻人，说话也不同。他问是否可以请我吃三明治。我说我是和女朋友一起来的。他说不要紧，我们三个人可以一起吃三明治。他自我介绍时尼娜赞许地看着他，略显惊讶。他的名字叫阿尔贝特，衣着比其他人都更体面。搞不好他还是个大学生。我们喝啤酒吃三明治，我摆弄着刀叉，观察别人是如何使用这些餐具的。在家里我们用刀把食物切开，然后用叉子吃。阿尔贝特问我住在哪里，做什么工作。他问我每月赚多少钱，是否够生活。这没什么特别的，但其他年轻人除了他们自己从来不会谈论任何别的事。我有种巨大的渴望，想告诉阿尔贝特关于自己的一切，还有我的生活。也许，我说，我很快就能挣到更多的钱。我会写诗，你瞧。我不喜欢这样说，尤其是在这里，这个充斥着喧闹、欢笑和音乐的地方。但我觉得我等不下去了，也不知道是否还能再见到阿尔贝特。噢，他惊讶地说，真是想不到。你写得好吗？他在身旁对我微笑，仿佛偷偷被我逗乐了。我很不满，感觉到自己脸红了。是的，我说，有些不错。你记得哪首吗？他边嚼边说。嗯，记得，我说，但我不想在这里朗诵。那就写下来，他平静地说，把一张餐巾纸推给我。他从口袋里拿出一支铅笔递过来。我应该写哪一节？哪一节是最好的？我觉得我要写什么非常重要，咬了一会儿铅笔之后，我写道：

> 我从未听过你的小声音。
> 你苍白的嘴唇从未对我微笑。
> 你踢动着的小脚
> 我永远也看不到。

他若有所思地看了很久，问我这首诗是关于什么的。一个孩子，我说，死胎。他问我是否曾经有过死胎，我说没有。我真该死，他随后说道，同时无比好奇地注视我。尼娜正在和一个年轻人跳舞，经过桌旁时眨眨眼睛鼓励我。她认为我应该好好利用机会。我会的，凭我自己的方式。阿尔贝特顺着我的目光望去。你的女朋友，他说，很漂亮。是的，我说，心想他应该希望自己选择的是她而不是我。但我现在并不关心这点。你知不知道，我固执地说，这样的诗能寄去哪些地方发表？当然了，他说，仿佛我问的是一件稀松平常的事情。你知道一个叫《野麦》的杂志吗？我不知道，他告诉我不知名的年轻人可以在上面发表诗歌和画作。编辑是一个叫维戈·F.默勒的男人，他在另一张餐巾纸上写下名字和地址。我最近去找他了，他随意地说，显然为此感到自豪。他人很好，对年轻的艺术有很好的理解。我小心翼翼地问他是否写作，他同样随意地说他在业余时间写诗，其中有一些已经在《野麦》上发表了。这个消息让我完全沉默了。我身边坐着的是一个诗人。这是我不曾梦想的。尼娜回来时我还在沉默。她挑起精巧的眉毛，断定阿尔贝特和我没有任何进展。在海德堡，一双眼睛的魔力让我失了魂……每个人都起立歌唱，来回晃动装满的啤酒杯。阿尔贝特也站了起来，突然他的姿态表现出某种不耐烦。我顺着他的视线望去，看到在舞池的另一端，有一个纤瘦的年轻女孩，她正独自坐着，神情严肃。当音乐响起时，阿尔贝特付了账，有点尴尬地向我们俩鞠躬，随后邀请那位严肃的女孩跳舞。是你自己的错，尼娜不快地说，他真的很帅。然而其实我并不在乎。我已经抓住了这世上我向往的某个角落，而且不打算放手。我把餐巾纸放进钱包，对我的女朋友神秘地笑了笑。我要回家打字了，我说，要是那个女巫不会醒来就好了。你从煎锅跳进了火里，尼娜说，她一点不比你妈妈好。我挪向衣帽间，取走外套。我不顾霜冻的严寒一路步行回家，心情愉悦。一个名字加一个地址，花多少年才能进展至此。也许这都还不够。也许这个人不想要我的诗。也许诗还没到他手上他就死了。也许他已经死了。我应该问阿尔贝特维戈·F.默勒多大年纪。我翻来覆去地琢磨这个名字，好奇 F 代表什么。弗朗茨？腓特烈？芬恩？要是我的信被邮政部门弄丢了永远无法寄达呢？要是阿尔贝特给的名字大错特错，并且是在骗我呢？有些人认为这样耍人很好玩。然而，在内心深处，我相信这一切都会成真。当我蹑手蹑脚地走进我的房间时，已经是凌晨两点了。我把沙发毯叠了又叠，放在打字机下面掩盖它的声音，然后选了三首诗，连同寄出的是一封简短的正式书信，这样他就不会认为这对我至关重要。维戈·F.默勒编辑，我写道，我随信附上了三首诗，希望能在您的杂志《野麦》上发表。您恭敬而诚挚的T.D.。我拿着信跑到最近的邮箱，看看几点会有人来取。我想知道编辑什么时候会收到，什么时候能够回信。然后我回家，上好闹钟就躺下了。我把所有的衣服放在被子上，入睡前却仍因寒冷颤抖了许久。

17

　　每天晚上我都从办公室赶回家问苏尔夫人是否有我的信。没有，苏尔夫人很好奇。她问我家里是否有人生病了。她问我是否在等钱寄过来，并提醒我因为那把毁坏的椅子还欠她五克朗。偶尔她还问我饿不饿，但我从来不饿，尽管我很少吃晚饭。有时我和尼娜一起在《贝林时报》的食堂吃饭。很便宜，但只向员工开放。房东夫人还说我越来越瘦了，如果我是她的女儿，她会把我养得胖胖的。闻到她做的晚餐，我会觉得饿，但是当然已经太晚了。通常回家之前，我会在东门站喝杯咖啡，就着一块糕点。但这是一种我负担不起的奢侈，因为我要严格遵照预算。办公室里所有的女孩都是如此，尽管她们大多住在家里。临近月末，她们都互相借钱，如果我有可借的也会问我借。就算被拒绝她们也不会难受。她们的贫穷并不压抑或悲伤，因为她们都心怀期待，梦想过上更好的生活。我也是如此。贫穷是暂时的，是可以忍受的。这不是什么真正的问题。尼娜可以向她的母亲借钱，而且她还有灌木。尼娜的母亲是一个胖胖的、和善的女人，任何事情都不太放在心上。她靠帮人打扫清洁为生，同居的男人是尼娜十二三岁的同母弟弟的父亲。你可以一眼看出尼娜并不是在那个家里长大的，她只过去探访。她在哥本哈根也只是过客，我完全无法理解她竟然真心想住在乡下。等信的日子里，我晚上不出门，而是坐在自己的房间里挨冻，留意走廊上的声音。我知道特快专递可以在正常投递时间之外到来。我没有任何理由会收到快信，却还是坚持细听门铃的声响。一天晚上，苏尔夫人家举行了一场政治集会，一群穿着靴子的男人拥进客厅，很快就爆发了可怕的骚动。在客厅里，他们跺着鞋跟，对希特勒的照片大喊"万岁！"。也有许多女人在场。她们的声音和苏尔夫人一样尖锐。像往常一样，我希望没有人注意到我。他们唱着霍斯特·韦塞尔的歌，踩着地板，以至于墙都在摇晃。苏尔夫人走进我的房间，脸颊通红，头发乱翘。她仍然穿着和服，看起来就像刚从燃烧的房子里跑出来一样。噢，她喘着气，您不和我们一起为元首干杯吗？进来向所有这些了不起的人物打个招呼。跟我们一起为我们的伟大事业而奋斗吧。不，我惊恐万分地说，我有事情要做。加班。我开始敲打打字机，好让他们认为我在工作，同时心怀悲哀和不安，思索着即将降临到整个世界的黑暗。但我没有忘记继续留意走廊上的动静。快信、电报，谁都说不准。几天后我开门进屋的时候，苏尔夫人就站在走廊里，手里拿着一封信。瞧，她双眼焦渴地说，您一直在等待的那封信到了。我从她手中抢过，想进我的房间，她却挡住了去路。现在打开，她气喘吁吁地说，我和您一样兴奋。不，我的心怦怦跳，这是极度私密的，不能外泄。这是封密函，我必须告诉您。噢，天啊！她把手放在胸口上，低声说，跟政治有关吗？是的，我绝望地说，跟政治有关。让我过去。她看着我，仿佛我是当代的玛塔·哈里，终于退到一边，深受震撼。最后只剩我和我的信。太厚了，我膝盖发软，害怕编辑把它全部退回来了。我在窗边坐下来，俯视着小小的院子。暮色笼罩着垃圾桶，对面大楼的灯陆续亮起。我花了一番工夫打开信封，把信拿出来，读道：亲爱的托芙·迪特莱弗森，您的前两首诗，委婉地说，并不好，但第三首《致我死去的孩子》，我可以用。您诚挚的维戈·F.默勒。我立即把"委婉地说并不好"的那两首诗撕掉，然后再读了一遍这封信。他想在他的杂志上发表我的诗。他是我一生都在等待的人。我有一本《野麦》，是向尼娜借钱买的。里面有一首诗是一个女人写的，她叫胡尔达·吕特肯，我读了很多遍，因为我忘不了爸爸曾经说过女孩是不能成为诗人的。尽管我不相信，他的话还是给我留下了深刻的印象。我必须与谁分享我的喜悦。我不想在家里谈论这件事，而尼娜也不会明白这对我意味着什么。唯一有可能明白的是埃德温。他是第一个称赞我的诗的人，在取笑了它们之后。但这并不重要，那时我们只是孩子。于是我乘电车去南港区。格雷特打开门微笑着，为看到我而惊讶。进来吧，她热情地说，然后跑进屋，坐在埃德温的腿上，这显然是她作为新婚妻子的主要职责。我觉得在那张深陷的扶手椅里他看起来毫无招架之力。嘿，他高兴地说，你好吗？他得挪开格雷特的头才能看清我。妈咪和爹地好吗？格雷特在亲吻间隙问道。妈妈不能忍受这种亲昵的称呼，格雷特却对她散发的冷漠毫不敏感。我也不怎么喜欢格雷特，因为我一直想象埃德温会有一个美丽、骄傲、聪明的妻子，而不是一个矮小的、笑眯眯的丰腴主妇。但这并不重要，因为我的感情并不像妈妈那么强烈或炽热。我告诉埃德温发生的事，给他看了那封信。他让格雷特在他读的时候去煮咖啡。哇，他佩服地说，你应该获得报酬。他一个字也没提。小心他骗你。我完全没有考虑到这一点，一刻也没有。他靠卖这个杂志挣钱，你瞧，埃德温解释说，所以他不应该不给投稿人报酬。不，我说。连埃德温也不明白这是多大的奇迹，没有人明白。现在听好了，他说，你给他打电话，问他你会得到什么。好的，我说，因为我也想打给他。我想听听他的声音，这正是一个很好的借口。格雷特把桌子铺好了，念叨着无关紧要的什么。埃德温告诉她那封信的事。噢，她高兴地说，那我就和诗人是亲戚了，我要写信告诉父母。你想要几片面包吗？好的，谢谢，我说，接着问埃德温的咳嗽怎么样了。医生说只要他还在喷纤维素漆就会咳嗽。他会一直咳到他找到其他工作。医生还说实际情况没有听起来糟糕。他不会因此而死，甚至不会生重病。他的肺只是变黑，受到了刺激。我们喝咖啡时，我看着哥哥。他似乎并不快乐，也许婚姻并不是他所期望的那样。也许他想象中的妻子除了爱情和晚餐之外，还可以和他谈论别的话题。也许他想象过他们晚上可以做一些其他的事情，而不只是坐在对方的腿上，宣告对彼此的爱。我想，无论如何，这一定无聊透顶。你是不是很快就需要买一件新衣服啦？格雷特说，除了那条哥萨克裙，我从来没有见过你穿其他衣服。你应该烫个鬈发，她说，像我的一样。格雷特头顶很多小发卷，戴着大大的环形耳饰，一摇头就会叮当响。有这样一个英俊的哥哥是不是很奇怪？她说，我想这对你来说一定很奇怪。埃德温厌倦了她的话题，很快又在扶手椅上坐下来。把杯子端出去后，格雷特重新坐回他的腿上，手指缠绕着他的黑色鬈发。我觉得哥哥娶她是为了不再跟严厉的房东夫人坐在那间出租屋里，毕竟他还有什么其他的出路呢？我也不打算一辈子住在苏尔夫人那里。年轻本身就是暂时的，脆弱的，昙花一现。你必须挺过去，它没有其他意义。埃德温问我是否已经告诉家里这个消息，我说我想先等诗在杂志上发表。然后我再给他们看，而不是在那之前。埃德温读了这首诗，深受触动。但你仍然满嘴谎言，他说，声音中带着惊奇，你从来没有死过任何孩子。他说托瓦尔已经和一个非常丑陋的女孩订婚了，这让我有点恼火。我本来可以拥有他，却并不想要他。不过当时，我还是喜欢他没有其他交往对象这一点。离开之前，我向哥哥借了十欧尔打电话。我得自己开门出去，因为格雷特忙着在埃德温耳边说长长的悄悄话。在恩哈弗街的电话亭里，我查找维戈·F.默勒的号码，询问时激动得心都提到嗓子眼了。您好，我说，我是托芙·迪特莱弗森。他带着疑问重复我的名字，随后便记起了。您的诗将在一个月内出版，他说，写得太好了。我会收到任何报酬吗？我问道，尴尬极了。但他并没有生气。他只是向我解释没有人会得到稿费，因为杂志是在亏本运营。我赶紧向他保证没关系。这只是我哥哥提的。他便问我多大了。十八岁，我说。天哪，才这么小？他说，略带笑意。然后他问我是否愿意见面，我说愿意。他约我后天六点钟在新嘉士伯美术馆的咖啡馆一起吃晚饭。我兴奋不已地感谢他，接着他说了再见。我会去见他。我会和他谈谈。他无疑是想为我做些什么。克罗先生说人总是想利用对方做些什么，这并没有错。我想靠编辑做的事很明显，但我于他有什么用呢？第二天晚上我还是回家交代了一切。妈妈独自在家。她看到我非常高兴，我心里则很内疚，因为我太少过来。自从罗萨莉娅姨妈去世，妈妈变得非常孤独。这栋楼恰恰足够"体面"，你不会随随便便地拜访其他人，妈妈也没有任何女性朋友和她聊天说笑。她只有我们，而待她和法律一允许我们就抛弃了她。我们一起喝咖啡，我可以看出她正在努力地动用想象力。你知道吗，她说，那个编辑，他多半想娶你。我笑着说除了把我嫁出去，她什么都没想过。我是笑了，但当我回到房间躺上床时，我却在想他是否已婚。如果他单身，我不反对嫁给他。无须事先查验。

18

　　他身穿绿色西装，打着绿色领带。他有浓密卷曲的灰发和两撇灰胡子，手指不时捻着胡子的末端。他的衬衫是老式的翼形领，双下巴微微悬在领口。他的眼睛就像婴儿的眼睛，是明亮的蓝色，肤色白里透红，如同孩子一样。他大方挥舞着的双手小巧精致，指关节处有凹陷。他热情而友好，在他的陪伴下我很快就忘记了羞涩。他在外表上与克罗先生并不相似，却让我想起了他。点菜之前，他研究了很长时间菜单才做出选择，在不知道他要了什么的情况下我也点了同样的。他说他很喜欢食物，看他的样子就知道。我礼貌地说看不出来。我承认我从来没有注意过自己在吃什么，他笑着说这简直一目了然。他说我太瘦了。我们喝葡萄酒佐餐。酸味让我表情扭曲。他说那是因为我太年轻。等我长大了，我就能学会欣赏好酒。他让我告诉他一些自己的事情，我是如何找到他的。我紧张又愉悦，想一口气吐露所有。我还提到了阿尔贝特，他耸耸肩，仿佛他无足轻重。你永远都无法掂量年轻人，他捻着胡须说，你相信他们中的一些人，结果他们一事无成。而一些你从未注意过的，到头来却不赖。我问他认为我水平如何，他答无法判断。他说那些一事无成的通常是小伙子，他们带着一首诗前来，说自己十分钟就写出来了。如果他们这么说，他就知道他们没什么水平。然后呢？我问。然后我就建议他们做电车售票员或其他合情合理的事情，他说完，用餐巾擦了擦嘴。我很高兴我没说过花了多少分钟写《致我死去的孩子》。我自己也不知道。我认为这位编辑是个了不起的人，还很英俊。也许其他人并不觉得他英俊，尼娜会觉得他太老太胖了，但我不在乎。他递过菜单让我选甜点，我要了冰激凌，因为其他看起来都太复杂了。编辑要的是水果配搅奶油。我喜欢吃甜食，他说，因为我不抽烟。侍者对他非常恭敬，一直称呼他为"编辑"。他叫我年轻的女士。我可以为这位年轻的女士倒酒吗？我勇敢地喝下这酸酒，感到温暖而放松。外面已是黄昏，风轻轻地吹拂林荫道的树。它们开花了，很快趣伏里公园就会开放。维戈·F.默勒说他喜欢这个城市的春天和夏天。树木花草繁茂，年轻的女孩也在绽放，就像从鹅卵石间生长出来的美丽花朵。克罗先生说过类似的话，而他并没有结婚。这可能是已婚男人完全感知不到的。最后我鼓起勇气问他是否结婚了，他说没有，微微一笑。没有人，他抱歉地比画道，从来没有人想要我。我曾经正式订过婚，我说，但后来他取消婚约了。那现在呢？他问，您现在没有婚约吗？没有，我说，我在等待对的人出现。我努力看着他的眼睛，但他瞧不见背后的含义。我只是习惯了一切的紧迫，几乎期待他会当场向我求婚。你永远不知道一个人明天的去向。他没准会收到另一个写诗的年轻女孩的信，比如胡尔达·吕特肯，然后邀请她出去，彻底忘记我。他一定可以拿下任何他看上的人。我带着越发强烈的嫉妒问起胡尔达·吕特肯，他大声笑了起来。她不会喜欢您的，他说，她疯狂地嫉妒其他女诗人，尤其是那些比她年轻的。她喜怒无常的程度堪比十个人加起来。时不时她会打电话给我，问：默勒，我是天才吗？是的，是的，我说，是的，你是，胡尔达。随后她就会满意一阵子。接着他问我是否愿意参加下个月的《野麦》派对。到时会评选"顶级小麦"和"顶级脆饼"。他们都是这一年中为杂志供稿最多的诗人和插画家。我问我应该穿什么，他说穿长裙。听说我没有时，他说我可以向女朋友借一条。这让我想起尼娜，她为了谢内克罗恩的舞会给自己买了一条长长的露背裙。我说我很乐意参加。我们用薄薄的杯子喝咖啡，编辑看了看表，似乎该走了。我真想在那里多坐一会儿。外面，我的日常生活正等着我，连同办公室的紧急事务，酒馆的夜晚，陪我回家的年轻人，还有我冰冷的房间和那位纳粹房东夫人。在这种生活中，我唯一的安慰是寥寥几首诗，数量还不足以成册。况且我也不知道如何出版一部诗集。结账后，默勒先生的手突然搭上了我搁在彩色桌布上的手。您有一双漂亮的手，他说，又修长又纤细。他拍了拍我的手，仿佛清楚我为要离开而遗憾，想向我保证他不会马上从我的生活中消失。我发现自己快要哭了，也不知道为什么。我想用手臂环着他的脖子，就像经过漫长的旅行，疲倦的我现在终于找到了家。这是一种疯狂的感觉，我眨眨眼睛掩饰它们的湿润。我们一起在外面站了一会儿，看着车流。他比我矮，这让我很吃惊，因为他坐着的时候根本看不出来。好了，他说，我想我们要往不同方向走了。有空过来，您知道地址。他挥动绿色宽边帽，划出一道优雅的弧形，将它戴在头上，便快步走上林荫道。我站在那里目送，眼睛能跟着他走多远就望多远。我想我总是不得不和男人说再见，盯着他们的背影，听他们的脚步消失在黑暗中。而他们甚少转过身来向我挥手。

19

我被调到了街道对面的国家粮食局，我也更喜欢那里。办公室只有我们两个女人。我负责总机，并为办公室经理耶尔姆先生写信。他是高个子，骨瘦如柴，一张冷峻的长脸从来不为任何类似微笑的表情软化。每当听写过程中出现停顿，他就盯着我，仿佛怀疑我脑子里除了谷物还装了别的。另一个女孩名叫卡特。她很爱笑，也很孩子气，我们独处时很开心。我在等待我的诗发表在杂志上，那时我才会去拜访维戈·F.默勒，而非在此之前。马上要到夏假了，这对我来说一直是个难题。尼娜希望我们一起加入丹麦徒步协会，去乡间徒步，住青年旅社。

但我不喜欢集体生活，所以我不感兴趣。不过如果我的诗很快就会发表，也许我可以假期和编辑一起。等待的时日里，我仍然会看小孩子和恋人们，他们跟随热浪来到室外。我也看狗，狗和他们的主人。有些狗的链条很短，一停下脚步就会被不耐烦地拉拽。另一些狗有长长的链条，每当有刺激的气味让他们留步的时候，主人就会耐心地等待。这就是我想要的主人。这就是能让我茁壮成长的生活。也有一些没主人的狗，在人们的腿间困惑地跑来跑去，显然没有享受到他们的自由。我就像那种无主的狗，邋遢、迷茫、独自一人。我晚上出去的次数比以前少了，尼娜说我变得彻头彻尾地无聊。现在已经没那么冷了，我在房间里待得住。我一遍又一遍地读我的诗，有时也会写一首新的。那两首"委婉地说并不好"的诗，我早已从集子中删除。我认为它们令人难堪，但如果编辑表示好，我就会相信他。有时我会回家看看。爸爸又失业了，他和妈妈间的气氛冰冷。通常他躺在沙发上熟睡或打盹，妈妈则坐着织毛线，脸上带着责怪的神情。她认为我该拜访编辑了，因为她越来越相信他想娶我。胖子，她说，是快乐而善良的，瘦子才脾气暴躁。她问他多大了，我说他大约五十岁。这她认为也很好，因为他已经拈花惹草过了，会是一个忠诚的丈夫。她说很快我多半就可以辞掉工作，受人供养。我没有说什么，因为这一切都需要等待。我们会举办婚礼，妈妈说。我想了想编辑会怎么看待他的岳母。他比她大，我很确定，但这并不影响妈妈。我总是很快离开，因为现在妈妈对我有所要求。爸爸说不着急，我想和谁在一起由我决定。你从来没有关心过，妈妈说，但现在你可以看到埃德温是怎样的了。这就是你的冷漠所带来的。这样战斗就从我身上转移了，于是我就可以毫无顾虑地离开他们。有一天从父母家回来时，我看到一张苏尔夫人留下的驱逐通知。由于我已经得知，她写道，你参与了密谋活动，我不再希望与你生活在同一屋檐下。我记起我收到的那封政治信件，以及对参加她的纳粹集会的抗拒。之后我在阿迈厄岛离编辑家不远的地方找到了另一个房间，便提着我的行李箱，揣着我的闹钟搬了过去。

这个家里孩子已经成年。有一个女儿结婚了，我搬进的就是她的房间。屋子比之前的要好要大，而且只贵十克朗。除此之外，它还有一个炉子。我立即打给维戈·F.默勒告诉他我的新地址。他说很高兴接到我的来电，因为杂志已经印好，他正准备给我寄过去。他说得稀松平常，就好像我已经发表了几十首诗，这只是其中之一。他的语气友好而平淡，仿佛印有我作品的杂志和书籍满世界都是，以至于一首诗丢了也并不重要。当然，他已经习惯了与像胡尔达·吕特肯这样的人相处，对他们可以直呼其名。我每次想到她，心里就有一阵嫉妒的刺痛。不知道维戈·F.默勒是否会对其他人说起我的奇特之处？他是否会说：顺便一提，托芙最近打来了，说了这样那样的话。哈，哈。随后捻着他的胡子微笑。第二天两本《野麦》寄到了，两本都有我的诗。我读了很多遍，腹腔传来一阵异样的感觉。它在出版物上看起来与打下来或手写的完全不一样。我不再能订正它，它不再是我一个人的了。它出现在成百上千册的杂志里，陌生的人们会读到它，可能会认为它不错。它在全国范围传播开来，我在街上遇到的人可能也已经读过。他们可能外出时在内袋或包里就放了这么一份杂志。如果我乘电车，可能会有一个人坐在我对面读它。这感觉完全震撼了我，没有人可以与我分享这份美妙的体验。我赶回家向爸爸妈妈展示。我认为写得很好，妈妈说，但是你应该有一个笔名。你的那个不好。你应该用我婚前的姓。托芙·蒙杜斯，听起来好得多。她自己的名字就很好，爸爸说，但这首诗太现代了。押韵的方式不对。你可以从约翰内斯·约恩森[1]那里学到很多。我没有被爸爸的批评冒犯，因为他总是想保护我们免遭失望。根据他的经验，你不应该对生活有所期待，这样就可以避免失望。不过，他还是请求留下这份杂志，像对待自己的书一样小心翼翼地捧着它。在回家的路上，我走进一家书店，想买一期最新的《野麦》。他们没有，说可以订一本。我们不会单本

---

① 即 Johannes Jørgensen (1866—1956)，丹麦诗人、作家，为象征主义在丹麦的兴起做出了很大贡献，亦以为天主教圣人立传著称，曾数次获诺贝尔文学奖提名。

售卖，他向我解释，主要是通过订阅。那太糟糕了，我说，您看，我听说里面有一首很好的诗。他记下了我的名字，这样我就可以在几天内拿到。这是一本非常小的杂志，您知道吧，他滔滔不绝地解释道，我觉得应该只印了五百份。真奇怪，这样居然也行得通。我受到了羞辱，再次走出店门。可我与以前不一样了。我的名字见刊了。我不再是无名的了。很快我将拜访我的编辑，尽管他没有在电话里重申他的邀请。当然，除了与年轻诗人交谈之外，他还有许多其他事情要忙。杂志出版一周后，我被叫到耶尔姆先生的办公室。可能的话，他那张长脸甚至比平时更愤怒了。他面前的桌子上摊着《野麦》，翻到了我的诗的那页。我脑海中闪过他会因此称赞我的念头。我买这本杂志，他说，是因为我以为它与粮食有关。然后我看到——他用尺子敲了敲我的诗——您显然有国家粮食局以外的兴趣。我很抱歉，但不幸的是我们不能再雇用您了。他用他的鱼眼看着我，而我不知道该说什么。我感到难过，因为我在这里很开心。但这件事也有滑稽的成分，如果我告诉卡特和尼娜，她们会哈哈大笑。是的，我说，没有挽回余地了。我挪出办公室，又走进去告诉卡特我被解雇了。她笑耶尔姆先生居然认为《野麦》是农业杂志，我也笑了，可我仍然是一个失业的女孩，现在要为寻找新工作而烦恼。卡特说我应该向工会报告，让他们给我找一个新岗位，我觉得这是个好主意。当天晚上，我给维戈·F.默勒打了电话，他说很乐意明晚见我。这样一来我被赶出粮食局也就没什么所谓了。也许编辑能找到一个比卡特更好的解决方案。现在我有太多花销，不能让自己失业。

20

您啊，不想出版一部诗集吗？维戈·F.默勒问。他说得好像这没什么特别的。他说得好像出版诗集对我而言再寻常不过，好像这根本不是记事以来我最热切的渴望。我用细弱而平淡的声音说想，我很想。我只是从未思考过这个问题。但既然他提了，这将变得非常有趣。我希望他看不出我的心跳得有多欢快多兴奋。我的心怦怦跳，就像我在恋爱一样。我仔细打量这个为我的灵魂带来如此巨大的喜悦的人。他正坐在桌子的另一端，桌上铺着一块玻璃瓶绿的桌布。我们在用绿色的杯子喝茶。窗帘是绿色的，花瓶和花盆是绿色的，编辑也一如既往穿上了绿色的衣服。书架几乎碰着了天花板，墙壁完全被绘画和素描覆盖。这一切让我想起了克罗先生的客厅，但维戈·F.默勒并没有怎么让我联想到克罗先生。他没有那么神秘，欢迎我问他任何我想知道的事情。太阳就要下山了，客厅里柔和的暮色投下亲密的氛围。我帮我的新朋友把杯子收拾到厨房，他问我要不要来杯葡萄酒。我说好的，谢谢，他把酒倒进绿色的玻璃杯，举起他的那杯说：干杯。然后我问他如何出版诗集，他说你把它寄给出版商。如果他们接受了，他们就会处理剩下的工作。很简单。我要向他展示我所有的诗，这样他就能知道我的诗是否足够多，足够好。我不喜欢葡萄酒，不过我喜欢它的功效。我深受编辑手臂轻柔圆润的动作和银灰色头发吸引，还有他的声音，舒缓而清新地环绕着我的灵魂。我已经喜欢上他了，可我不知道他对我的感情是什么。他不碰我也不试图吻我。也许他认为我对他来说太年轻了。我问他为什么没结婚，他严肃地说没有人想要他。很可悲，他说，不过他明白已经太晚了。他说这话的时候眼里带着笑意，我皱了皱眉头，因为他不把我当回事。我向他描述我的生活，我的父母，埃德温，以及我如何因为《野麦》上的那首诗刚刚丢了工作。最后这件事把他逗乐了，他说等他告诉他的朋友，他们也会被逗乐。他的朋友都是名人，有的问过他这个可怜的女孩是谁，把她死去的孩子写得这么美。看来并不仅是我的家人会觉得人们写的一切都是真的。噢，他拍了拍额头说道，我差点忘了，您有没有看到瓦尔德马尔·科佩尔最近在《政治报》上对杂志的评论？他对您的诗赞赏有加。他拿出剪报给我看。上面写着：托芙·迪特莱弗森的《致我死去的孩子》，足以构成这本小杂志的存在理由。噢，我不知所措地说，这真让我开心啊，我可以保留它吗？他把它给了我，往绿色的杯子里倒了更多酒。然后他说：第一次看到自己的名字出现在印刷品上，会给一个年轻人留下很深的印象。我很高兴我遇到了您，我说，好像我和您在一起时，没有任何坏事会发生。在您这里时，我不会相信世界大战即将来临。维戈·F. 默勒突然变得严肃起来。然而形势非常暗淡，他说，我也许能帮您这样那样的忙，亲爱的，却不能阻止世界大战。是酒让我说出这样的话。所有的成年人只要开始考虑世界局势就会离开我。相比之下，我的诗和我只是几粒尘埃，最微弱的一缕风都能吹走。不，我说，但您不会突然死去，这栋楼也不会被拆除。我跟他说起布罗克曼编辑和克罗先生，前者他认识，后者不认识。不会的，他认真地说，在这个意义上您可以依靠我。我们直接用名字称呼彼此吧。我们为我们的友谊干杯，他点亮了绿色灯罩下的灯光。叫我维戈·F吧，他接着说，每个人都叫我维戈·F或默勒，除了我的家人没有人叫我维戈。据他所说，他的父母已经去世，不过他有两个很少来往的兄弟姐妹。家人，他说，永远不会理解艺术家。艺术家只能互相依靠。他问我是否愿意挨着他坐在沙发上，我便在他身边坐下。我紧挨着他坐，这样我们的腿就能靠在一起，但他显然无动于衷。也许我不够漂亮，也许我不够岁数。他告诉我他已经五十三岁了，我礼貌地说看起来不像。确实不像，尽管他很胖是事实。他的皮肤白里透红，完全没有皱纹。我觉得爸爸看起来要老得多。但我根本不关心一个人多大年龄。维戈·F的父亲是银行董事，哥哥也是。他自己在一家火灾保险公司工作，他并不喜欢，不过总得维持生计。他也写过书，惭愧的是我没有读过。我甚至不曾在图书馆里看到过他的名字。我为自己的无知恼怒，于是告诉我的这位新朋友我本来应该去上高中，但家里不允许。我们负担不起。他轻轻地搂着我的腰，一股热流穿透我全身。这是爱吗？我已经厌倦了对这样一个人的漫长寻找，现在我达到了目标，便觉得如释重负，想大哭一场。我是如此疲惫，以至于无法回应他温柔而谨慎的轻抚，只是被动地坐着，任他捋捋我的头发，轻拍我的脸颊。你就像一个孩子，他亲切地说，一个不能真正驾驭成人世界的孩子。我曾经认识一个人，我说，他说所有人都想利用他人做某些事情。我想利用你出版我的诗。是的，他说，继续轻抚着我，但我的影响力并不如你想的那么大。如果出版商不想要你的诗，我也无能为力。不过我们会一起看一看。无论如何，我可以给你建议，支持你。出去上厕所时，我看到维戈·F拥有淋浴间，惊讶不已。我问他我是否可以洗澡，他笑着答应。要不然我只能不时去趟吕尔绍街的公共浴室，但这要花钱，所以我当然不会经常去。现在我高兴地站在花洒下，转来扭去，心想如果我们真的结婚了，我就可以每天洗澡。我从浴室出来时，维戈·F说：你的腿很美。把裙子撩上去，让我好好瞧瞧。不，我脸红着说。因为我的一边长筒袜勾丝了。不，只有膝盖以下的好看。已经到了十二点，我必须回到我的破房间。维戈·F提出付出租车钱，但我说这么一小段路可以走回去。我还补充：况且，我不知道应该给师傅多少小费。记住要叫"司机"，他说，而不是"师傅"，听起来太口语化了。这句评价伤害了我，我对我的整个成长过程，对我的无知愤怒至极，还有我的语言，我完全缺失的各类修养，我几乎无法理解的字眼。他在告别时吻了我的嘴唇，我走在温和的夏夜里，回忆着他所有的话语和动作。我不再是一个人了。

21

　　我同许多名人来往。我与他们见面，我和他们交谈，我坐在他们身边，我跟他们跳舞。我一踏进门，就与平常全然不同。我走在一道耀眼的灯光下，像镜子一样反射名人的光芒。我反射他们的形象，他们也喜欢自己所看到的。他们被取悦了，微笑着给予我许多赞美之词。他们甚至夸我的裙子，虽然那是尼娜的，对我来说太大。但它掩盖了我的鞋子。这双鞋又旧又破，需要更换。名人成群结队，不断聚集在维戈·F的绿色身形周围，他像起风的池塘里的浮萍时隐时现。它在我眼前来回波荡，我反复寻找，因为它予我保护，令我身处这些名人之中时感到安全。维戈·F骄傲地把我介绍给他们，仿佛是他发明了我。这是我最年轻的供稿人，他笑眯眯地捻着小胡子，对媒体摄影师说。我跟他与一些名人合影，照片第二天就出现在《晚报》上。拍得不太好，不过维戈·F说与媒体交好是很重要的。而我也确实友好。整晚我都在向所有想见我的名人微笑，最后脸颊都疼了。我的脚也跳得很疼，当我最后离开时，一切就像梦一样不真实。我不记得谁成了"顶级小麦"和"顶级脆饼"。和我共舞的年轻人则说每个人最终都会被选中。有一天，我也会成为"顶级小麦"，只需为杂志勤写稿子，不管写得好不好。这个年轻人还问我想不想找天晚上去看电影，但我冷冷地拒绝了他。我对自己的未来有相当不同的计划。我通过工会找到了一份临时工作，现在每天能挣十克朗。我手上从来没有过这么多钱。我已经付清了牙医的费用，还买了一身浅灰色的套装，搭配长外套，因为那身棕色的已经过时了。我和尼娜在一起的时间也不多了，因为现在我完全没有兴趣认识可能想和我结婚的年轻人。维戈·F看了我的诗并进行挑选之后，我把它们寄给了于尔登达尔出版公司，现在正全心等候答复。如果他们不想要，维戈·F说，你就寄给另一家。出版商很多。可我确信他们会要，因为维戈·F说我写得好。他认识总监，一个女人。她的名字叫英厄堡·安诺生，穿衣像男人。但她不是做决定的人，维戈·F说，是由顾问决定。他指的是保罗·拉库尔和奥瑟·汉森，我两个都不知道。我没听说过任何一个名人，因为我几乎从来不看报纸，只读已故作家。以前我从来没有意识到自己如此愚蠢无知。维戈·F说他会负责教导我，并把卡莱尔的《法国大革命》借给了我。我觉得它非常刺激，但我宁愿从当代入手。一天晚上在我拜访维戈·F时门铃响了，走廊里传来一个低沉的女声。维戈·F带着一个闪闪发光、丰满而黝黑的矮个女人进门，她握住我的手，仿佛要把它摇掉，开口说：胡尔达·吕特肯。呵，原来您长这样。您现在如此出名，几乎让人无法忍受。然后她坐下来，一直对着维戈·F说话，直到他叫我先离开，因为他有事情要和胡尔达谈。后来他向我解释，正如他之前暗示过的那样，胡尔达·吕特肯不能忍受其他女诗人。等待于尔登达尔消息的同时，我有时会回家看望父母。爸爸说出版一本诗集固然不赖，但你不能靠当诗人谋生。她也不必如此啊，妈妈说着，急欲反驳，那个维戈·F.默勒，他可以养她。我向他们讲起那个淋浴间，在妈妈的思绪中，她也站在了维戈·F的花洒下。我向他们讲起绿色玻璃杯里的葡萄酒，在妈妈的思绪中，她也用这些杯子喝了酒。他们把《晚报》上的照片剪下来，放进水手妻子的画框。拍得好，妈妈说，真的可以看出来你把牙齿补好了。她骄傲地说：医生说我有高血压。我还有动脉硬化，肝脏也不好。她找了一个新的医生，因为旧的不好。不管你说你有什么毛病，他都说他也一样。新医生认同妈妈所有的疑虑，所以她对他很忠诚。自从罗萨莉娅姨妈去世，埃德温和我都搬出去后，她就非常关注自己的健康，尽管她以前从未考虑过这个问题。她正在经历更年期，医生说，周围的人必须体谅。这是她告诉爸爸的，他再也不敢躺在沙发上了，毕竟她总是唠叨。他坐起来看书，有时拿着书就睡着了。我从不在家久待，因为我厌倦了听妈妈诉说她内脏出现的骇人症状。然而我为她感到难过，因为她在这个世界上从未拥有过多少，而她曾经拥有的那一点点，到头来也失去了。有一天我下班回家，发现房间的桌子上放着一个黄色的大信封。我因失望而双膝发软，因为我知道这里面装的是什么。然后我打开了它。他们把我的集子寄回来了，附带几句道歉，说他们一年只出版五本诗集，都已经选好了。我拿着信去找维戈·F。噢，好吧，他说，这是意料之中的。我们可以尝试莱茨尔出版公司。不要让自己被这样的事情打倒。相信自己，否则你永远无法让别人相信你。我们把诗寄给莱茨尔，一个月后它们也被退了回来。我开始觉得有趣了，因为我知道这些诗是好的。维戈·F说几乎每个著名作家都经历过磨难，是的，如果太顺利反倒像是个问题。终于，这些诗几乎在所有人手上轮了一遍，我也很难保持勇气了。然后维戈·F说这是钱的问题。出版商靠诗歌基本赚不了钱，这就是他们不愿意出版的原因。但《野麦》有一笔五百克朗的基金，专门用于我这样的情况。他会付钱给一个出版商来出版这些诗。他会跟他的朋友拉斯穆斯·纳韦尔谈。纳韦尔先生同意在他的公司出版，我很高兴。他来到维戈·F家跟他商量。他是一位和蔼可亲的灰发绅士，操着菲英岛的口音，我始终对他甜甜地笑，以防我身上有任何一点会让他放弃这个念头。他说阿尔内·翁格曼可能愿意免费绘制封面，而且他喜欢这个标题：《女孩的心》。我也喜欢。最后大功告成，我不知道该如何向维戈·F表达谢意。我亲吻他，抚弄他卷曲的头发，可他最近是如此心不在焉。仿佛他确实想为我出力，此刻却惦记着更重要的事情。一天晚上他跟我讲起德国的集中营，并说整个欧洲很快就会成为一个集中营。他还给我看了一本杂志，他在上面写了一篇反对纳粹主义的文章。他说如果德国人来到丹麦他就会有危险。我想着我将在十月出版的诗集，有了一种奇怪的感觉，疑心如果世界大战爆发它将永远不会问世。如果他们入侵波兰，维戈·F说，英国人是不会接受的。我说他们已经忍了太多。我向他讲起在苏尔夫人家的日子。我告诉他，每当我周六听到希特勒隔着墙讲话，周日他就会入侵某个无辜的国家。维戈·F说不明白为什么我以前没有搬出去，我觉得他不懂什么是贫穷。但我什么也没说。阿尔内·翁格曼有一天晚上过来给我看了封面插画。描绘的是一个低着头的裸体女孩，真美。这具躯体是纯洁的，不带任何肉欲。他和维戈·F谈论着世界形势，相当严肃。现在我几乎总在维戈·F.默勒家，妈妈认为我干脆搬进去算了。什么时候，她不耐烦地说，你才打算嫁给他？

22

埃德温已经离开了他的妻子。现在他住在我棉布帘子后面的旧房间里，妈妈很高兴，尽管他一找到地方就会搬走。妈妈说她可以理解他为什么离开格雷特，毕竟她的脑子里只装了衣服和胡言乱语，没有哪个男人能忍受。可哥哥不允许任何人贬低格雷特。他说错在自己。他不爱她，这不是她的错。这也是他把公寓留给她的原因。家具也归她，埃德温将继续付钱。我现在喜欢回家，因为哥哥在。我们谈论我的诗集，埃德温不明白为什么我得不到报酬。这很了不起，他说，不给钱是可耻的。我们还谈论了埃德温的咳嗽和妈妈所有的新病症。我们谈论我在壳牌石油大楼里的律师事务所的工作，在那里我得以观察人与人之间的许多分歧。我们还谈了很多维戈·F.默勒的事，以及他为我打开的世界。我得告诉我的家人关于他公寓的一切，比如家具是如何摆放的，一共多少个房间，书架上有什么书。我告诉爸爸维戈·F自己也写书，他说他觉得他读过一本，但写得平平无奇。爸爸还说：他对你来说不会太老了吗？妈妈抗议说重要的不是年龄，况且爸爸比她大十岁她也从来没有在意。她说最重要的是他能养我，我就不用工作了。他们都说得好像他已经向我求婚了，而我说我不知道他要不要我时，他们只把这当作微不足道的细节抛在一边。他当然会要你，妈妈说，否则他为什么要为你做这么多？我琢磨了一番，得出了同样的结论。我的与众不同在于我写诗，但同时我还有很多普通之处。像所有其他年轻女孩一样，我想结婚生子，拥有一个自己的家。做一个自己谋生的年轻女孩是不乏痛苦和脆弱的。在那条路上你看不到任何前方的光明。我又如此希望拥有自己的时间，而非总是不得不将它出售。妈妈问我维戈·F在火灾保险公司赚多少，她觉得我连这都不知道很奇怪。他只是一个白领，爸爸说道，不断的反驳激起了妈妈和埃德温一连串的愤慨之词。如果我是白领，埃德温气鼓鼓地说，我他妈就不会咳嗽了。不管怎样好歹没有风险，妈妈附和道，他不会随时失业，在体面人上班时拿着书到处闲逛。摸摸我的脖子，她的话音突然转向我，这里就像有一个结。我得给医生瞧瞧。我们会为婚礼聘请厨师，他肯定习惯了最好的。汤、烤肉和甜点，我记得很清楚我以前工作的地方是怎样的。你就不能改天邀请他来家里吗？我不知道为什么我不这样做。我的家人是我的。我了解他们，习惯他们。我不喜欢把他们展示给来自更高社会阶层的人。维戈·F甚至问过我是否可以见我的父母。他说他乐意见生下我这样的奇特生物的人。但我认为这可以等到我们结婚再说。爸爸和埃德温还谈到了迫在眉睫的世界大战。然后妈妈觉得无聊，我也没了兴致。突然间这成了事实。英国已经向德国宣战，我和成千上万沉默不语的人站在一起，关注着《政治报》大楼闪现的读者栏头条。我站在哥哥和爸爸身边，不知道这个决定性的时刻维戈·F在哪里。回家时，我的胃里有一种痛苦的下沉的感觉，如同饥饿。现在我的诗集还会出版吗？日常生活还能继续吗？当整个世界都在燃烧，维戈·F还会不会娶我？希特勒邪恶的阴影会不会笼罩丹麦？我没有和他们一起回家，而是坐上电车去找我的朋友。他家里有很多名人，他似乎没有注意到我。他们在用绿色玻璃杯喝葡萄酒，非常严肃地谈论着局势。翁格曼问我觉得他的画怎么样，我感谢了他。那么看来这本书可能还是会出。我没怎么和维戈·F交谈就回家了，晚上不安地梦见了世界大战和《女孩的心》，仿佛它们之间真的存在着命运的联系。然而到了第二天一切便一目了然，日常生活会继续下去，就像什么都不曾发生。办公室里，离婚案件，界址纠纷，还有其他激烈的分歧堆积如山。激动的人们站在柜台前要求见律师，但律师很少在场，我就不得不听他们陈述自己特殊的、无比重要的案子，似乎没有人记得昨天爆发了一场世界大战。房东夫人告诉我每公斤猪肉涨了五十欧尔，尼娜上门向我坦白她遇到了一个很棒的年轻人，又在考虑撤下灌木。一切都没有改变，我去维戈·F家时他恢复了愉悦的心情，散发出的平静和惬意如巨大而温暖的波浪漫延。三周后你的书就会出炉，他说，很快你就得读校样了，别让它扫你的兴。读的时候，你永远不会觉得它足够好。对每个人来说都是如此。维戈·F对普通人没有丝毫兴趣。他只喜欢艺术家，并且只和艺术家在一起。我的一切普通之处，我都试图向他隐瞒。我隐瞒我对新买的裙子的喜爱。我隐瞒我用口红和胭脂的事实，包括我喜欢照镜子，差点转到脖子脱臼，只为看清我的侧脸。我隐瞒了可能会让他对与我结婚产生疑虑的一切。关于校样他是对的。稿子到手后，我一点也不喜欢我的诗了，而且发现许多用词和表达都可以更好。但我并没怎么修改，因为维戈·F说那样印刷就太贵了。出版前的日子，所有不在办公室的时间，我都待在家里。我希望我的书送来时我在场。一天晚上回到家，我的桌子上多了一个大包裹，我用颤抖的手撕开。我的书！我把它拿在手里，感受到一种庄严的幸福，那是我以前从未感受过的。托芙·迪特莱弗森。《女孩的心》。它再也不会被退回了。这

163

是无法撤销的。这本书将永远存在，无论我的命运如何成形。我打开其中一本读了几句。看到它们印成铅字，我有种奇怪的距离感和陌生感。我打开了另一本，因为我真的不能相信所有的都是同样的内容。可确实如此。也许我的书会出现在图书馆。也许有这样一个孩子，一个悄悄地喜爱着诗歌的孩子，她某天会在那里发现它，会阅读这些诗，并有所感悟，那是周围的人永远无法理解的。而那个奇怪的孩子根本不认识我。她不会认为我是一个活生生的年轻女孩，像其他人一样工作、吃饭、睡觉。因为我自己小时候读书时从来没有想到过。我很少记得那些写书的人的名字。我的书会出现在图书馆，或许也会出现在书店的橱窗里。已经印了五百本，我收到十本。四百九十人将购买并阅读。或许他们的家人也会读，或许他们会像克罗先生一样出借它。我明天再把书拿给维戈·F看。今晚我想单独和它在一起，因为没有人能真正理解这对我来说是一个多么大的奇迹。

图书在版编目（ＣＩＰ）数据

　　哥本哈根三部曲．２，所有明亮的梦／（丹）托芙·
迪特莱弗森著 ； 刘奕奕译． —— 海口 ：南海出版公司，
２０２４．７
　　ＩＳＢＮ ９７８－７－５７３５－０８９０－４

　　Ⅰ．①哥… Ⅱ．①托… ②刘… Ⅲ．①回忆录－丹麦
－现代 Ⅳ．①Ｉ５３４．５５

　　中国国家版本馆ＣＩＰ数据核字（２０２４）第０６１２０３号

著作权合同登记号　图字：３０－２０２４－０５３

哥本哈根三部曲③

白昼坠落

〔丹麦〕托芙·迪特莱弗森 著
刘奕奕 译

南海出版公司

新经典文化股份有限公司
www.readinglife.com
出　品

第一部分

1

客厅里的一切都是绿色的——地毯、墙壁、窗帘，而我一直身处其中，如同身处图画之中。我每天早上五点醒来，然后坐在床边写作，蜷着脚趾，因为天气太冷了。现在是五月中旬，暖气已经停了。我独自睡在客厅，因为维戈·F已经独自生活了太多年，不习惯突然和别人睡在一起。我理解，也欣然接受，因为这样我就可以独享清晨的时光。我正在写我的第一本小说，而维戈·F对此毫不知情。不知道为什么，我觉得如果他知道了，肯定会纠正我的写法，提出建议，就像对待其他在《野麦》发表作品的年轻人一样，而这样一来，每天在我脑中源源不断流淌着的句子就会被阻断。我在廉价的黄色纸张上手写，要是用他那台旧到能进国家博物馆的老式打字机，就会把他吵醒。他在朝院子的卧室里睡觉，我会等到八点才叫他起床。然后他就会穿着镶红边的白色睡衣起床，带着一脸不快，朝洗漱间走去。同时我开始准备我们的咖啡，加上四片面包。我给其中两片涂上厚厚的黄油，因为他喜欢一切让人发胖的食物。我竭尽全力讨好他，因为我很感激他和我结婚。虽然我知道有些事情仍旧不太对，却还是小心翼翼地忽略这种想法。令我难以理解的是，维戈·F从来没有抱过我，这也确实让我有些懊恼，就像鞋里进了一颗石子。我懊恼是因为我觉得我肯定哪里有问题，在某些方面没有满足他的期望。当我们面对面坐着喝咖啡时，他会盯着报纸看，不允许我和他说话。就是这些时刻让我的勇气像沙漏里的沙子一样流失殆尽，我不知为何。我盯着他的双下巴，它微弱地颤抖着，从他衬衫的翼领边缘溢出。我盯着他小巧精致的手，那短促、焦灼的抽搐，还有他浓密的灰发，就像一顶假发，因为他那张红润的、毫无皱纹的脸更适合一个秃头男人。当我们终于和彼此说话的时候，说的都是毫无意义的琐事，比如他晚餐想吃什么，或者该如何修补遮光窗帘的裂缝。如果他能在报纸上找到一点好消息，我也会高兴一点，例如那天说的，在占领军颁布禁酒令一周之后，人们又可以买酒了。当他露出仅剩的一颗牙齿对我微笑，拍拍我的手，说了再见并离开的时候，我会感到高兴。他不打算去镶假牙，因为他说他家族里的男人都会在五十六岁那年死去，他只剩三年了，所以不愿意花这笔钱。毫无疑问，他是个吝啬鬼，而这与妈妈重视的供养能力并不相符。他从未给我买过一件衣服。当我们晚上出门去见与他相熟的名人时，他会坐电车，而我得骑自行车跟在旁边飞驰，这样只要他想，我就可以朝他招手。我需要记录家用开支，每当他查看账本，他总是认为什么都太贵。算不清楚时，我就记入"杂费"，他总是对此大发牢骚，我只好尽量避免纰漏。他还为了早上请用人吵来吵去，理由是我明明在家，却什么都不做。但我不能也不愿意打理家务，所以他别无选择。看着他穿过青青的草坪走向停在警察局正前方的电车，我感到高兴。我向他挥手，离开窗边就把他忘得一干二净，直到他再次出现。我洗澡，看着镜子，心想我才二十岁，却感觉已经结婚一辈子了。似乎在这些绿色房间以外，其他人的生活正飞驰而过，仿佛伴随着定音鼓和声鼓的响动。与此同时我才二十岁，光阴如尘埃般不知不觉落在我身上，每个时日皆不见改变。

穿好衣服后，我告诉延森夫人午餐的安排，把要买的东西写在清单上。延森夫人寡言而内敛，现在家里多了我，不再只有她一人，她总显得有些受辱。真离谱，她嘟囔着，这个年纪的男人和这么年轻的姑娘结婚。她的音量没有大到需要我回应，我也没工夫理会。我一直把心思放在我的小说上，并且已经想好了题目，虽然还没完全确定内容。我只是写啊写，或许会写得很好，或许不会。最重要的是写的时候我感到快乐，正如一直以来那样。我感到快乐，忘掉身边的一切，直到我背起棕色的单肩包去采购。然后我就会重新陷入每天清晨那种模糊的沮丧之中，因为我在街上看见的全是成双成对的爱侣牵着手，深情地凝视彼此的眼眸。我几乎无法忍受这样的光景。我意识到我从未坠入爱河，除了两年前和库尔特相伴从奥林匹亚酒吧走回家时有过短暂的心动，而他第二天就要奔赴西班牙内战的前线。现在他可能已经死了，或者他回来了，找了另一个女孩。或许我并不是一定要嫁给维戈·F才能有所成就。或许只是因为妈妈太想了我才这样做。我用一根手指戳了戳肉块，看看够不够柔软。这是妈妈教我的。随后我在笔记上写下价格，否则还没到家我就会忘掉。买完东西，延森夫人也离开后，我就抛下一切杂念，坐在打字机前噼里啪啦地敲打，毕竟现在打扰不到任何人了。

妈妈会定期来看望我，我们在一起就变得傻乎乎的。在我结婚的几天后，她打开衣柜翻看维戈·F的衣服。她叫他维戈曼德，因为她和其他人一样，难以用他的真名称呼他。我也做不到，因为维戈这个名字本身多少有些不成熟。她把他所有的绿色衣服举到灯光下，发现有一套被蛀得太彻底，已经不能再穿了。布伦夫人可以用这套为我缝制一条裙子，她总结道。一旦妈妈做出诸如此类的决定，反对是无效的，所以我没有抗拒，让她带着衣服离开了，希望维戈·F不会问起。一段时间后，我们去看望我的父母。我们并不经常上门，因为维戈·F对他们说话的方式有让我无法忍受的地方。他的声音很大也很慢，仿佛对方是脑子有问题的孩子，而且他还仔细搜寻自认为他们可能会感兴趣的话题。我们见到他们，突然他拿手肘悄悄戳了戳我身体的一侧。多巧啊，他用拇指和食指捻着胡须说，你有没有发现你母亲裙子的布料和我挂在家里衣柜的一套衣服一模一样？然后妈妈和我冲出了房间，大笑起来。

在这段时间里，我感觉与妈妈非常亲近，对她也不再怀有任何深切而痛苦的感情。她比她的女婿小两岁，除了我小时候的事情，他们什么也不谈论。在妈妈对我的早期印象中，我完全认不出自己，就像他们口中的完全是另一个孩子。妈妈来探望我的时候，我就把我的小说塞进维戈·F书桌的抽屉锁上。我煮上咖啡，我们一边喝一边聊。我们说到爸爸在奥斯特工厂找到稳定的工作有多好,说到埃德温的咳嗽,说到妈妈内脏所有令人警惕的症状,自从罗萨莉娅姨妈去世后这一直困扰着她。我认为妈妈依然年轻漂亮。她身材娇小,脸上几乎没有皱纹,就像维戈·F那样。她烫成卷的头发像娃娃一样浓密,她总是坐在椅子边缘,腰板挺直,双手搭在皮包的把手上。罗萨莉娅姨妈的坐姿也是这样,以前她总说只打算"坐一小会儿",但通常都是几个小时后才离开。妈妈在维戈·F从火灾保险公司回家之前就会离开,因为那个时间点他通常心情不好,不喜欢有人在家。他讨厌他在办公室的工作,也讨厌那里的人。他对每个人都有意见,我想,除非对方碰巧是艺术家。

我们吃完饭查看了家用开支安排后,他通常会问我《法国大革命》读到哪儿了,这理应是我基础教育的一部分,因此我确保自己至少新读了几页。我把碗碟端走后,他躺在沙发上休息,我瞥了一眼警察局外的蓝色地球仪,它玻璃般的光芒照亮了荒芜的院子。然后我放下窗帘,坐下来读卡莱尔,直到维戈·F醒来想喝咖啡。喝着咖啡，如果不用出去拜访哪位名人，一种古怪的沉默就会在我们之间蔓延。仿佛我们在结婚前便已耗尽会对彼此说的一切话语，花光了本该够此后二十五年用的字句，因为我不相信他三年后会死。唯一占据我思绪的就是我的小说，由于我不能谈这个，我便不知道该说些什么。一个月前，就在占领①开始后不久，维戈·F很紧张，觉得德国人会把他抓走，因为他曾在《社会民主党人》上写了一篇关于集中营的文章。我们讨论了可能的情形。晚上他同样惶恐的朋友也会过来，他们的良知同样备受煎熬。但现在他们似乎已经忘记了这个危险，就像什么都没有发生过一样生活。每天我都担心他会问我是否读完了他即将寄给于尔登达尔出版社的新小说手稿。稿子就放在他的桌上，我试着读过，但它是如此乏味冗长，充斥着纷杂的、不正确的语句，我想我永远也无法读完。这也使我们之间的气氛紧张，毕竟我不喜欢他的书。我从未

---

① 1940 年 4 月 9 日，德国占领丹麦。

坦言，却也不曾赞美。我只说我对文学不甚了解。

虽然我们在家的夜晚是愁苦的，千篇一律，但比起与著名艺术家共度，我还是更喜欢这样。和他们聚会时，我只剩羞涩和尴尬，仿佛嘴里充满了锯末，因为我根本无法巧妙地回应他们的谈笑。他们谈论自己的画作、自己的展览或自己的书，大声朗读自己刚写的诗。对我来说，写诗仍像我童年时那样，是秘密的、禁止的、可耻的，是趁无人注意躲进角落里做的事情。他们问我现在正在写什么，我回答，没什么。维戈·F前来解围。她正在阅读，他说，你必须读大量的书才能写文章，这是循序渐进的。他谈论我时就仿佛我并不在场，当我们最终起身离开，我便松了一口气。和名人在一起时，维戈·F完全是另一个人，开朗、自信、幽默，像刚和我在一起时那样。

一天晚上，在插画家阿尔内·翁格曼的家里，他们提到想把所有在《野麦》发表文章的年轻人聚集起来，因为他们很可能都非常孤独，散落在哥本哈根各处。他们应该会很乐于认识彼此。那么托芙可以成为这个协会的负责人，维戈·F说道，向我投来友好的微笑。想到这点我就很高兴，因为不然的话，我只有在年轻人带着作品冒险登门的时候才会见到他们，而且他们几乎瞧都不会瞧我一眼，毕竟我嫁的男人这么重要。我兴奋得大胆开口说协会可以命名为"青年艺术家俱乐部"。这个想法获得了一片掌声。

第二天，我在维戈·F的笔记本上找到地址，简洁地写了一封非常正式的信，提议不久的将来选一个晚上在我们家聚会。然后我把所有的信放进了警察局旁边的邮箱里，想象着他们会有多高兴，因为我觉得他们就像我不久前一样，贫穷且孤独，坐在城市各处冰冷的出租屋里。我意识到维戈·F还是很了解我的，知道我厌倦了成天只和老人待在一起。他知道他绿色房间里的生活时常令我窒息，也知道我不可能把整个青春都耗在了解法国大革命上。

2

"青年艺术家俱乐部"现已成为现实，我的生活重获色彩和实质。每周四的夜晚，我们十几个人会在妇女大楼的一个房间聚集，只要每个人都买一杯咖啡，就能得到场地的使用许可。每个人一克朗，不含蛋糕，没有钱的向有钱的借。著名前辈艺术家，即所谓的大腕，用讲座为集会开场，给维戈·F做人情。我从没听进去过一个字，因为我一心记挂着讲座结束时必须起身向他们致谢。我总是重复相同的话语：谢谢您精彩的讲座，您能来真是太好了。一般情况下，大腕都会拒绝留下来喝咖啡的邀请，这让我们松了一口气。然后我们剩下的人一起打发时间，愉快地谈天说地，不过很少提及那个把大家聚在一起的人。最多可能会有人顺便对我说，你会碰巧知道默勒对我最近寄给他的两首诗的看法吗？他们都叫他默勒，并充满了敬意。多亏了默勒他们才不至于默默无闻，多亏了他，幸运的话，他们偶尔还能在一篇对《野麦》的评论文章中看到自己的名字，因为《野麦》一直受到媒体的关注。俱乐部里只有三个女孩，索尼娅·豪贝尔[①]、埃斯特·纳格尔[②]和我。她俩都很漂亮，严肃认真，深色头发深色眼睛，来自富裕家庭。索尼娅学习文学，埃斯特在药房工作。我们所有人都是二十来岁，除了皮特·海因[③]，他也是唯一一个似乎不太尊重维戈·F的人。皮特·海因总是因为我要赶在十一点前回到家大惊小怪，抱怨我结束后不能和他一起去匈牙利酒馆。我

[①] 即 Sonja Hauberg (1918—1947)，丹麦诗人、作家，以描写青春的作品著称。

[②] 即 Ester Nagel (1918—2005)，丹麦作家，以探讨社会与性别议题的作品著称。

[③] 即 Piet Hein(1905—1996)，丹麦数学家、发明家、诗人、作家，以讽刺作品著称，在德国占领时期投身抵抗运动。

总是准时到家，因为维戈·F会坐着等我，想听听集会举办得怎么样。他等待的时候会喝咖啡或葡萄酒，在这样的时刻我便会透过我同伴的眼睛看他。这往往使我想要和他分享才写了一半的小说，但最终我还是办不到。皮特·海因有张馅饼一样圆的脸，说话尖酸刻薄，这让我有点害怕。晚上他送我回家，我们穿过月光下黑漆漆的城市，他会在运河边或青铜色屋顶闪亮的证券交易大楼前停下来，像翻书一样打开我的手，深情又持久地亲吻我。他问我为什么要和那个老古董结婚，我那么美丽，选择那么多。我含糊其辞，因为我不喜欢任何人取笑维戈·F。我认为皮特·海因不知道什么是穷困潦倒，不知道几乎耗尽人生每一秒钟只为活着的滋味。我更同情哈夫丹·拉斯穆森[1]，他矮小瘦削，衣着寒酸，靠救济金生活。他和我有着相同的成长经历，我们说着相同的语言。可哈夫丹爱的是埃斯特，莫滕·尼尔森[2]

---

[1] 即 Halfdan Rasmussen (1915—2002)，丹麦诗人、作家，以无稽诗著称，在德国占领时期投身抵抗运动。
[2] 即 Morten Nielsen (1922—1944)，丹麦诗人，以刻画死亡的作品著称，在德国占领时期投身抵抗运动。

爱索尼娅，皮特·海因爱我。我们只用几个周四就弄清了这一点。我不确定我是否爱上了皮特·海因。他的亲吻令我兴奋，但当他想让我一口气做一大堆事情时我也感到困惑，比如嫁给他，生孩子，见一个他认识的女孩，因为他觉得我需要女性朋友。当皮特把我搂在怀里时，他叫我"小猫咪"。

一天夜晚他把这个女孩带到了俱乐部。她名叫娜佳，显然爱着皮特。她比我高，瘦，有点驼背，一脸失衡与粗率，就像她总是为别人而活，从未拥有自己的时间。我真的很喜欢她。她从事园艺工作，跟她一起生活的父亲是一个离了婚的俄裔。她邀请我去家里，我把她的事告诉维戈·F后就登门拜访。他们的公寓宽敞大气，喝茶的时候，娜佳向我讲起了皮特·海因。他说他喜欢同时交往两个女朋友。他们刚认识时，他已经结婚了，还在离开妻子之前让娜佳和她成了朋友。但她们现在已经不再是朋友了。这只是他一厢情愿，娜佳平静地说。她问起我的生活，并建议我和维戈·F离婚。我也突然有了这个念头。我告诉娜佳我们没有性生活，她说实在可耻，他让我注定不会有孩子。她说你应该问问皮特的建议，只要他对你有兴趣，就会为你做任何事。

　　我照办了。一天晚上，我们静静地站在运河边，水流一下下拍向码头，声音柔和而慵懒。我问皮特该如何离婚，他说他会处理好所有的实操问题，我只需要告诉我的丈夫。皮特说他会出钱让我住进膳宿公寓，而且他会比维戈·F更好地照顾我。我说我也许能养活自己，我正在写小说。我的声音波澜不惊，仿佛我已经写了二十部小说，而这不过是第二十一部。皮特问我能不能读读，我说我写完了才可以。他接着问是否可以邀请我去他家吃晚饭。他住在大国王街的一套小公寓，离婚后就在那里安顿下来。我答应了，并告诉维戈·F我要去看望父母。这是我第一次对他撒谎，而他的信任令我羞愧。维戈·F正坐在书桌前给《野麦》排版。他从校样上剪下图画、故事和诗歌，粘到往期的页面上。他做得那么细致，大脑袋低垂在绿色台灯下，整个身躯都散发着某种宛若幸福的气息，因为他爱那个杂志，就像其他人爱自己的家人一样。我亲吻他柔软湿润的嘴唇，突然间眼里涌出泪水。我们之间是有感情的，虽然不多，但确实存在，现在我却开始摧毁它。我很难过我的生活即将变得前所未有地复杂。然而我也觉得我从不违背他人的意愿真是太奇怪了，真的，从不。我可能会晚一点回家，我说，妈妈身体不太舒服，所以不要等我。

好啊，皮特欢快地说，这不是很好吗？

是的，我说，很开心。自从和阿克塞尔发生关系后，我一直在想也许我那方面有什么问题，但并没有。皮特和我吃了东西喝了酒，我有些醉意。我们躺在带顶篷的大床上，这是皮特从他的眼科医生母亲那里得来的。房间里摆放着古怪的灯具和现代家具，地上铺了一张北极熊皮。床边的花瓶里有一朵玫瑰，花瓣已经开始掉落。皮特把它送给了我。他还送给我一条蓝色的法兰绒连衣裙，暂时只能挂在他那里。我不能就这样带回家。我拿起玫瑰轻嗅。它不再接受芽殖了，我笑着说。这我用得上，皮特高呼道，赤裸地跳下床。他在书桌前坐下，抄起纸笔，潦草地写着。完成后他拿给我看。这是为《政治报》写的格言诗①，他每天都给他们写这种诙谐的四行诗：

> 我把一朵玫瑰放在爱人的床边
>
> 它涨红了脸，甜美的香气弥漫
>
> 先是一片花瓣再是两片，随后更多落下
>
> 现在的它，不再相信芽殖之术。

我称赞了他，他说我应得一半的稿费。在皮特看来，写作并不是一件需要隐藏或感到羞愧的事情。对他而言，这就像呼吸一般直截了当。

这对于默勒会难以接受，他满意地说，你们结婚的时候，他所有的朋友都在打赌，这场婚姻能不能持续一年。没有人相信会持续一年以上。然后罗伯特·米克尔森建议签婚前协议，因为他们都认为你会分走他的一半财产。

---

① 即 gurk，皮特·海因在 1940 年德国侵占丹麦后创造的一种讽刺文体。

你们太坏了，我震惊地说，阴险狡诈。

不，皮特说，我只是不喜欢他。他是艺术的寄生虫，自己却不是艺术家。他甚至不会写作。

我感到很不自在，硬说道，这不是他的错，我不喜欢你这样谈论他，这让我不愉快。我问现在几点了，我短暂的快乐就这样溜走了。潮湿、苍白的寂静弥漫了房间，仿佛什么命定的事情即将发生。我没有听见皮特说了什么。我在想维戈·F，书桌台灯下，他弯着腰为他的杂志排版。我在想他朋友打的赌，在想我不可能对他提出我们必须分开的要求。有时候，皮特温柔地说，你是那么遥远，我无法触及。你是如此迷人，我想我爱上你了。我可以给你写信吗？他问，信件是在维戈·F出门后投递上门的吗？嗯，我说，你可以给我写信。第二天我就收到了一封来自皮特的情书：亲爱的小猫咪，你是唯一一个我能够想象自己迎娶的女孩。我焦虑起来，还打电话给维戈·F。怎么了？他略显不耐烦地问道。我不知道，我说，我只是觉得很孤单。行吧行吧，他温和地说，我今晚会回家的，好吗？

然后我拿出我的小说，写啊写，把一切都忘掉。这部小说快要完成了。标题会是《一个被伤害的孩子》。在某种程度上这是关于我的，虽然我从未体验过书中人的经历。

3

　　这个，维戈·F 拈着胡子问，这个动作说明他心情很好，是你一直以来瞒着我的事情吗？他拿着我的手稿坐着，抬起头看我，明亮的蓝眼睛是如此清澈，就像刚冲洗过一样。他的一切都干净利落，散发出肥皂和剃须乳液的香气。他的呼吸像婴儿般清新，因为他不抽烟。

　　是的，我说，我想给你一个惊喜。你真的认为写得很好吗？

　　简直惊艳，他说，甚至没有一个错位的逗号。这将取得巨大的成功。

　　我知道自己幸福得脸都红了。那一刻，我根本不在乎皮特·海因，或是离婚计划。维戈·F又一次成了我一生梦寐以求的那个人。他取出一瓶葡萄酒，倒入绿色的玻璃杯。干杯，他微笑着说，也祝贺你。我们决定再试试于尔登达尔，虽然他们并没有采用我的诗歌。最近他们决定出版维戈·F那本我读不下去的小说。他只说我还太年轻，无法理解他的作品，这也是没有办法的事。这个夜晚，我们享受着彼此的陪伴，如同结婚前一样，而我即将对他说那些话的念头似乎遥远而不真实，就像设想十年后的事情一样。那是我们最后一个真正亲近的夜晚。我们一同独处于绿色客厅的遮光窗帘后，分享着尚未问世的事物，直到过了睡觉时间还在谈论我的第一部小说，喝着喝着就开始打哈欠。维戈·F从不喝醉，也不能忍受别人喝醉。约翰内斯·韦尔策被赶走很多次，酩酊大醉的他热情洋溢，满头大汗，一边在地板上踱步，一边谈论他正在写的小说。简直至死也不罢休，维戈·F说。他认为约翰内斯一生中只写过一个好句子：我钟爱的是永不停歇，和漫长的旅行。能否适度饮酒，就像能否在恰当的时机离开，都始终是悬而未决的。家里经常来客人。在这种情况下，我会去阿迈厄桥街的熟食店采购，因为我像妈妈一样，除了最基本的东西，对烹饪一无所知。

有一天我告诉妈妈我打算离婚。我跟她讲起皮特·海因，还有他送给我的那些礼物，以及未来会如何照顾我。妈妈皱着眉头，沉思许久。我长大的街区从来没有人离婚。夫妻可能会争吵不休，却从来不提离婚。这一定是只发生在更高阶层的事情，没有人知道为什么。

但他会和你结婚吗？她终于开口问道，食指揉着鼻子，这是她烦恼时的习惯。我说他从来没有谈论过，但是他多半会。我说我无法继续忍受和维戈·F的婚姻，每天一到他回家的时间，我的心里都很痛苦。这段婚姻对我们俩来说都是一个错误。是的，她说，我理解，在某种程度上。你们俩走在街上的时候，确实显得很蠢，因为他比你矮太多了。妈妈缺乏设身处地为他人着想的能力，因此无法对我的感情造成实质性的伤害，这也正合我意。

现在我每周四聚会结束后都会和皮特·海因一

起回家。我告诉维戈·F，讲座之后的讨论会持续很久，作为主席，如果我第一个离开，那就太不合适了。我告诉他不要等我，直接上床吧。他睡着后什么都叫不醒，也就不会知道我多晚回家。但为什么呢，皮特不耐烦地说，为什么你不告诉他？我一直承诺第二天就会告诉维戈·F，却怀疑自己最终能否说出口。我害怕他的反应。我害怕翻天覆地的争吵，而且总是胆战心惊地回想起爸爸和哥哥每天晚上的口角，让我们的小客厅不曾有过片刻安宁。如果你不能告诉他，一天晚上皮特说，那你可以直接搬出去，就像这样，反正除了衣服你什么都带不走。可我不能这么做。这样太刻薄，太残忍，太忘恩负义了。皮特还要求我多关心娜佳，因为他的离开让她很痛苦。我经常看望她。她坐在金属椅子上，伸展她的长腿，烦躁地揉着脸蛋，仿佛想重塑自己的五官。她说皮特很危险，是为了让女人不幸而生的。既然皮特离开了她，她打算改变自己的生活。她要去上大学，学习心理学，因为她对别人总是比对自己更感兴趣。这样能拯救自己。她难过地说，他也会离开你的，有一天他会对你说，我已经有别人了，但是我坚信你会咬咬牙接受。咬咬牙接受，这是他最喜欢的表达。她还说反正我要离婚，皮特也算是不赖的借口。我并没有太在意她的话，毕竟被人抛弃让她心里满是苦楚。

有时皮特·海因很烦人，比如我躺在他的臂弯里时，他会为我的未来设想计划。这让我十分困扰，因为他想扰乱我的生活，安排一番，好像我自己办不到一样，而我只希望他不要管我。我希望能够在他和维戈·F之间周旋，不引发剧烈动荡，不失去任何一人。我一直回避变化，因事物保持原样获得慰藉。但不能再这样了。现在我又能够直视街上的爱侣们，眼中却容不下带着幼儿的母亲。我不愿朝婴儿车里瞧或回忆曾经那条街上的女孩子，她们是如此为年满十八才生子而自豪。我压抑种种想法，因为皮特谨小慎微，确保我不会怀孕。他说，女作家不应该生孩子，能生的有的是。然而能写书的屈指可数。

我的痛苦会在下午五点急剧恶化。站在厨房里切土豆时，我的心脏会开始怦怦直跳，炉灶后面贴着白色瓷砖的墙壁在我的眼前闪烁，仿佛瓷砖即将脱落。当维戈·F带着那张阴沉恼怒的脸走进来时，我会开始激动地胡言乱语，仿佛在抵御什么可怕的东西，自己也不知道那是什么。吃饭的时候我不停说话，虽然他只用单音节词回复。我担心他会说出或做出什么糟糕的、覆水难收的事，一反常态的事。引起他的注意后，我的心跳就会慢一些，我又能够轻松地呼吸了，直到对话里出现下一个停顿。我谈论各种各样的事，比如给延森夫人看了恩斯特·汉森为我画的画之后，她问：这是手绘吗？我谈到妈妈，她现在的血压太高了，虽然以前一直过低。我谈到我的书被于尔登达尔退回了，附带一个古怪的答复，暗指我读了太多弗洛伊德。我甚至都不知道弗洛伊德是谁。现在我把书寄给了一家叫作雅典娜神殿的新出版社，每天都盼着收到答复。有天晚上，维戈·F注意到了我的不安，说我成了一个话匣子。我告诉他我感觉不是很好，没准心脏出了问题。胡说，他笑了，你这个年龄不可能。肯定是某种焦虑。

他担心地看了我一眼，询问是否有事情困扰着我。我向他保证没有问题，我就像蛋黄在蛋里一样自在。随后他说，我会打给格特·约恩森，替你预约。他是首席精神科医生，很多年前我自己看过一次。非常通情达理。

所以我坐在了医生的对面，他是一个瘦骨嶙峋的高个男人，眼珠子大得好像要脱离眼眶。我把一切都告诉了他，关于皮特·海因，以及瞒着维戈·F我想要离婚。格特·约恩森玩起了桌上的拆信刀，愉快地对我微笑。

他说，周旋在两个男人之间不是很有趣吗？

是的，我惊讶地说，因为确实如此。

您得放弃默勒，他淡定地说，这是一场疯狂的婚姻。您或许知道的，我是哈雷思科夫疗养院的首席精神科医生。我会向您家那位编辑建议让您在那里住一段时间。剩下的交给我。只要离开他的视野，您的心脏问题就解决了。

他当场给维戈·F打电话，没有遭到任何反对。第二天我就收拾行李箱去哈雷思科夫，住进了单人间，面朝树林。我再次和首席医生交谈，他说在一切都处理好之前，皮特·海因不能来看我。他会给皮特打电话，告诉他别靠近。疗养院中只有和妈妈同龄的女人，她们都非常精致，衣着得体。我寒酸的打扮让我焦愁，同时我想着皮特送给我的那些至今无法用上的衣服。日子毫无波澜地过去，我的心脏恢复了正常。我在鲍斯韦的商店租了一台打字机，用它写了一首诗：

永恒的三角

我的生命中有两个男人，
不停与我的轨道相交——
一个是我爱的，
另一个只爱我。

但我并不知道我是否真的爱皮特·海因，就像他从未说过他爱我一样。他寄来巧克力和信，有一天还寄了一株装在纸箱里的兰花。我把它插进一个细窄的花瓶，没多想就放在床头柜上。在维戈·F前来和医生谈话的那天，他先到了我的房间。他还没来得及问好，就看到了这株兰花。他面色发白，在椅子边沿坐下。我吃了一惊，看到他的下唇在哆嗦。那里，那个，他指向兰花，声音颤抖地说，那是谁送的？你还有别的男人吗？

噢，不是的，我马上说，这是匿名寄来的，来自某个秘密的仰慕者。

说这话的时候，我在想我的妈妈，她果断回应的本事让我整个童年都很钦慕。

4

现在是秋天，我穿着虎猫毛领的黑色大衣在树林里漫步。我独自行走，因为我的世界似乎与其他女人完全不同。我只在吃饭的时候和她们进行肤浅的对话。皮特·海因每天都来看我。他给我带巧克力或鲜花，我们一连几个小时都在树林里散步，他边走边说他正在为我寻找好的膳宿公寓，说我摆脱了维戈·F真是了不起。我只是不再见他了，这并不意味着已经摆脱了他，但是我没有办法向皮特解释，因为他是一个现实、世俗、冷漠的人。他在绚烂多彩的树下亲吻我，仿佛他是我心满意足的拥有者，叶子飘落在我们身上，而他认为我看起来并不如他预期中快乐。我给他看了维戈·F的来信，皮特却只是笑着说，我们还能从一个失望痛苦的男人身上指望什么呢。维戈·F写道：亲爱的托芙，我收到了出版社的消息，他们已经决定出版你的书稿。我随信附上了支票。最后是他的签名。我把信读来读去，可这就是全部。这封信让我难受，虽然我很开心他们想出版我的书。我难受是因为我回想起了我们共度的最后一个美好夜晚，以及我们那时拥有的一切，现在都毁了。约恩森医生告诉我，维戈·F不想离婚，因为他觉得我会后悔此刻和皮特的所作所为。维戈·F从未喜欢过皮特，因为他太爱挖苦人，而且他们只见过几次面。我也收到了埃斯特的信。她写道，俱乐部的大家很想念我，然后问我是否介意她在我缺席的时候充当主席。她没办法让维戈·F说出我的去向，但是在对不动声色的皮特死缠烂打一番后，获知了我的地址。如果还和维戈·F在家，我本会在一家昂贵的餐厅宴请，庆祝这件喜事。但我并不想请皮特吃晚餐，因为是不是应该由他掏钱这点仍悬而未决。我惶惶不安地思索我的未来，因为那些绿色的房间里曾存在着一种安全感。成为已婚女人，每天买菜做晚饭，这样的想法曾让我心安，而现在这都毁了。皮特从不谈论结婚，似乎也并不关心维戈·F到底想不想离婚。

最后皮特找到合适的公寓，我搬了进去，重新感受到自己是一个年轻的女孩，有着脆弱、短暂、不确定的存在。我拥有一个明亮的房间，配置了很好的家具，还有一个头戴帽子的女仆照顾我。我用预付版税买了一台打字机，拿它来敲下我的诗，因为我又重新开始写作。皮特说我应该尝试把它们卖给那种发表诗歌的杂志，但我担心他们不会要。晚上，皮特和我躺在狭窄的床上聊天时，我心想真奇怪，他从来不谈论自己。他的双眼像葡萄干一样呆滞，笑起来的时候洁白的牙齿一览无余。我仍旧无法确定自己是否爱他。想到他只是在哄我，我心情沉重，毕竟我和所有年轻女子一样，渴望拥有一个家，一个丈夫和一个孩子。公寓位于河畔大道，俱乐部成员来到附近时经常来看我。我们一起喝咖啡，我只需按下按钮就可以。我们谈论奥托·耶尔斯蒂德在俱乐部的讲座。主题是艺术家的政治参与，讨论很无趣，因为我们都没有参与政治。莫滕·尼尔森坐在我的沙发边上，双手像摇篮一样撑着棱角分明的大脸。他说，或许我应该加入自由斗士的行列。我认为这是一个愚蠢的想法，鉴于占领军是如此强大，但我没有说我反对。也许我继承了爸爸对于上帝、国王和祖国的厌恶，因为我并没有痛恨那些践踏街道的德国士兵的冲动。我太忙于自己的生活，自己不确定的未来，以至于此刻无法怀抱爱国主义进行思考。我想念维戈·F，忘记了与他共处一室让我恶心。我想念和他分享我的诗，嫉妒朋友能去拜访他并分享自己的作品。但那位首席精神科医生说我不该打扰他。有一天埃斯特来看我，说她已经同意担任维戈·F的管家了。因为她总是迟到，被药房辞退了，所以现在很庆幸。她写了半部小说，现在希望能有时间写完。她说自从我搬出去后，维戈·F便难以忍受独处。

在公寓住了一个月后，一天下午皮特来看望我。他看上去很激动，也有些许紧张。他并没有像往常一样亲吻我，只是坐下，用最近入手的银柄手杖轻轻敲打地面。有些事情我不得不告诉你，他说，并用那双葡萄干般的眼睛斜视我。他把手杖挂在椅背上，绞扭双手，就像他很冷或者在回味些什么。他说：我相信你会咬咬牙接受这个事实的，对吗？我保证会咬咬牙接受，但他的整套举动令我害怕。在这一刻，他好似一个彻底的陌生人，仿佛从来未曾拥我入怀。他很快接着说道，我最近遇到一个年轻女孩，她非常漂亮，非常富有。我们立刻陷入爱河，现在她邀请我去日德兰半岛的庄园，那是她的家。我明天就要走了，希望你不要难过。

我感到天旋地转：我的房租怎么办？我的未来怎么办？不要哭，他张开双手说道，做出命令式的动作。看在上帝的分上，狠狠咬牙接受吧。我们之间没有任何义务，对吧？我无法回应，但感觉四周的墙壁好像在开始向我倾倒，而我想要把它们挡回去。我的心脏猛烈地跳动着，就像当初因维戈·F 而难受那样。我还没来得及说或做些什么，皮特已经走了，速度之快，仿佛他是穿墙而去的。随后眼泪上涌。我躺在沙发上，把头埋进枕头啜泣，记起了娜佳，想到我本应该听她的劝告。我无法停止哭泣，这也许意味着我还是爱他的。

接着传来敲门声，娜佳走了进来，穿着破旧的风衣和长裤。她平静地在沙发上坐下，抚摸我的头发。皮特让我来看看你，她说，别哭了，他不值得。我擦干眼泪，站起身来。你是对的，我说，就跟他对你的那套一模一样。牙呢？她笑着问，他有没有叫你咬咬牙？我也笑了，世界稍稍明亮起来。是的，我说，狠狠地。他太好笑了。的确，娜佳承认，他身上有一种让女孩们倾倒的特质，但事后她们又不知道那究竟是什么。事后他就是个笑柄。她坐在那里，若有所思，和善的脸庞带着浓重的斯拉夫特征。他信写得好，她说，我都保存起来了。他也给你写吗？噢，是的，我说，走到柜子前。我拿出一整捆用红色蝴蝶结绑住的信。让我看看吧？娜佳说，你不介意的话。我把它们递给娜佳，她读了第一封信的几行后，立刻把头往后一仰，开始大笑起来，几乎停不下来。上帝啊，她读道：亲爱的小猫咪，你是唯一一个我能够想象自己迎娶的女孩。真是太疯狂了，她喘着气说，这和他写给我的一模一样。她又往下读了一点，意识到这封信和她家里的一字不差。你知道吗，她说，这一定是他从哪里抄来的。天知道遍布全国，他到底有多少只小猫咪。等离开那个豪宅女的时候，他就会派你去安慰她。我再次认真起来，向娜佳解释我不能继续住在这里，因为太贵了，而且我身无分文。她便像皮特那样建议我尝试出售我的诗，否则如果再坐办公室就太痛苦了。去找《红色晚报》吧，她说，皮特曾卖给他们一堆诗，都是《政治报》不想要的。你现在必须靠手中的笔来生活。什么靠男人养活都是胡说八道。肯定都是你从小就被灌输的观念。

第二天我就带着三首诗拜访了编辑部。我被带去见编辑，一位留着长长白胡子的老人。他一边读诗一边拍我的屁股，机械又心不在焉。然后他说，这些都不错，您可以出去向会计领取三十克朗。之后我把诗卖给《政治报》的增刊杂志和《家园》，还为《号外报》写了一篇关于青年艺术家俱乐部的专栏文章。因此我得以留在这个公寓。通过埃斯特，我了解到维戈·F非常想念我，每晚睡觉前，她都得陪他聊上几个小时。我让她问问他想不想见我，但他并不想。他甚至不想听她提及我。我对他的思念超过对皮特·海因的思念，除了俱乐部朋友们零星的来访外，我基本不见任何人。

一天夜里娜佳登门，像往常一样，打扮得仿佛刚从燃烧的房子里逃出来。你需要朋友圈子，她说，你在这世上太孤单了。我认识一些南港区的年轻人，他们都迫不及待想见你。他们都是亨商学院的学生，周六要开一个派对。你不来吗？其中最有魅力的是院长的儿子。他叫埃贝，长得很像莱斯利·霍华德。他二十五岁，不喝酒的时候就钻研经济学。我曾经特别迷恋他，他却不知道。他喜欢你这样诗意的、一头金色长发的女孩。现在听我一句，我说，你表现得像个媒婆。我星期六会去的，你说得对，我确实需要出门，见见不是艺术家的年轻人。我高兴地布置好沙发，上床睡觉，心里产生了微弱的渴望，想要躺在谁的臂弯里。我想着这个叫埃贝的人入睡。

他会是什么模样呢？他真的会爱上像我这样的人吗？电车驶过，在夜里嘶叫，仿佛穿过的是我的客厅。人们坐在车厢里，外出寻欢作乐，都是普通人，希望耀眼的事件能在夜晚和早晨的间隙发生，在第二天早起工作之前。在写作之外，我也完全是个普通人，梦想着遇到一个普通的小伙子，他喜欢留着金色长发的女孩。

5

在前往南港区的路上，娜佳向我稍稍介绍了"灯笼俱乐部"，他们这样自称，没有人知道原因。它由那些来到哥本哈根读亨商学院的学生组成，但是他们除了举办派对，喝到烂醉如泥，然后蒙头大睡之外，什么也不做。我们迎风骑着自行车，下雨很冷。我打扮成小女孩的模样，穿着短短的连衣裙，头上系着蝴蝶结，配及膝袜和平底鞋。裙子外套了羊毛衫，羊毛衫外披了和娜佳一样的风衣，脖子上裹着红色围巾，将围巾两端甩在身后。这是今年的时尚。娜佳打扮成阿帕切女孩，黑色丝绸长裤的裤腿拍打着自行车链条，声音响亮。她告诉我这群人的思想非常自由。他们都穷得叮当响，只能从家里拿到一点钱。派对在奥勒和利塞家举行，他们是夫妻，孩子在襁褓中。奥勒将成为建筑师，利塞坐办公室，她的母亲是寡妇，住在隔壁，负责照顾孩子。他们靠垃圾填埋场的蘑菇生存，她说，就在附近。她还说这是百乐餐，不过女孩子不必带任何东西。他们不接收任何新的男成员，她说，但总需要女孩。我们到达时，所有人都围坐在桌子旁，房间宽敞明亮，古老的家具相当精致。他们正在吃开放的黑麦三明治，绝大部分放了拉莫纳，一种胡萝卜混合物，有着毒药般的颜色。他们还在喝普利茅特，因为那是唯一一种所有人都喝得起的酒。气氛已经非常热烈，每个人都在同时说话。我向利塞打招呼，她是个漂亮而纤瘦的女孩，有张圣母般的脸。她欢迎我的到来，随后他们唱了一首自编的歌曲，隐晦地提及在场的每个人。奥勒站起来致辞。他扁平的脸黝黑宽大，鼻子与嘴之间两道深深的凹陷使他看起来比实际年龄大得多。他不断地提裤子，就好像裤子太大，也不像我们其他人那样精心打扮过。他说他很荣幸今天有位作家光临，还说他很遗憾埃贝烧到三十九度，正和母亲在家。他刚感染了流感。然后桌子被移到一旁，娜佳和利塞撤走了碟盘。唱片机运转，我们开始跳舞。我和奥勒共舞，他弯着腰，提提裤子，羞涩地笑笑，说他会过去叫埃贝。埃贝住在街对面，奥勒说他一直期待与我见面。他说小小的发烧没什么大碍。然后他和另一个男人出门去把埃贝带过来。气氛很松弛，每个人都有些醉了。利塞走过来问我想不想看看宝宝，我们便走进宝宝的房间。这是一个六个月大的男孩，当她开始喂奶的时候，我感到了一阵嫉妒。她并不比我大，我感觉自己一直在浪费时间，因为我还没有孩子。这个小男孩脖子后面的阴影中有一道浅浅的凹陷，就在发际线下面。他喝奶时这道凹陷会有节奏地起伏。突然门开了。是奥勒，站在那里拨弄着他的黑色鬈发。埃贝来了，他说，托芙，你不想打个招呼吗？我和奥勒一起走进客厅，那里的噪音震耳欲聋。一张唱片的封套挂在吊灯上，颜色各异的飘带在家具间交错，从跳着舞的人们的肩膀和头发上垂下。站在中央的是一个年轻男子，蓝色睡袍下穿着条纹睡衣，一条巨大的围巾在脖子上缠了好几圈。这就是埃贝，奥勒自豪地说。我握了握埃贝因发烧而满是汗水的手。他的脸憔悴而温柔，五官端正。我有一种强烈的直觉，他就是这个小团体的领袖。欢迎来到灯笼俱乐部，他说，我希望——随即他一脸无助地环顾四周，忘记了要说的话。奥勒拍了拍他的背。你不想和托芙跳舞吗？他问。埃贝用他上挑的眼睛看了我一会儿。接着他伸出手掌，轻声说：星星啊，人不应该觊觎你。^①太棒了，奥勒喝彩，世界上没有其他人能想到这样说。不管怎样，埃贝和我跳起了舞。他滚烫的脸颊寻到了我，我们的步伐有些不稳。然后其他人突然围上他，递给他一个玻璃杯，拉住他的睡袍，询问他身体如何。另一个人来和我跳舞，有那么一阵，埃贝离开了我的视线。唱片机轰鸣，奥勒坐在角落，耳朵贴在自制扬声器上，听着BBC的广播。现在每一个人都醉了，当中还有很多想吐。

---

① 原文为德语，改编自歌德《泪水中的慰藉》（„Trost in Tränen"）。

043

娜佳一个一个地抓着他们，带进厕所，在他们呕吐的时候扶住他们的头。她喜欢这样做，利塞笑道。利塞打扮成漏斗花，裙褶下的丰满胸部清晰可见。我好奇通过哺乳是否真能收获漂亮的乳房，又和埃贝跳起了舞，到头来他还是渴望星星，因为他提议我们换个房间休息一下。我们躺在床上，他拥我入怀，仿佛这就是这个团体的惯例，不需要任何铺垫。我生平第一次体会到幸福和被爱的感觉。我抚摸他那在颈部蜷曲的浓密棕发，凝视他那陌生的、上扬的眼睛，蓝色里掺着棕色斑点。他说这是因为他母亲有一双棕色的眼睛，这一点总会以某种形式显现。他问我是否可以到公寓看望我，我说可以。他伸手从地板上拿起他带进来的瓶子，我们都喝了一口。然后我们睡着了。凌晨醒来时我不知道自己在哪儿。埃贝还在熟睡，短短翘翘的睫毛轻轻拂过枕套。突然，我看到另一对情侣躺在对面墙边的儿童床上。他们相拥而眠，我不记得昨晚是否见过他们。地上是一堆杂乱的狂欢服饰。我小心翼翼地起身，走进客厅，那里就像一个战场。娜佳已经在打扫了，擦拭着角落里的呕吐物。她看起来很愉快。那该死的普利茅特，她说，没有人承受得了。他很体贴，不是吗？埃贝，和那个讨人厌的皮特完全不一样。婴儿房里，利塞正坐着喂奶。要小心埃贝，她抬头看看我微笑着说，他总是让人心碎。

我穿上风衣，把红色围巾系在脖子上，走进去和埃贝告别。噢上帝，我的头，他呻吟着，我流感一好就去看你。你是不是有点迷上我了？我说是的，他为不能送我出去道歉。我看得出他的脸因发烧而通红，便说完全没关系。然后我骑着车独自回家了。天还没有完全亮。鸟儿叽叽喳喳，仿佛已是春天，我高兴地想，一个大学生爱上了我。我有种奇异的感觉，这可能会延续一辈子。

流感好了以后，埃贝开始每天晚上来看望我，我则忽视俱乐部的集会，因为不想错过他。他从不留宿，因为他害怕他的母亲。她是学院院长的遗孀。埃贝还有一个哥哥，他也住在家里，而且没魄力搬出去，哪怕已经二十八岁了。离开的时候，埃贝把他的长围巾绕了好几圈，抵到鼻子，因为我们正在经历一个严寒的冬天。他和我吻别的时候，羊毛进了我的嘴里。

我开始频繁地拜访利塞和奥勒，我还去看望了埃贝的母亲。她又老又矮小，把所有的事情都描述成问题。我的丈夫已经去世，她说，我现在只有这两个儿子了。她用那双生动的深色眼睛看着我，显然害怕我会把其中一个儿子从她身边带走。埃贝的哥哥叫卡斯滕。他正在读书，打算成为工程师，同时总在思考要怎么告诉母亲他想搬出去，却没有勇气。埃贝的母亲是路德宗牧师的女儿，她问我是否相信上帝。我表示否定的时候，她悲伤地看着我说：埃贝也不信，我希望你们能将灵魂交予上帝。每次听到她这样说，埃贝都露出尴尬的神色。

埃贝和我上床的时候从来不采取避孕措施。我告诉他我想要一个宝宝，我会好好照顾的。每个月我都在日历上打个红叉，时间流逝却不见任何迹象。接着我的小说出版，第二天上午房东就拿着《政治报》走了进来，气喘吁吁地说，您今天上报纸了，是关于一本书的，读读吧。我打开报纸，不敢相信自己的眼睛。在最显眼的位置，挨着《每日专栏》，弗雷德里克·许贝里写了横跨两个分栏的评论。标题是这样的：《精雕细琢的纯真》。这是一篇热情洋溢的评论，我高兴得头晕目眩。不久莫滕的电报到了：赞美许贝里，赞美真正的天才。那天晚些时候莫滕亲自登门，我们喝咖啡的时候，他说俱乐部里流言四起。人们认为我利用了维戈·F，站稳脚跟之后就抛弃了他。我告诉莫滕这某种程度上属实，但我还是很难过，因为这并不是完整的事实。第二天，《政治报》刊登了一首关于我的格言诗：

> 我不会挥舞我诗人的帽子，
>
> 向着任何一个这样或那样的托芙，
>
> 但我彻底入迷了，
>
> 毫无争议的首次亮相，
>
> 眼下前景如此美好，
>
> 恐怕有个孩子受到了伤害。

　　显然他仍旧记挂着他的小猫咪。但是他娶了他的豪宅女，没有再来过俱乐部了。

突然间，其他一切都不重要了，因为我的月经晚了几天。我和利塞讨论，她告诉我去看医生，检测尿液样本。医生承诺结果出来后打给我，接下来的几天我几乎没有离开过电话半步。终于他来电了，语气平淡地告诉我：结果呈阳性。我有宝宝了。我几乎不能相信。一小团黏液会在我体内每天不断地扩大增长，直到我变得肥胖，不成样子，就像小时候长发公主那样。埃贝一点也不像我这样高兴。我们必须结婚，他说，而且我最好告诉妈妈。我问他是否对结婚有什么顾虑，他说没有，只是我们还这么年轻，也没有地方住。想到这些，他露出无助的眼神，我吻了他那精巧的嘴唇。我觉得我的力量对我们三个人来说都足够。然后我意识到我甚至还没离婚，我写了一封好声好气的信给维戈·F请求离婚，因为我怀孕了。他愤愤地回信：我只有一句话要说：真要命！找个律师把事情办了，越快越好。我把这封信给埃贝看时，他说：简直不可理喻。你究竟看上他哪点？

在接下来的几周，埃贝来看我时经常喝得烂醉。他解围巾的动作很僵硬，尝试说些什么时，舌头会无意识地摇摆。我不好，他说，你值得更好的人，我还没有告诉妈妈。最终他振作起来告诉了她。她哭得仿佛这是一场灾难，说现在她已经没什么可活的了。利塞说埃贝无法承受眼泪或者责备。她说他是个好人，但很软弱，我才是那个得在婚姻中拿主意的人。虽然我没有采取任何措施，却也不喜欢听到这样的话。况且，我每天早晨都会孕吐。娜佳来看我的时候说得更直白。埃贝是个酒鬼，她说，而且他游手好闲。他体贴得要命，但是恐怕得靠你养活。

6

我们住进埃贝母亲家的一个房间，直到办好离婚手续，因为我们想一直待在一起。埃贝上午在国立物价咨询所，有很多学生在那里消磨时间，顺便赚取零花钱。他和另一个叫维克托的经济专业的学生坐在一起。埃贝的朋友多如繁星，我永远也见不全。他和维克托早晨抵达后，便从圣歌小册子中挑出当天的诗篇唱诵，再用这本小册子来卷烟。烟草是很难入手的，有时候他们就拿代用茶来卷。同时，我正在写我的下一本小说。我最近提交了一部名为《小小世界》的诗集的手稿。标题是埃贝想出来的。他对我的作品挺感兴趣。他曾想攻读文学学位，但他两年前去世的父亲说，那是农民的幻想。所以现在他学习经济，哪怕他丝毫不感兴趣。可他热爱文学，我们不聊天的时候，他总是在读小说。他向我介绍那些我从来没听过的书。每天下午下班回来后，他都想看一看我写了什么。他一旦有所批评，提出的建议都是言之有物的，我也会接纳。近来我不怎么见家里人。哥哥在和一个离异的女人同居，她有一个三岁的孩子。埃贝和我去看望过他们，但是他和埃贝没有什么共同点。埃贝是来自郊区的上流社会青年，而埃德温是哥本哈根油漆匠的助手，每天都把纤维素漆吸入受损的肺部，因为他别无选择。爸爸妈妈的世界也和埃贝相距甚远。埃贝和爸爸谈论书籍，和妈妈谈论我，就像维戈·F过去那样。但是埃贝对他们的态度没有任何居高临下的意思。我们和他的母亲还有卡斯滕吃完晚饭后，就躺在房间的床上，谈论着未来，谈论着我们即将拥有的孩子，谈论着生活，谈论着彼此相识前的过去。埃贝喜欢那些没有明确答案的问题。例如，他有一个关于黑人为什么是黑皮肤，以及犹太人为什么有鹰钩鼻的理论。一次，他用手肘撑起身子盯着我，表情流露出对道德的忧思。我正在考虑，他郑重其事地说，加入地下抵抗组织。法国沦陷后的情况并不乐观。我说可以把这个问题留给那些没有妻子和孩子的人去考虑。他也似乎淡忘了这个想法。眼下我感觉良好：我即将结婚，就要拥有孩子了，我爱着一个青年，很快我们就要组建自己的家庭了。我告诉埃贝我永远都不会离开他，我不能忍受生活变得复杂，就像近来这样。他抬起我的下巴亲吻我。没准，他说，如果你很复杂，你的生活也会变得复杂。

离婚手续最后办妥了，我们在塔蒂尼街租了一套公寓，靠近利塞和奥勒，以及埃贝的母亲。南港区位于长长的恩哈弗街的尽头，就像指尖的指甲。这个街区也被称为"音乐镇"，因为所有的道路都是以作曲家的名字命名的。这里的公寓楼不高，大多数拥有小小的前院，院里生长着青草和树木。最边缘的道路和空旷的片区之间是垃圾填埋场，风向正好时，恶臭就会传入公寓，所以不能开窗。利塞和奥勒居住的房子在瓦格纳街，对面有很多长年住人的小屋。住在其中一间的女士负责打扫利塞的房子。每周六，利塞会把这位女士的五个孩子带到楼上的浴室，给他们搓澡，公寓里便会充斥他们拖得长长的号叫。利塞做起这样的事来总是毫不犹豫，这让我想起娜佳。娜佳和一位水手同居了，水手是共产主义者，现在她便一直宣扬共产主义的观点，尽管她在和皮特交往时格外保守。这是从埃贝那里得知的，因为我夜晚不再外出了。怀孕让我到八点就筋疲力尽。

我们的公寓有一个半房间，双人床几乎占满了那半间房。这张床是埃贝母亲给的。埃贝父亲的书桌摆在另一间房，连同我们买的一张二手餐桌，利塞送的四把椅子，一张贴墙的沙发。沙发上铺了一条棕色的毯子，在一个灵感迸发的时刻，埃贝把另一条棕色毯子挂在了背后的墙上。他从利塞那里得到一块红色毛毡，从上面剪下一个心形。他把这颗心粘在悬挂的毯子上，后退几步欣赏自己的作品。在我们家，他说，永远都不会举办喝酒的派对。出于对他母亲的顾虑，在结婚前我们都不会搬进公寓。否则她会认为我们犯下的罪太过露骨。

我们在八月初的一天结婚，手拉着手骑自行车去市政厅。我们到得太早，于是走到弗拉斯卡蒂喝咖啡。我坐在那里观察埃贝的脸，觉得这张脸温柔又天真，毫无防备，因而很想保护他。突然我说：你的上唇真的很凸。我并没有伤害他的意思，他却勃然大怒，充满敌意地看着我。我的上唇并不比你的更凸，他说。受到羞辱的我说，我的嘴唇根本不凸，而你的都遮住了整张脸。他因愤怒而满脸通红。不要批评我的长相，他说，学校里的女孩都为我疯狂。利塞嫁给奥勒只因我对她不感兴趣。我恼羞成怒地说，你太自负了。同时我无比诧异地心想：我们在吵架，我们之前从来没吵过架。埃贝沉默地向服务员付钱。他深色夹克的袖子太长了，这是他向他哥哥借的结婚礼服。在灯笼俱乐部，他们不是因为穷才穿得破破烂烂，而是因为穿得太好会显得很可笑。埃贝用食指划过同样过大的硬领，大步流星地走在我前面，返回市政厅，没有说一句话。然后他停下脚步，头发往后一甩。他说，如果你不收回关于我上唇的言论，我就不和你结婚了。我开始大笑。不行，我说，这样太幼稚了，我们真的要为谁的上唇更凸争得你死我活吗？那就当是我的吧。我用上唇盖住下唇，努力瞪着眼睛去瞧。有一千米长呢，我说，行了，我们去结婚吧。

于是我们结婚了。我们搬进公寓，请了一个女人来打扫卫生，因为我开始赚很多钱了。她是汉森夫人。她来面试的时候，埃贝特地问，您能削胡萝卜吗？她说她觉得可以。埃贝向她解释，毕竟现在很多东西都买不到了，胡萝卜还是非常健康的。从那时起，每每想起家里从来没有过胡萝卜，她便感到好笑。日子一天天过去，就像独奏前的鼓声。我阅读有关怀孕、做母亲和照顾婴儿的书，不明白为什么埃贝不像我一样感兴趣。他说他几乎无法相信自己要当爸爸了。在报纸上看到我的名字也令他难以置信。他不明白自己竟和名人结婚了，也不知道自己对此是否满意。夜晚，埃贝坐在椅子上解方程式，不停用手指缠绕着头发。他享受解出来的感觉，说可能自己本该成为数学家。我告诉他，格特·约恩森曾对我说过，没有一个正常的男人会被我吸引。

那么谁是正常的？埃贝说，一边拍着口袋找他的笔记本或者烟草袋或者钥匙。他总是心不在焉，老丢东西。他走路时头向后仰，仿佛在努力聚焦视线，还会抬高下巴，所以频频被街上的东西绊倒。他经常去奥勒和利塞家参加派对，醉醺醺地回来，大半夜把我叫醒。我很生气，打发他走，因为眼下我真的很需要睡眠。他总是第二天道歉。有时我去看妈妈，或者她来看我。我和她谈起分娩，她说埃德温和我是在一团肥皂泡中出生的，因为她吃了松油肥皂，想以此逼我们出来。我从来没有喜欢过孩子，她说。

日子一天一天过去，一周一周过去，一个月一个月过去。我将在奥高医生位于豪瑟广场的私人诊所生产，定期检查也是找他。他是一位友善的长者，缓解了我对分娩的许多焦虑。我被告知在宫缩的间隔变成五分钟时再来。但是预产期过去了，什么也没发生。我买了一件海豹皮大衣，必须不断地把纽扣向外移，直到它们悬在衣服边缘。埃贝不得不为我系鞋带，因为我够不着。我想我从来没有见过像我这么胖的孕妇。我很担心我会生出一个脑袋里装满水的巨婴。我在哪里读到过。我经常把利塞的儿子小欣借来，带他去散步。他很可爱，总是笑着，让我想到了尼斯·彼得森的那句诗：我收集小孩子的微笑。在这期间，我接受了卡尔·比亚恩霍夫为《社会民主党人》所做的采访。看到标题时，我很震惊：《我想要金钱、权力和名声》。我真的这么说了吗？整个采访把我塑造得很不讨喜。我被描绘成一个只想着自己的人，虚荣、野心勃勃、肤浅。我想知道我对卡尔·比亚恩霍夫做了什么，毕竟记者一向待我不错。然后我想起他是维戈·F的朋友，所以他可能是因为我离开了维戈·F而生气。

这个冬天非常寒冷，街道上结了一层冰。宫缩迟迟没有开始，我很不耐烦，为了催促它到来，我和埃贝天黑后手挽手在房子里跑动，气喘吁吁。大衣上的纽扣崩开了，除此之外什么也没有发生。终于有一天早上我肚子疼起来，我便问汉森夫人这会不会是宫缩。她说很可能，而且一天下来越来越严重。宫缩时埃贝握着我的手。那天晚上我们去了诊所，向我告别时他的表情悲伤而无助。

她太丑了，我惊讶地说，低头看向怀中包裹着的婴儿。她的脸是梨形的，太阳穴上有两道产钳留下的深色印子。头上没有一根毛发。医生笑了。那只是因为您从来没有见过新生儿，他说，他们从来就不可爱，但母亲通常不这么认为。我现在给您丈夫打电话。埃贝来了，手里有一束玫瑰花。他手足无措地拿着，我突然意识到他从来没有送过我礼物。然后他在我身边坐下来，看向摇篮，婴儿就在里面。她挺胖的，他说。我感到了冒犯。你就没有别的话了？我说。分娩花了二十四个小时，我发誓我再也不生孩子了。我痛得大喊大叫，而你只会说她挺胖？埃贝看起来很羞愧，火上浇油地来了句也许她会越长越漂亮。接着他问我什么时候回家，他想我了。我弯腰越过摇篮，触碰那些小小的手指。现在我们是爸爸、妈妈和孩子了，我说，一个普通、正常的家庭。埃贝问，为什么你想变得普通正常？每个人都知道那不是你。我不知道如何回答他，但自打记事以来，这一直就是我想要的。

7

可怕的事情发生了。自从赫勒出生后，我就完全失去了跟埃贝上床的欲望，而且上床的时候也毫无感觉。我告诉奥高医生，他说这并不稀奇，我只是因为哺乳、育儿、发疯似的工作而筋疲力尽，所以没有什么可以留给埃贝的了。但这让埃贝很不高兴，因为他认为这是他的错。他和奥勒讨论，奥勒建议他买本范德维尔德的《理想婚姻》。他买了回来，读得面红耳赤，因为这本书就是当今的色情圣经。他读到了所有的体位，我们每天晚上都尝试一种新的。早上，挑战过杂技的我们身体酸痛，而且还丝毫没有帮助。我和利塞讨论，她坦言自己在生小欣之前从未享受过性爱。她用她那温柔的、圣母般的眼睛看着我，若有所思：找一个情人怎么样？她问。有时候第三者会让一对夫妇重新走到一起。她自己就有一个情人，是个律师。他在警察局工作，两人每天一起散步几个小时，而她告诉奥勒她在加班。奥勒知道，同时却又不知道。奥勒和另一个女人生过一个孩子，在孩子出生前，利塞还认真考虑过收养。结果孩子又聋又哑，所以现在她很庆幸自己没有这样做。我告诉她我不想要情人，如果我的生活再次变得混乱而复杂，我就无法工作了。而且我越来越意识到我唯一擅长的，唯一真正吸引我的，就是组织句子和字词，或者写简单的四行诗。为了做到这一点，我必须以特定的方式观察人，几乎就像我需要把他们储存在档案里供以后使用。为了做到这一点，我也必须以特定的方式阅读，这样才可以通过我所有的毛孔吸收我需要的一切，即使不为现在，也是为了以后。这就是我不能与太多人交往的原因，我也不能频繁地出去喝酒，否则第二天就无法工作了。而且我总是在脑海中构思句子，所以当埃贝跟我说话时，我常常冷淡又心不在焉，这让他感到沮丧。这一点，加上我倾注在赫勒身上的关注，让他觉得自己被遗弃在我的世界，这个曾经容纳他的世界之外。他下午回家时仍然愿意读我写的东西，但现在他的评论变得既无意义也不客观，仿佛他是想击中我的痛处。一天我们吵了起来，因为《童年的街道》中有一个叫穆尔瓦德先生的人物喜欢解数学方程式，埃贝对此很生气。那是我，他说，我所有的朋友都会认出来嘲笑我。他要求我把穆尔瓦德先生从书中删去。穆尔瓦德先生确实是个怪人，因为我还不太擅长描写男人。但我不想删去他。我不明白，埃贝说，你为什么不能像，好比狄更斯那样塑造人物呢？你都从现实生活中获取。那可不是艺术。我请他不要再看我写的东西了，反正他也看不懂。他说他已经厌倦了和一个作家结婚，更何况还是个性冷淡的作家。我喘不上气，泪流满面。自从小时候和哥哥吵架，我再也没有和任何人起过争执，而且我无法忍受与埃贝不和。赫勒哭着醒来，我把她抱起。他就不能解方程式吗？我可怜兮兮地说，否则我不知道这样的男人在空闲时间还会做什么。埃贝把我和赫勒一起搂在怀里，说：对不起，托芙。请不要再哭了。他可以解方程式，我也不是那个意思，我只是介意，仅此而已。

那晚之后不久的一个下午，埃贝没有在往常的时间回家，我便意识到我有多么依赖他。我在地板上踱步，无法做任何事情。埃贝晚上经常出去，但总会先回家。天色渐晚，我给赫勒喂完奶穿好衣服，出门去看刚刚下班回家的利塞。她说奥勒也不在家，他们可能一起出去了。然后没准遇上其他朋友，找不到回家的路了。这也不是第一次了。你太传统了，她笑着说，也许你本应该嫁给那种总是直接带着工资回家，而且从不喝酒的男人。于是我向她讲起我们的争吵，我说我们的婚姻已经不再美满。我向她坦白我担心他会找别人，不是作家也不性冷淡的人。一夜情有可能，她说，但埃贝永远不会有离开你和赫勒的想法。他真的以你为荣，在他谈到你的时候这显而易见。只是你得明白他太容易自卑了。你很有名，你能挣钱，你热爱你的工作。埃贝只是个穷学生，或多或少依靠妻子养活。他学的是不适合他的专业，不得不靠喝酒挺过去。但只要你们的性生活重新开始，情况就会有所缓解。而且会重新开始的，你只是被哺乳榨干了。她把小欣抱到腿上，开始和他玩。等奥勒毕业后，她说，我想成为一名儿童心理学家。我不能忍受办公室工作。利塞爱自己的孩子也爱别人的孩子。总的来说，她喜欢人类，朋友们总是来找她倾诉，那些话甚至不会告诉最亲近的人。你认为他什么时候会回家？我问。我不知道，她说，有一次奥勒离开了八天，然后我也开始紧张了。把小欣放上床后，利塞屈腿坐着，下巴架在单膝上。她整个人散发着平和友好的气息，我感觉好些了。有时候，我说，我觉得我根本无法和其他人打交道。仿佛我在整个世界上能看到的只有我自己。没有的事，利塞说，你是真的爱埃贝。是的，我说，我爱他，但方式有问题。如果他忘了围巾，我不会提醒他。我不会大费周章给他做好吃的，其他方面也一样。我想我只能喜欢对我感兴趣的人，因此我永远不会为得不到回应的爱而痛苦。也许是这样，她说，但埃贝对你是感兴趣的。我讲起穆尔瓦德先生和方程式，她笑了起来。我不知道埃贝会解方程式，她说，太好玩了。不，我不是这个意思，我说，我写作时根本不在乎任何人。我做不到。利塞说艺术家必须以自我为中心，我不应该太在意。我穿过黑漆漆的街道回家，这里星星也无力照亮。我庆幸有婴儿车做伴。还没到八点，我匆匆忙忙，因为这是宵禁时间。每个人都应该八点前到家。这意味着埃贝今晚不会回家了，不管他在哪里。我给赫勒换了尿布，穿上睡衣，盖好被子。她四个月了，向我露出没有牙齿的微笑，整只手紧紧抓住我的一根手指。这是件好事，现在的她不在乎爸爸是否在家。

第二天早上埃贝回到家，样子糟透了。外套扣得歪歪扭扭，围巾一直盖到眼睛，尽管现在是春天，天气温和。他的双眼因为酒精和缺乏睡眠而发红。我很高兴看到他还活着，以至于没有兴趣吼他。他摇摇晃晃地站在屋子中央，来了几步笨拙的"狒狒舞"。这是他在醉酒时总跳的一种独舞，周围的人都会拍手叫好。他单腿站立旋转，但失去了平衡，伸手去够椅子。我出轨了，他说，声音沙哑。我黯然问道，和谁？和一个漂亮女孩，他说，没怀孕，不冷……不冷淡的，奥勒在托坎滕酒吧认识的。你还会见她吗？我问。这个嘛，他说，扑通一声坐在椅子上，这取决于很多事情。如果你让那个叫穆尔瓦德的家伙去玩纸牌，也许我就不会再见她了。否则我说不准。我走过去，拿掉他嘴上的围巾，吻了上去。不要再见她了，我断然说，我会让穆尔瓦德玩纸牌。他搂着我的腰，头靠在我的腿间。我是个怪物，他喃喃道，你为什么想和我扯上关系？我又穷又是酒鬼，我一无是处。你又漂亮又有名，你想跟谁在一起都行。但是，我发自内心地说，我们之间有一个孩子。除了你我不想要其他男人。他站起来拥抱我。我太累了，他说，我不能靠喝酒来解决我们的问题。该死的范德维尔德，让我腰酸背痛。我们大笑起来，我帮他脱掉衣服，扶他上床。然后我坐在打字机前，写着写着就忘记我的丈夫和别人上床了。我忘记一切，直到赫勒开始哭，因为她饿了。

第二天我写了一首诗，开头是这样的：为什么我的爱人在雨中行走，不穿大衣，不戴帽子？为什么我的爱人在晚上离开我，没有人能够理解。我拿给埃贝看，他说写得不错，可没有下雨，他也穿了大衣。我笑了，告诉他以前埃德温读了我的诗，说我是个撒谎精。埃贝说他再也不会迷失回家的路了，因为这会让我痛苦。都怪该死的普利茅特，他说，要想在酒吧点啤酒，你就得买杯普利茅特，而这东西会把人撂倒。我心有不甘，便问那个女孩长什么样。他说她远不及我漂亮。是追着艺术家和学生跑的类型，他说，这样的人特别多，多到可以用来喂鲨鱼。他还补充：如果没有生赫勒，我们之间不会有任何问题。会恢复正常的，我连忙说，我认为情况正在好转。但这不是真的。有些至关重要的，我们之间妙不可言、弥足珍贵的东西已经被摧毁了，而这对埃贝来说更糟糕，因为他无法用文字排解他的问题和悲伤。在我们入睡之前，我凝视他那双上挑的眼睛，夹杂其中的棕色斑点在灯光下闪烁。无论发生什么，我说，向我保证你不会离开我和赫勒。

他保证。我们会一起变老，他说，你会长出皱纹，下巴的皮肤会像我妈妈那样下垂，但你的眼睛永远不会老。始终会是这深色的线条环绕的蓝。正是它们让我爱上了你。我们相拥而卧，亲吻着彼此，像兄妹一样纯洁。范德维尔德时期过去后，埃贝不再试图与我做爱，尽管我并不反感，也甚少拒绝。

8

五月底的一天，埃斯特来拜访我们。她说俱乐部每周的集会办不下去了，部分原因在于宵禁，在于餐厅不愿意，毕竟招待我们也赚不了几个钱，还在于会员自身的难题。索尼娅似乎无法完成她的小说，莫滕·尼尔森编了又编。她还让卢博教授读了几章。雅典娜神殿即将推出哈夫丹的一部诗集，也赞美了埃斯特会在秋季出版的新小说。《童年的街道》手稿已经交付，所以眼下我没在写作，内心便有了一个巨大的空洞，无从填补。感觉就像一切都进入了我的身体，却不再有什么出来。利塞说我现在需要享受享受生活，这是我那么努力工作后应得的。但对我来说，生活只有在写作时才谈得上享受。我太过无聊，跟住在舒伯特街的阿尔内和辛内一待就是几个小时。他们就是埃贝和我初遇那晚躺在儿童床上的情侣。阿尔内和埃贝一样是经济系学生，家里给他好多钱，所以他不用工作。辛内是利姆峡湾一带的农民的女儿，身材丰满，一头红发，活力四射。她已经开始攻读副学士学位，因为她无法忍受自己的孤陋寡闻。我告诉她我已经习惯了自己的无知，而且我很不擅长学习。我告诉她，我还没读完《法国大革命》就和维戈·F离婚了。

埃斯特已经不和维戈·F住在一起了。她说她厌倦了听他有多想念我，以及我离开他后他有多苦大仇深。她搬回了家，但情况也并不乐观。她的父亲是破产的杂货商，一个接一个地带情人回家。她的母亲已经习惯了。你知道吗，埃斯特说，我已经厌倦了所有这些强加在身上的自由思考。我也是，我问她，像我们这样的怪人不写作的时候应该做什么？然后她告诉我来访的真正原因。她还在药房工作的时候认识了一个画家，名叫伊丽莎白·内克尔曼。伊丽莎白跟一个穿翼领衬衫和西装外套、用琥珀烟嘴的女人住在一起，因为她只喜欢女人。她喜欢我，埃斯特平静地说，接着问我愿不愿意在她的度假屋住上一段时间。我觉得听起来不错，但我不能和哈夫丹一起住在那里，因为我们不会有任何收入。你愿意和我住过去吗？乡村的空气会对赫勒有好处。当我犹豫不决时，埃贝插话道：我认为你应该去。他说，小小的分离可以使婚姻重获生机。他还补充没有赫勒的打扰，他会有更多时间安静地学习。考试很快就要开始了，他有很多进度要赶。所以我采纳了埃斯特的提议。我喜欢她，因为她是那么平静、友好、理智，也因为她和我有着同样的人生使命。埃贝承诺尽可能多去看我，尽管房子离哥本哈根很远，在西兰岛南部的某个地方。埃斯特和我决定第二天骑自行车去。晚上，埃贝久违地和我上床。但床上的他恼怒而冷漠，仿佛他对自己仍然被我吸引大为光火。会不一样的，我感到内疚地说，等我不用再喂奶之后。乳汁洒在他身上，他笑了。他说，是啊，和一个乳品厂上床可不是那么容易的。

房子坐落在低洼地带，背后是一片麦田，野草支棱，黑覆盆子密密丛丛，沿着斜坡一直延伸，一对弯腰的松树遮住了去路。房子里有一间大客厅，一端有台老式的炉子，小房间里有两张挨得很近的床，半夜醒来能听到埃斯特安静的呼吸。我和赫勒睡在一起，有她温暖的小身体在旁边，我感到舒适愉快。白天，她躺在阳光下的婴儿车里，但她晒不黑，像我一样。我们都有白皙的皮肤。而埃斯特在几天之内就晒黑了。这让她的牙齿看起来更白了，而她的眼白被坚实的棕色肌肤衬得就像湿润的陶瓷。早上我第一个醒来，因为埃斯特比我更需要睡眠。我费了九牛二虎之力，用我们向附近的农民买的木柴点燃炉子，牛奶和鸡蛋也是从他那里买的。炉子冒出的烟比火多，我折腾好几次才真正点上。然后我泡茶，给面包涂上黄油，有时还会把早餐端到埃斯特床上。你会把我宠坏的，她高兴地说，揉去秋天般的棕色双眼里的睡意。黑色长发散落在她光滑的额头上。日子在长长的散步、交谈、和赫勒的玩耍中流逝，这段时间她刚长出第一颗牙。我以前从未到过乡下，这里的寂静令我惊讶，与我体会过的一切都全然不同。

我感觉到近乎幸福的东西，想知道这是否就是所谓的享受生活。傍晚时分我独自散步，埃斯特照看赫勒。田野和松树林的香气比我们到达的那天更浓。农舍点亮的窗户在黑暗中像黄色的方块一样闪闪发光，我好奇那里的人都如何打发时间。男人多半坐着听收音机，妻子多半会从编织篮里拿出袜子缝补。很快他们就会打哈欠伸懒腰，看着外面的天色，说说明天早上等待着他们的工作。然后他们会蹑手蹑脚地上床，以免吵醒孩子们。黄色的方块会变暗。全世界的眼睛都会闭上，城市入睡，房屋入睡，农田入睡。我回到房子里的时候，埃斯特已经做了一些晚餐，煎蛋之类的东西。我们不怎么张罗。然后我们点上汽油灯，聊上几个小时，中间的停顿虽然长，却并不像现如今我和埃贝之间的沉默那么紧张和焦灼。埃斯特向我讲述她的童年，她不忠的父亲和温柔耐心的母亲。我也对她谈起我的童年，我们的过去便在彼此之间重现，像一道满溢生机的墙。这些平静的日子只有在埃贝或哈夫丹来拜访时才会被打断。有时他们一起骑自行车来，到达时又热又喘。他们上门的时候我们也挺开心，但我更喜欢和埃斯特独处。她就像一个男孩，穿着褪色的短袖衬衫和长裤，小嘴嘟嘟的，上唇微翘。

温暖的早晨，我们会在农田边上冲洗身体。埃斯特棕色的身体很强壮，胸部大且坚挺。她比我高一点，肩膀宽阔。当她把冷水浇在我身上时，我尖叫起来，皮肤发青，起着鸡皮疙瘩。但轮到自己时，埃斯特一点也不介意，任凭太阳晒干她光滑闪亮的四肢，在草地上呈十字架伸展开来。我想我的余生都可以这样生活。琢磨埃贝和我们之间接连不断的问题，实在是太复杂了。

谷子变成金黄色，沉甸甸的成熟谷粒在风中摇摆。屋外布谷鸟的晨歌很早就叫醒了我，先是离得很近，然后又很远，仿佛以逗弄我们为乐。终于，我们其中一个人会翻下床，迷迷糊糊，打开荷兰门的上半部分，拍拍手把它吓跑。一小时后，收割机开始在地里运作，太阳从松树林后抬起明黄的额头。我躺在那里一边看着埃斯特，一边喂奶。我在想我们很快就会离开，回到各自的丈夫身边。我也想到了露特，我童年的朋友，一种温暖的感觉漫无目的地牵引我的思绪在空中游走。埃斯特醒来时，我问她，你觉得我应不应该停止哺乳？行啊，她笑着说，赫勒倒不缺什么，吃点固体食物也不是坏事，不过你会失去这对漂亮的乳房。

我回到家，晒伤的埃贝以最低分通过第一学期的考试，不过也算是办到了。再次见到我，他真的很高兴。他拥抱我的时候，我知道我的性冷淡正在消失。我告诉了他，他便说，那世界上就再没有什么能分开我们了。我也这样认为。但接下来的日子里，我都记挂着埃斯特男孩子气的小脸和嘟起的嘴，还有她如何莫名使我和埃贝再次变得亲密。

9

秋天，我的新书出版了，评价普遍不错，除了《社会民主党人》上，尤利乌斯·博姆霍尔特横跨两个分栏对它进行激烈的批判，标题：《逃离工人街》。他说"这本书没有一丝感激之情"。"它也缺乏，"他补充道，"对我们丹麦社会民主青年团的健康小伙子的描写。"但我从来没有见过丹麦社会民主青年团的人，我对着我的代用茶放声大哭，我怎么描写？埃贝尽可能地安慰我，但我不习惯被这样批评，抽泣得好像最亲近的家人刚刚去世一样。他以前对我可亲切了，我说，我和维戈·F去拜访他时。埃贝说他可能在为我离开维戈·F而生气，就像比亚恩霍夫一样，这篇评论也确实无情，就像背后有什么个人恩怨。格雷厄姆·格林曾写过，埃贝抬头看向天花板，就像他认真思考时的那样，继续说道，从未跌入低谷的人是有缺陷的。于是我任由他安慰我。我剪下所有评论，除了坏的那条，反正它也不重要，然后带给爸爸。他把它们粘在我的剪贴簿上，本子已经用了一半。然后他责备我说，你就不能不写我背朝客厅躺着睡觉，裤子后面磨得发亮吗？我并不总是在睡觉，裤子也没有磨得发亮。妈妈说，没有人知道那是你。书中的母亲和我就一点都不像。然后她告诉我，她把他们那本借给了冰激凌店的一个女人，因为她问她有一个出名的女儿是什么感觉。妈妈说，在那之前，她从未给过我好脸色。

这是一个短暂的快乐时期，埃贝晚上不再出门，也不喝太多的酒。与此同时，利塞和奥勒之间却不太顺。他们为迫在眉睫的财务问题争吵，因为奥勒有学生债务，而利塞在政府部门的工作收入也不高。如果不是利塞黄昏时分去垃圾填埋场摘蘑菇，他们会饿死的。她告诉我她想离婚，和她那位律师结婚。律师已婚，有两个孩子。阿尔内也想和辛内离婚，因为她有一个在黑市上卖东西的情人，每天能赚五十克朗，数额离谱。晚上，我躺在埃贝的怀里，我们向彼此承诺永远不分开，永远不背叛对方。

我告诉埃贝，我一直讨厌改变。我告诉他我们从赫德比街搬到西端街时我有多伤心，在那里我从来没有家的感觉。我告诉他，我就像我爸爸一样。当妈妈和埃德温搬动家里的家具时，爸爸和我总是把它们挪回原位。埃贝笑着抚摸我的头发。你可真是个该死的反动分子，他说，我也是，尽管我是激进派。然后他温柔低沉的声音在我耳边如无尽的线轴般旋转着，满是慰藉，满是恒常。他正在完善他的理论，关于黑人为什么是黑皮肤，犹太人为什么是鹰钩鼻，以及天空中有多少颗星星，我听着这些无解的问题入眠，就像孩子被重复的摇篮曲哄睡。外面是邪恶复杂的世界，我们无法忍受它，它也想把我们晾在一旁。警察已经被德国人管控，埃贝也成了民事保护组织的一员。这是用来代替警察的。他们穿斜肩蓝色制服，埃贝的帽子对他来说太大了。

我觉得他这身打扮简直就像好兵帅克，以至于他说他应该加入抵抗组织时，我没法当回事。

赫勒九个月大的时候，气喘吁吁、哼哼唧唧地努力从婴儿护栏里站了起来。她抓着栏杆，摇摇晃晃，欢快地尖叫。弯下腰祝贺表扬她时，我开始流口水，不得不跑去吐出来。我告诉自己，我可能是吃了什么不能消化的东西，但想到自己可能怀孕了，我的腿便开始颤抖。如果是这样的话，我知道这将毁掉我和埃贝之间的一切。

您现在是第二个月，赫伯格医生说，他是我的公费医疗医生。他坐下来，此时始终悬挂在我和现实之间的帷幕变成了灰色，千疮百孔，像蜘蛛网一样。医生闪亮的白大褂上缺了一粒纽扣，一根黑色的长毛从鼻孔伸出来。但我不想生这个孩子，我强调，这是个错误，我一定是把避孕隔膜放错位置了。他笑了笑，毫不同情地看着我。上帝，他说，您觉得有多少孩子是意外出生的？这也不妨碍母亲爱他们。我小心翼翼地问，不能帮我把它取出来吗？笑容立刻从他的脸上消失了，就像松弛下来的橡皮筋。我不做这种事，他冷冷地说，您或许知道这是违法的。然后我按照利塞的建议，问他能不能给我介绍一个能做的人。不行，他说，那也是违法的。于是我去找妈妈，知道她会理解。她正坐在厨房里玩单人纸牌。噢，她听了来龙去脉之后说，弄出来是不难的，只要去药店买瓶琥珀油喝下去就可以了。我用这个方法成功过两次，所以我知道我在说什么。我买了琥珀油，在妈妈对面的厨房椅子上坐下。打开瓶盖时，一股令人作呕的气味包裹了我，我冲进浴室呕吐起来。我办不到，我说，我喝不下去。妈妈也想不出其他办法了，我便走到利塞工作的政府办公楼，倚靠着站在外面等她。我可以看到证券交易所的绿色屋顶在暮色中闪烁着微弱的光芒，记起我和皮特在俱乐部集会结束后穿过漆黑的城市步行回家。那时候我还没有怀孕，如果我和维戈·F还在一起，我也不会怀孕。人们经过，未曾注意到我。女人独自走过，或牵着自己孩子的手。她们的脸上写满放松和内省，体内大概没有任何她们不想要的东西在生长。利塞！见她向我走来，我大声喊道，他不肯。我到底该怎么办？在去坐电车的路上，我告诉利塞妈妈提议用的琥珀油很恶心，而她从未听说过这种措施。我和她一起去她的母亲那里接小欣。她的母亲是一个很有威严的女人，穿及地长裙，戴着帽子掩盖秃了的位置。我记得她生了十个孩子，因为利塞的父亲总是希望摇篮里有个婴儿，从没有人关心她的想法。回到利塞家时，她叫我一定不要慌，一定会有解决办法。她要去问办公室里一个一年前非法终止妊娠的年轻女人。不巧的是，对方正在休病假，但她一回来，利塞就会把地址告诉我。洛恩巴赫医生现在不做，利塞说，因为他才刚刚为此坐了牢。也许娜佳认识人，她还说，但我不记得她和她的水手住在哪里了。可我不能干等着，我绝望地说，我必须做点什么。我无法工作，而且对埃贝和赫勒已经失去了所有的感情。利塞说可能很多医生都和洛恩巴赫医生处境一样。她说如果我必须做点什么，我可以翻电话簿一个一个地打过去，也许我会走运。与此同时，那个女同事可能会好起来，所以我不应该放弃希望。她庄严地看着我：你真的认为，她问，再生一个孩子会那么糟吗？利塞也不明白。我不希望任何我不情愿的事情发生在我身上，我说，这就像陷入了圈套。而且我们的婚姻无法再承受哺乳期的性冷淡。埃贝碰我我都难以忍受。我回到家后，埃贝告诉我，他已经与抵抗组织取得了联系，将受训成为一名自由战士，为德国人投降撤离的那一天作准备。没有人认为战争是可以避免的。也没有人认为他们会赢，斯大林格勒战役失败后便是如此。我根本不在乎，我烦躁地告诉他，你想扮演士兵就去，我可有其他事情要处理。埃贝说他并不是非要打掉孩子。会出人命的，他说，而且无论如何他都不会帮我找医生。我懒得跟他废话。他理解不了。也不知道我当初为什么看上了他。

我开始了一场寻医问诊的奥德赛。我一天只能见几个医生，因为他们都是同一时段看诊。我坐在这些白大褂的对面，穿着破旧的风衣，脖子上缠着红围巾。他们冷冷地看着我，一脸难以置信：到底是谁主动把我的地址给您的？亲爱的女士，世上有比您更惨的女人。您已婚，而且只有一个孩子。其中一个医生说，您不想让我犯罪吧？门在那儿。我回到家，痛苦又惭愧。我从埃贝的母亲家接走赫勒，给她喂奶，没有给予她任何关注。我把她放在床上，又把她抱起来。电话铃响，一个声音说：您好，我是亚尔玛。埃贝在家吗？我把电话递给埃贝，他用单音节词回应。然后他穿上从父亲那里继承的外套，背后有一条傻气的带子。他套上高筒橡胶靴，因为正在下雨，还戴了一顶平时从不戴的帽子，压低帽檐遮挡住额头。他的腋下不自在地夹着一个公文包，仿佛里面装的是炸药。他脸色苍白。我看起来可疑吗？他问。不会，我淡淡地说，尽管连孩子也能从老远发现他不对劲。他离开后，我又浏览了电话簿，一页接一页。但以这种方式寻找堕胎医生如同大海捞针，几天后我就放弃了。我意识到我在与时间赛跑，因为我知道如果我怀孕超过三个月，就没有人会愿意做。晚上要见利塞并不容易，因为她下班后和她的律师在一起，她也认为不应该问奥勒，因为他的态度和埃贝一样。眼下，男人似乎被排除在我的世界之外。他们是外来生物，仿佛属于另一个星球。他们与自己的身体并无联结。他们没有任何温柔、绵软的器官，可以让一团黏液像肿瘤一样依附其中，完全独立于他们的意志，开始自己的生命。一天晚上，我去拜访娜佳的父亲，问她和她的水手住在哪里。是东桥区的一个地下室公寓，我马上就过去了。他们正坐着吃饭，娜佳亲切地问我愿不愿意加入。但食物的味道让我恶心，这些天我几乎吃不下任何东西。娜佳剪掉了长发，踩着摇摆不定的步子，就像走在甲板上一样。水手的名字叫埃纳尔，嘴里不断地重复着同样的表达：对的，就是这么来，等等。娜佳也这样说话。明白我的来意后，她说她可以给我弄几粒奎宁。她自行堕胎时用过一次。不过可能需要几天才能起作用，她说，并不容易。但我理解你，她说，想到它会长出眼睛鼻子脚趾，自己却无能为力，这让你厌恶。你盯着其他孩子，看不到他们身上有任何值得喜爱的特质。除了重新在自己的身体中独处你什么都无法去想。

我稍稍松了口气，告诉利塞娜佳已经答应给我弄几粒奎宁。利塞却不那么积极。她说，我听说有些人吃了会变瞎变聋。我说我不在乎，只要我能摆脱这一切。

最后，我们等待的那个年轻女人回办公室了，利塞拿到了帮她的医生的地址。这么久以来我第一次感到快乐，手里拿着便条走在回家的路上。那个人的名字是劳里岑，住在西桥街。人们叫他"堕胎－劳里岑"，所以一定没错。我又可以正视赫勒和埃贝了。我把赫勒放在腿上和她一起玩，并对埃贝说：你出去见亚尔玛不要戴帽子，拿着那个公文包的时候应该假装里面有书。你太蹩脚了。但他安抚我，说他不会参与任何破坏行动，所以德国人抓住他的可能性不大。明天的这个时候，我说，我将比一生中任何一个时刻都更开心。

第二天，我穿上向辛内买的有衬里的棉布工装夹克，因为外面越来越冷了。辛内用家里的旧棉被缝制了这件夹克，但当每个人和她的兄弟都开始穿这种衣服时，她就不想要了。我也穿上了长裤，骑自行车到西桥街，那里已经换上了圣诞节的装饰，沿人行道挂着松树花环和红丝带。我被叮嘱不要告诉任何人，也别透露从哪里得到了地址。候诊室里有很多人，大部分是女性。一个穿毛皮大衣的女人绞着手，来回踱步。她拍了拍一个小女孩的头，仿佛这是手自己的举动，然后她继续踱步。她转身走到一个年轻女人面前，问，我可以在您之前进去吗？我现在特别痛。好的，对方友好地回答道，于是等到诊室的门打开，有人喊"下一个！"时，她就跑进去，摔上了门。过了一会儿这个女人走出来，简直变了一个人。她的眼睛炯炯有神，双颊红润，嘴唇上挂着怪异而疏离的微笑。她把窗帘拉到一边，看向下面的街道。多美啊，她说，瞧瞧这些装饰。我等不及要过圣诞节了。我惊讶地看着她离开。我对这位医生的敬意增加了。如果他能在短短几分钟内帮到这样一个悲惨的人，谁知道他能为我做些什么呢。

　　您的问题是什么？医生说，用他那双疲惫而友好的眼睛看着我。他是一个年长的灰发男人，有着难以界定的邋遢外表。他的桌子上有一个萨拉米肠三明治，面包的两端都翘起来了。我告诉他我怀孕了，但我不想再要孩子。好吧，他揉着下巴说，很抱歉让您失望了。我目前不做，因为越来越棘手了。

失望是如此巨大，击溃了我，以至于我把脸埋在手里，泪如泉涌。可您是我最后的机会，我啜泣着，我怀孕已经快三个月了。如果您不帮我，我就自杀。太多女人都这么说了，他平静地说完，摘下眼镜想看清我。呀，他说，您是托芙·迪特莱弗森，对吗？我承认了，但我不觉得这能改变什么。我读了您的上一本书，他说，写得很好。我自己也是西桥区的孩子。如果您能停止哭泣，他慢条斯理地说，我也许可以小声告诉您一个地址。他在纸条上写下地址时，我都准备满怀感激地拥抱他了。您可以和他预约，他说，他所做的就是在羊膜囊上戳一个洞。如果开始出血，您必须给我打电话。如果我没有出血呢？我问，忧心这会比我想象的复杂得多。那就不妙了，他说，但通常是会的。船到桥头自然直。

我回到家后告诉了埃贝，他恳求我放弃这项使命。不，我坚决地说，我宁愿去死。他坐立不安，在客厅里踱来踱去，看着天花板，仿佛能从上面找到令人信服的论点。我给住在夏洛滕隆的医生打电话。明天六点，他用暴躁、毫无起伏的声音说，直接进来，门会开着，带上三百克朗。我告诉埃贝不要担心。如果发生什么事，我就在医生那里，他会小心的。结束后，我说，一切就会恢复正常，埃贝。这就是我必须这么做的原因。

10

　　我乘电车去夏洛滕隆，因为不知道自己在今天就诊后会是怎样的状况，我不想骑自行车。离圣诞节还差两天，人们满载而归，一切都裹着鲜艳的包装纸。也许这一切都会在平安夜结束，这样我们又可以去我父母家过圣诞了。那样就好了。我坐在一个德国士兵的旁边。一个提着大包小包的壮女人才刚刚大张旗鼓地站起来，移动到了对面。我为这个士兵感到难过，他大概也有妻子孩子，他宁愿跟他们待在家里，而不是在他的领袖决定入侵的异国到处乱晃。埃贝坐在家里，比我更紧张。他给我买了一个手电筒，这样我就可以在黑暗中找到地方。我们在书中查到了什么是羊膜囊。当它破裂时，书上说，羊水会流出来，分娩就开始了。但应该出血，而不是羊水。我们俩都不太明白。

医生在入口向我打招呼，一个光秃秃的灯泡悬挂在天花板的钩子上。他看起来很焦虑，而且脾气不好。钱呢，他冷淡地说，伸出手来。我把钱给他，他向检查室方向点点头。他大概五十岁，身材瘦小干瘪，嘴角下垂，仿佛从没笑过。上来吧，他用手拍拍检查床说道，那里还挂着给病人放腿的带子。我躺下，焦虑地扫了一眼边桌，上面有一排闪亮的尖头工具。会不会疼？我问。一点点，他说，就一秒。他说话就像发电报，仿佛在限制声带的使用。我闭上眼睛，一阵锐痛刺穿我的身体，但我没出声。完成，他说，如果流血或发烧，打给劳里岑医生。不要去医院。别提我的名字。

我坐在回家的电车里，第一次感到害怕。为什么会如此隐秘和复杂？为什么他不能直接把它取出来？我的体内像大教堂一样寂静无声，没有任何迹象表明一个致命的工具刚刚穿透了一层黏膜，它保护的正是想要违背我意愿生长的东西。当我回到家时，埃贝正坐着给赫勒喂食。他脸色苍白，十分紧张。我告诉他发生了什么。你不应该那样做，他反复说，你根本不顾自己的性命，这是错的。我们躺着，几乎整夜都没合眼。不见血或羊水的迹象，没有发烧，也没有人告诉我应该怎么做。然后空袭警报响起。我们把赫勒连床一起抬进地窖，这动静从不会把她弄醒。人们坐着，半睡半醒。我和住在楼下的女人交谈，她正在往自己昏昏欲睡、闹脾气的孩子嘴里塞曲奇。她很年轻，有一张柔弱稚嫩的脸。也许她也试图堕胎，堕掉那个孩子，或是后来的。也许很多女人都做过我现在做的事，但无人谈论。我甚至还没有告诉埃贝那个夏洛滕隆的医生的名字，因为如果我出事了，我不想让他惹上麻烦。他是我最后的救命稻草，我与他站在同一阵线，尽管他并不讨人喜欢。

我坐着发冷，把我的棉布工装夹克扣到脖子。我太冷了，牙齿开始打战。我想我可能发烧了，我对埃贝说。防空警报停了，我们回到公寓。我给自己量了体温，四十度。埃贝吓坏了。打给医生，他坚决要求，你必须马上去医院。发烧的感觉像微醺。现在不行，我笑了，三更半夜的，他的妻子孩子会发现的。入睡前我看到的最后一幕是埃贝踱来踱去，愤怒地捋着头发。简直难以置信，他绝望地嘟囔着，简直难以置信。同时我在想：你的抵抗运动战友，亚尔玛，他也不顾你的性命，你知道。

第二天一早我打电话给劳里岑医生，告诉他我发烧到四十点五度，但不见血和羊水。会有的，他承诺道，马上去诊所，我会打电话告诉他们您已经在路上了。但不要对护士透露任何信息，好吗？您怀孕了，您发烧了，就这样。也不要害怕。一切都会好起来的。

这是一家克里斯蒂安九世街上的体面诊所。护士长接待了我，她是个上了年纪的女人，友善、如母亲一般。我们可能救不了孩子，她说，但我们会尽我们所能。她的话让我陷入思考。然后我被带进一间双人房，我用手肘支撑自己，看向另一张床上比我大五六岁的女人，她有一张甜美纯真的脸，穿着白衬衫。她的名字叫图蒂，令我惊讶的是，她是莫滕·尼尔森的女朋友。他是她本要出生的孩子的父亲。图蒂离过婚，是建筑师，有一个六岁的女儿。才过一个小时我们就像认识了一辈子。一棵小圣诞树矗立在房间的中央，上面挂着叮叮当当的玻璃装饰，顶端有一颗星星。眼下，这显得很可笑。小时候，我在炽热的遐想中对图蒂说，我以为星星真的有五个角。灯亮了，护士给我们带来两个托盘。看到或闻见食物仍会令我恶心，所以我没有碰。护士问，您在流血吗？没有，我说。她便留下一个桶和一些护垫，以防夜间出血。亲爱的上帝，我绝望地想，就让我流一滴血也好。他们把托盘拿走后，埃贝来了，随后是莫滕。嘿，他惊讶地说，你在这里做什么？接着他在图蒂的床上坐下来，两人便消失了，只剩呢喃与拥抱。埃贝给我带来了二十颗奎宁，是娜佳给的。不得已的时候才可以吃，他说。他离开后，我告诉图蒂，娜佳曾经通过服用奎宁强行流产。她觉得没有任何理由不吃，所以我就这么办了。夜班护士进来，关上天花板的灯，打开了夜灯。蓝色的光照亮了房间，呈现出一种不真实的、幽灵般的色调。我无法入睡，但当我对图蒂开口时，我却无法听到自己的声音。图蒂，我大喊，我聋了！我可以看到图蒂动了她的嘴唇，但我什么也听不见。大声点，我告诉她。然后她喊道：你不用喊，我不是聋子。是那些药，不过我认为这只是暂时的。

我耳朵里嗖嗖的，嗖嗖之下是塞上棉花的别有意涵的寂静。也许我已经永久地聋了，真是毫无意义，因为我仍然没有流血。图蒂下床，走到我身边，对着我的耳朵喊，他们只想看到血，所以我把我用过的护垫给你，你明天早上给他们看就可以了，然后他们就会把你赶回家。大声点，我说，然后我终于能够理解她说的话了。夜里她走过来，把用过的护垫放在我的桶里。当她经过圣诞树时，玻璃装饰碰在一起，我知道它们在叮当响，却听不到声音。我想到埃贝和莫滕，想到他们在这个女人流血、恶心、发烧的世界里绝望的神情。我还想到我童年的圣诞节，我们围着树边走边唱：我们从深处而来——却不是唱圣诗。我想到妈妈。她不知道我躺在这里，因为她向来无法保守秘密。我还想到爸爸，他一直有听力问题，这是家族遗传。耳聋的人注定过着压抑、孤立的生活。我可能需要助听器。但在图蒂的恩德面前，我的耳聋不值一提。她在我耳边喊，他们很清楚这里发生了什么。他们只是要做一下表面功夫。

快到早上我睡着了，筋疲力尽，直到护士进来叫醒我们。我的天啊，您流了很多血，她假装担忧地说，低头看向那盛着一夜收获的桶，恐怕我们保不住孩子了，我马上叫医生。令我欣慰的是，我发现我的听力恢复了。您难过吗？护士问。有一点，我撒谎，试图装出一副低落的表情。

下午医生来了，我被推进手术室。别太难过了，他愉快地说，至少您已经有一个孩子了。然后他们给我戴上口罩，全世界便弥漫着乙醚的味道。

我醒来时躺在床上，穿着一件干净的白衬衫。图蒂朝我笑了笑。怎么样，她说，你现在满意了吗？是的，我说，如果没有你我不知道我会做什么。她也不知道，表示这一切对我们而言都已经过去了。

她说莫滕想娶她。她疯狂地爱着他，倾心于他的诗，刚刚出版媒体已经一片好评。除了你，她得体地说，他是当今最有才华的年轻人。我也这么认为，但我从来都跟他不熟。埃贝带着花束前来，就像我刚生完孩子，他很高兴，因为现在一切都结束了。我们以后要更加小心，他说。我去请劳里岑医生教我如何正确放入隔膜。我仍然对这个硬件抱有强烈的抵触，这种抵触将伴随我一生。我的体温很快降到了正常水平，而且就像施了魔法一样，恶心感消失了，我饥肠辘辘。我想念赫勒胖胖的身子，膝盖上还有浅浅的凹陷。当埃贝把她带到我面前时，我惊恐地想，如果我们刚刚剥夺的是她的生命呢？我把她抱上床和她一起玩。她对我来说比以往任何时候都要珍贵。

傍晚时分，医生走进我们的房间，没穿大褂，牵着两个孩子。他们大概十岁出头。圣诞快乐，他欢快地说，还握握我们的手。孩子们也和我们握了握手。当他们离开后，图蒂说：他真好。我们应该感激有人敢这样做。

平安夜我醒来，从包里拿出纸笔，在微弱的夜光下写下一首诗：

> 你寻求庇护
> 与弱小畏惧者一起
> 为你我哼唱摇篮曲
> 在黑夜和白昼之间——

我不后悔我的所作所为，但我心里那黑暗的、已被玷污的走廊上有一道模糊的痕迹，就像孩子在潮湿的沙地上留下的脚印。

11

日子一天一天过去，一周一周过去，一个月一个月过去。我开始写短篇小说了，自己与现实之间的帘幕再次变得牢固而安稳。埃贝开始去上课，现在他和亚尔玛出门的时候我也不那么焦虑了。令我安心的是，他不再像以前那样对我的写作感兴趣了，所以我可以不受打扰地创作男性角色。但经过穆尔瓦德的插曲，我仍然小心翼翼，避免我的角色与埃贝有任何明显的相似之处。晚上赫勒睡下后，他会给我读索弗斯·克劳森或里尔克的诗。里尔克在我心里留下了深刻的印记，如果不是埃贝我永远不会发现他。目前他也对维戈·赫鲁普很感兴趣。埃贝摆出戏剧性的姿势，脚搭在凳子上，手放在心口：我的手，他用低沉的声音朗诵，将永远举起，以反对我眼中最卑劣的政治——它试图联合富人，令上流阶级所向披靡，将手无寸铁者碾入尘埃。傍晚我们相拥而卧，他向我描述他的童年，就和其他男人的一样。花园里总有果树，还有弹弓，还有和他们一起躺在干草棚里的表姐妹或女朋友，但随后母亲或姑姑出现，破坏了这一切。你听过几次就会发现这是个无聊的故事，可他们讲述的时候是那么入迷。总之，我们对彼此说什么并不重要，只要我们之间一切都好。

我们已经搬进了利塞和奥勒那栋楼一层的新公寓，有两个半房间，前面是一个小院子，赫勒可以在那里奔跑玩耍。她现在两岁，如瀑布般倾泻的金色鬈发突然间取代了秃头。她很好带，以至于利塞说我们并不真正理解养育孩子是怎样的。早晨写作时，我就让她去玩积木和娃娃，她已经学会不打扰我了。妈妈在写作，她郑重地对她的娃娃说，之后我们就一起去散步。她已经能说完整的句子了。我们搬进新公寓的前几天，汉森夫人从厨房里叫我。HIPO[①] 已经封锁了街道，她说，看那边，有火堆。我拉开窗帘往下看。对面荒废的街道上，HIPO 的人正从我们对面那栋楼顶层的窗户往外扔家具，然后烧掉。楼下有一个女人举着双手，跟两个孩子一道靠墙站。大喊指令的人用机枪把他们押在那里。汉森夫人说，可怜的人啊，但幸好这场该死的战争很快就会结束。正当我准备离开我的瞭望口时，一个女人全速冲到拐角，我惊恐地发现那是图蒂。一个 HIPO 的人向她大吼，朝空中开枪，接着她消失在我们公寓的入口。我放她进来后，她扑在我身上啜泣：莫滕死了，她说，而起先我不太明白这句话。我让她坐下来，见她穿着两只不同的鞋子。怎么会死了？我问，真的吗？我两天前才看到他。图蒂在啜泣的间隙说是流弹，是意外，毫无意义，令人难以接受。他正坐在一位军官的对面，人家要教他如何使用带消音器的手枪。突然枪走火，击中了莫滕

---

① 即 Hilfspolizei（辅助警察），在丹麦指 1944 年由盖世太保建立、丹麦公民构成的伪警察组织。

的心脏。他才二十二岁，图蒂绝望地看着我说，我是那么爱他，我觉得我永远都无法翻篇了。我眼前浮现了莫滕那张棱角分明的诚实的脸，我记起他的诗：我从小就认识死亡。[1]真奇怪，我说，他老是写死亡。我知道，图蒂说，稍稍平静下来，仿佛他早就知道他不会被允许活下来。

那天晚些时候，埃斯特和哈夫丹来了，他们都很震惊。我知道哈夫丹和莫滕的关系很好。但我无法抛开的念头是，同样的事情也可能发生在埃贝身上。现在他出门找亚尔玛都像是件大事，见到他回来前我都会很焦虑。我们搬进了新公寓，会在宵禁期间看望利塞和奥勒。所有学生每年一次的肺结核检查后，奥勒被告知"胸腔里有东西"。如果不是因为这个，他说他也会接受训练参加抵抗运动。医生决定让奥勒在霍尔特一所为结核病学生开设的学院生活几个月，利塞并不怎么为这次分别伤心。现在她可以推迟离婚，同时安心地与她的律师见面。

---

[1] 引自莫滕·尼尔森《死亡》（„Døden"），与原文略有出入。这首诗在丹麦被奉为经典，诗人以自由斗士的形象被人们所铭记。

然后迎来了五月五号解放日①，喜气洋洋的人群走上街道欢呼，仿佛是从铺路的石板之间冒出来的一样。陌生人互相拥抱，高唱自由之歌，每当载着抵抗战士的汽车驶过都是一片喝彩。埃贝穿着全套制服，我很担心他会出事，毕竟没有人知道德国人是否真的会不战而退。楼上，在利塞和奥勒家，普利茅特的酒瓶最后一次摆上桌，那里人很多，我们并不全认识。我们跳舞，庆祝，享受这一切，可这个历史性事件并没有真正渗透我的意识，因为我总在事后才体验。我很少身处当下。我们撕下遮光窗帘，踩得它支离破碎。我们表现得很高兴，实际上却并非如此。图蒂还在悼念莫滕，利塞和奥勒正在分居，而辛内刚刚离开了阿尔内，他沮丧得下不了床。娜佳一直在寻找对象却总是错付，现在想和埃贝的哥哥卡斯滕在一起，像鼻环一样套住他。同时我的心在堕胎上，我一直在计算孩子现在应该多大了。我们每个人都出了问题，我想我们的青春已经

---

① 1945 年 5 月 5 日，丹麦正式脱离德国统治，获得解放。

随着占领岁月消失了。赫勒和小欣在儿童房睡觉，当我们的喧闹都压不住他们的哭声时，利塞就进去给他们唱歌，哄他们入睡。外面的天空中春夜在流转，月亮优雅地悬垂，观察着疲惫不堪的醉酒人群，他们不肯离开，不愿回家。

几天后埃贝回到家，脸色苍白，情绪激动。他告诉我叛徒和通敌者在达格玛大厦受到了怎样的对待，那里是曾经的盖世太保总部。他脱下制服，换上便服。跟赫勒在西桥广场散步时，我看到一群未配武器的德国士兵走过来，步履蹒跚，脸上带着疲惫和绝望。他们很年轻，有的只有十五六岁。我回家后写了一首关于他们的诗。开头是这样的：

疲惫的德国士兵

在陌生的城市跋涉，

不看彼此一眼，

春光映在他们额头上。

疲惫，犹豫，羞涩，

在陌生的城市

他们向着失败走去。

有一天利塞登门，告诉我奥勒邀请许多年轻女孩参加"结核舞会"，这将在鲁德斯霍伊宿舍举行。埃贝正郁闷着他不能去，但已经有太多男人了，所以他去也没用。我受到邀请很开心，因为短篇小说集已经完成，我不知道不写作的时候该干什么。利塞说院长夫人的儿子会在场，好哄他的母亲早点回家睡觉。

我们到达时，聚会正在火热进行。大家在本地乐队的伴奏下起舞，所有学生看着都和奥勒一样健康。一个大胸脯的女人冲上来欢迎我们。她显然是院长夫人。我和许多不同男人在开放的大舞厅跳舞，脚下铺着镶木地板，沿墙摆着高背椅。宿舍在一个大公园里。那天晚上，公园被雨后雾霭笼罩着，游移云间，在朦胧的月光下幻化成绿色、黑色、银色。类似门厅的位置设了一个吧台，摆放着柜台和高脚椅，调酒师正在倒真正的酒，而不是普利茅特。出于某种原因，我感到快乐又自由，而且有预感在今晚结束之前会有特别的事情发生。我在喝威士忌，有些醉了，欢快又躁动。其中一张高脚凳上，辛内正坐在一个小伙子的大腿上。我坐在他们旁边捣乱地说，你押错了马，她已经和一个黑市商人订婚了。那个小伙子匆匆拂开辛内，仿佛她是一粒微尘。我从未想过，他对我说，诗人可以如此美丽。随后，他的脸从灯下阴影中浮现，而我就像微型画的画家一样开始仔细观察他。他有一头稀疏的红发，一双从容的灰色眼睛，牙齿歪歪斜斜，仿佛另外分成了两排。原来他就是院长夫人的儿子，已经获得了医学学位。我很惊讶竟然遇到了一个真正完成学业的学生。他和我一起跳舞，我们被对方的脚绊倒，不得不放弃，大笑起来。然后我们在公园里散步。夜空渐晴，空气就像潮湿的丝绸。他在一棵银灰色的白桦树下吻了我，接着他的母亲突然向我们冲来，紫罗兰丝绸紧裹的胸脯起伏，手臂乱舞。现在的年轻人啊，她喘着气。她的所思所想主要通过一阵阵含糊又感伤的情绪宣泄来表达。然后，她的儿子卡尔想起对学生们承诺过要带他母亲回去睡觉，对我咕哝了几句，约我稍后再见，便和她一起消失在大楼里。

派对变得更加狂野了。人们跳舞，喝酒，继续寻欢作乐。他们一对又一对从楼梯上消失，不再出现。我已经很久没有这么醉过了，卡尔回来后建议我们上楼去他的房间，这样他就可以睡一觉。我觉得听起来还不错。我已经忘记了埃贝，也忘记了对他忠诚的承诺。

早上醒来时，我的头疼得厉害。我瞟了一眼睡在旁边的男人，发现他相当丑陋，长着那样的牙齿，地包天根本遮不住。我叫醒他，说我要回家了。我很烦躁，反应迟钝，一言不发地穿上衣服。我再也不想见到他了，当他问我可不可以送我回家时，我说不，谢谢，我宁愿一个人。我下楼来到混乱的舞厅，在吧台椅上坐了一会儿。辛内从楼梯上下来，紧跟在一个非常高大的小伙子后面，他一只手拿着她的胸罩。她丝毫没有理会他，径直走到我身边，问，上帝啊，我们喝了什么？他面目可怖，两米高，估计只有半个肺。然后她抄起胸罩，带着困意打个哈欠消失了。

　　我离开战场，骑车回家找埃贝，他对我彻夜不归很生气。你和别人睡了吧，他说。我坚持自己的无辜，实际上却觉得把这一点看得如此重要很滑稽。还有其他形态的忠诚比这重要得多。上床时，我想起我没有放隔膜。除此之外，自从堕胎以来我一直很小心。随后我想如果真的发生了什么，至少他是个医生，所以应该比上次容易。

12

天啊，我说，他下颌前突，嘴里有六十四颗牙齿，而不是三十二颗。况且我不知道这是他的还是埃贝的。利塞，我应该怎么办？

我踱来踱去，利塞看着我，额头上有两道深深的皱纹。你随随便便都会怀孕，她叹了口气，不过如果他是医生，他应该懂得怎么流掉，不会像你上次那么麻烦。可我还得见他吗？我说，他太丑了，我怎么跟埃贝说呢？我们的关系从来没像现在这样好。利塞耐心地向我解释，我还得见他。我得给他的母亲打电话，问清楚他住在哪里。随便我怎么跟埃贝说，比如我要去拜访娜佳或埃斯特，或者要去看望父母，他不是多疑的人。于是我们一起喝咖啡，利塞告诉我她的情况也不是很好。她的律师情人终究不打算离婚，却仍然想和她在一起。太差劲了，她说，这些有两个女人的男人。她们都在受罪，男人却不做选择。她拨开脸颊上的棕色短发，一副愁容，这让我很难过，因为我总是把我的烦恼倾倒在她身上。我不是在写作，我说，就是在怀孕。我们大笑起来，一致认为我必须采取行动。我还是得找出卡尔的地址去见他，让他帮我堕胎。

第二天，卡尔自己打来了，问我们最近能不能见面。我说可以，同意第二天晚上去找他。他住在生物化学研究所，也在那里工作。他是个科学家。我告诉埃贝我要去看望娜佳，便骑自行车沿着北部大道穿过暮色，两旁的树木像是一幅画，纹丝不动。现在是夏天，我穿着向辛内买的白色棉布裙子。卡尔的房间和所有学生的宿舍都一样：一张床，一张桌子，几把椅子，一些摆满书的架子。他买了三明治、啤酒和烈甜酒，但我什么也不碰。我们坐在桌前，我说：我怀孕了，我不想在不知道父亲是谁的情况下把孩子生下来。我明白了，他说，语气轻松，看着我的灰色眼睛十分认真，这是他唯一讨人喜欢的地方。我可以帮你解决。明天晚上来，我可以做个刮宫。他说得好像这是他每天都在做的事情，而且他看起来就是那种不会为这世上任何事困扰的人。我笑了笑，如释重负，说：你能给我打麻醉吗？我会给你打一针，他说，这样你就不会有任何感觉。打一针？我问，打什么？吗啡或者哌替啶。哌替啶最好。吗啡让很多人呕吐。我因此平静下来，还是和他一起用了餐。我的月经只晚了八天，而且晨吐还没有开始。卡尔小小的手纤细又敏捷，让我隐约想起了维戈·F的手。他的声音很好听，谈吐得体。他告诉我，他上的是海鲁夫斯霍尔姆寄宿学校，母亲在他两岁的时候就离婚了，从记事起他就一直希望她再婚。他还告诉我，据他所知，他的父亲在一个戒酒疗养院，但自从他离开他们母子之后就再也没有联系过。他又告诉我，我们相识之后，他就一直在阅读我的所有作品，还笑着补充我们可以生个棒棒的孩子。他希望和我结婚。我已经有了一个非常合适的丈夫，我说，还有一个可爱的女儿，所以这要等等。好吧，他说，同时揉着下巴，就像在检查有没有胡茬。或许和我结婚也不是什么好主意，他说，我得告诉你我有点疯狂。他的态度十分认真，我问他究竟什么意思。但他无法解释清楚。这只是他的一种感觉。他说他父亲那一支有很多精神病，而且他母亲也不是很聪明。我笑了笑，没有多想。我离开时，他给了我一个温柔的吻，却并没有试图让我和他上床。我觉得我爱上你了，他说，但这似乎没有意义。

我回到家，埃贝正在读托格·拉森的诗歌，抽着他的烟斗，这是在读到香烟致癌后开始的。他不想让我和赫勒早早地失去他。他问我娜佳怎么样，我告诉他实情：她和哥本哈根大学的一个学生订了婚，张口闭口都是最反动的观点，就好像她来自腓特烈六世统治之前的时代。他咯咯地笑着，说她应该结婚生子。我们都老了，他说，在烟灰缸里敲灭烟斗。他二十七岁，我二十五岁。当我想到我的童年，他说，我觉得我就像托格·拉森。听听这个：

庆幸吧，如果你遇见凋零的一瞥

在你年少春天的梦里。

一缕优雅的光。你的父亲在近前。

你的母亲在厨房。

我的母亲，我反驳道，已经过了五十岁，我却一点都不认为她老。他说，我母亲已经六十五岁了，而我从不认为她年轻。这是有区别的。当他谈论他有多老时，我其实不太理解，而我不得不对他隐瞒的一切也在我们之间制造了距离。上床时，我说我很累，得直接睡觉。我说明天我想去看望埃斯特和哈夫丹。当他说他也想一起去的时候，我说我们不能总是让利塞照顾赫勒，而且他的母亲也不喜欢看孩子。不过我向他保证不会待太长时间。

第二天晚上坐在去卡尔家的电车上，我告诉自己，我不一定是真的怀孕。可能只是我的经期波动，这并不罕见。我这么说是因为不想赫勒身边出现另一个影子，另一个我永远得计算年龄的影子。我知道有些女人刮宫只是为了清洁体内。到达后，我发现卡尔为此准备了一张高脚桌。它摆在房间的中央，铺着白床单。他还把他的枕头放在上面，以便让我更舒服。他穿着一件白大褂，洗洗手，搓搓指甲，同时和气地让我不要客气。桌子旁边的书架上放着一些闪亮的仪器。他洗完手后，从台盆上方的玻璃架上拿起一个注射器。他灌入澄清的液体，把它放在仪器旁，然后在我的上臂绑了一根橡胶管。会有一点刺痛，他平静地说，几乎感觉不到。他轻轻敲击我的手肘内侧，直到一条蓝色的血管凸起。你的血管很好，他说。于是他给我了一针，一种前所未有的幸福感在我的整个身体里蔓延开来。房间扩充为光芒四射的厅堂，我完全放松下来，从未如此懒散快乐。我翻过身，闭上眼睛。不要管我，我仿佛透过层层叠叠的棉花听到自己说。你什么也不需要对我做。

　　我醒来时，卡尔又站着洗手。那种幸福的感觉仍在，我觉得如果我动一下它就会消失。你可以起来穿衣服，他擦着手说。完成了。我照他说的做，慢慢起身，并没有告诉他我有多快乐。他问我喝不喝啤酒，我摇摇头。他说我需要补充水分，拿出一瓶苏打水，我强迫自己喝下。他挨着我在床上坐下，小心地吻我。痛吗？他问。不痛，我说。你给我打了什么？我问。哌替啶，他说，止痛药。我握住他的手，放到我的脸颊上。我爱上你了，我说，我很快就会再来。他看起来很高兴，那一刻我觉得他甚至有些英俊。他有一张坚实、耐久的脸，能用一辈子。埃贝的脸很脆弱，疤痕遍布，可能在他四十岁就会耗尽。这是个奇怪的想法，我不知道该如何表达。我下次来的时候，我慢慢地说，可以再打一针吗？他笑了笑，揉揉突出的下巴。当然，他说，如果你觉得它这么美妙的话。你没有瘾君子的资质。我希望可以嫁给你，我一边说，一边抚摸他柔软而稀疏的头发。那你的丈夫呢？他说。我搬出去，我说，带上赫勒。坐在回家的电车里，注射的效果慢慢退去，仿佛有一层灰色的、黏稠的面纱遮住了我眼前的一切。哌替啶，我心想。这个名字听起来像鸟鸣。我决定永远不放开这个能给我如此难以言表的幸福的男人。

　　我回到家后，埃贝想知道埃斯特和哈夫丹怎么样，但我只给他单个字的回应。他问我怎么了，我告诉他我牙疼。我在床上翻了个身，背对着他，摸摸注射在手肘上留下的小疙瘩。我一心只想着再来一次。除了卡尔，无论埃贝还是其他任何人我都不在乎。

第二部分

1

埃贝现在已经离世，但每当我试图回忆他的面容，我看到的总是那天我告诉他我有别人时他的模样。我们正坐在餐桌前，和赫勒一起吃饭。他放下刀叉，推开盘子。他脸色苍白，面颊上的一根神经微微颤动，这就是心烦意乱的唯一迹象。然后他从椅子上起身，走到书架前，拿出烟斗，小心翼翼地开始填装。接着他在地板上踱步，吞云吐雾，同时盯着天花板，仿佛能从上面找到回答。你想离婚吗？他用冷静而平淡的声音问。我不知道，我说，我和赫勒可以先搬出去住一段时间，也许我们会回来。突然间他放下烟斗，抱起赫勒，一反常态。爸爸伤心，赫勒贴着他的脸颊说道。没有，他说，强迫自己微笑，你继续吃吧。他把她放回高脚椅，再次拿起烟斗，继续踱步。然后他说：我不明白为什么人们一定要结婚或住在一起。这逼你几十年都要对着同一张脸，简直违背自然。如果我们只是互相拜访可能还更好。那个男人是谁？他问，没有看我。他是个医生，我说，在结核舞会上遇到的。他又坐下来，我看到他的额头被汗水浸湿了。他仍然看着天花板，继续说：你认为他能给予你人生之道吗？埃贝不高兴时总说蠢话。我不知道你什么意思，我说，我不觉得人生之道是你能给予对方的。

我们上床时，埃贝最后一次拥我入怀，但他能看出我离他很远，心不在焉。嗯，他说，你爱上了别人。这是会发生的，甚至在我们的圈子里也并不罕见。可感觉还是很不真实。而且它将我击溃，尽管我没有表现出来。这是我的问题之一，我不敢表达我的感受。如果我向你表明过我有多爱你，也许这一切就不会发生。埃贝，我一边说，一边轻轻地抚摸他的眼睑，我们会互相拜访，也许你会结识卡尔。也许我们都能做朋友。不，他突然激动起来，我永远不想看到那个人。我只想看到你和赫勒。我用手肘支起身子，观察他那张英俊的脸上柔和、脆弱的神情。如果我告诉他真相呢？如果我告诉他，我爱的是注射器里的澄清液体，而不是手握注射器的人？但我没有告诉他，我从未对任何人提起。这就像在我小时候，一旦告诉大人，秘密就会被毁掉。我翻了个身，睡了过去。第二天，我和赫勒搬进了卡尔为我们找的膳宿公寓。

那是一个供年长的单身妇女居住的膳宿公寓。我们的房间里摆放着布艺藤编家具，有一把带靠枕的摇椅和一张十九世纪八十年代的高大铁架床，还有一张女性用的小写字台，几乎被我沉重的打字机压塌。甚至赫勒的小婴儿床在周遭的脆弱中都显得太过强健，更不用说她自己了。第一天，她就把翻倒的摇椅当作船来玩，没多久便开始啃桌子后面一尊丑陋的真人大小基督像。当时她正缺钙。她那尖厉的童声，以一触即发的张力，穿透修道院般的寂静，一个接一个的老太太来到我的门口，为求一丝安宁。我都不知道为什么我当初能被允许搬入。第二天，我开始用打字机写作时，整栋公寓都吵得不可开交，管理人也是个老太太，她进来问我是否非得噼里啪啦的。她说，楼里的住户都是隐居避世的人，甚至连她们的家人都当她们死了。不管怎样，从来没有人来看过她们，她们的家人只是等待继承她们可能留下的一丁点钱。我专心听着，因为我想留下来。我喜欢这个位置和房间本身，还有视野里的两棵枫树，一张破旧的吊床挂在它们之间，虽然已经快到三月了，绳索仍覆盖着雪。这个女人有着病恹恹的、和善的脸，双眼美丽而温柔。她把赫勒抱起来，小心翼翼地放在腿上，仿佛轻轻一触就能碰坏这个活力四射的女孩。我同意下午一点到三点之间不用打字机，因为那时女士们都在休息，我还答应偶尔去看看她们，毕竟她们都被家人抛弃了。我喜欢和有些女士在一起，那种还没完全丧失听力的，或者纵使命运辗转至这样的终点站也不至于愤愤不平的。而且她们中总有一个人可以帮忙照顾赫

120

勒，毕竟我常常晚上去找卡尔。我坐在他的软凳上，下巴枕着双臂，膝盖竖起，看着他工作。布满房间的木架上放了很多烧瓶和烧杯。他尝了尝烧杯里的东西，舌头若有所思地滑过唇间，然后在一个大笔记本上写下他的观察。我问他在检测什么。小便，他平静地说。恶心，我说。他便笑着说：没有什么比小便更洁净的了。他走路的方式很奇怪，小心翼翼的，就像是为了避免吵醒谁，台灯为他稀疏的头发蒙上铜一样的光晕。我拜访他的前三次，他每次都给我打一针，然后任我一动不动地躺在那里陷入梦境，从不打扰。但第四次他说：不行，我们最好停一下。这又不是糖，你知道的。我非常失望，眼里满是泪水。

埃贝来拜访我和赫勒时，几乎总是酩酊大醉。他的脸是如此空白，毫无防备，以至于我不忍心看他。我坐着看那两棵枫树，看阳光和风用枝条在草坪上画出变幻莫测的阴影纹样，心想任何男人都不应该和我结婚。埃贝和赫勒玩了一会儿。她说：爸爸真好。赫勒不喜欢卡尔。过了很久她才愿意让卡尔碰她。

　　我已经交付了一部短篇小说集，眼下失去了写作的欲望。我心里只有一个念头，就是该如何让卡尔再给我打一针哌替啶。我记得他说过这是一种止痛药。我可以说我哪里疼呢？由于以前感染不曾处理过，我的一只耳朵偶尔会渗水，因此有一天当我躺在他的床上，他蹑手蹑脚地在房间里走动，断断续续地跟我聊天或者自言自语时，我把手放在耳朵上说：哎呀，我的耳朵好痛。他走过来在床上坐下，同情地问：疼得厉害吗？我面部扭曲，假装痛苦。是的，我说，我忍受不了，偶尔会来这么一次。他移了移灯，以便看到我的耳朵内部。在渗水，他惊讶地说，答应我你会请耳科医生看一下。他拍拍我的脸颊。放松，他说，我给你打一针。我感激地对他笑笑，液体进入我的血液，把我抬升至我唯一想存在的境界。然后他在药效达到顶峰时和我上床，一如既往。很奇怪，他的拥抱短暂而猛烈，没有前戏，没有柔情，而我没有任何感觉。轻柔、不受干扰的思绪滑过脑海。我热切地想着我几乎不再见过的所有朋友，幻想自己正在与他们对话。这怎么可能呢？利塞最近对我说，你怎么可能爱上他？我说，谁能理解别人的爱呢？我躺了几个小时，药效消退，所以找到那种空白、不受干扰的境界就更难了。一切都回到了灰色的、黏稠的、丑陋的、难以忍受的状态。我说再见的时候，卡尔问我什么时候能正式离婚。随时，我说，心想一旦结婚了，让他给我打针就会更容易。你愿意再生一个孩子吗？他在送我下楼时问道。当然，我立即说。因为孩子会把卡尔和我缠得更紧，而我希望他余生都能和我在一起。

2

　　离婚后，我分到了我们的公寓，带着赫勒和卡尔一起搬了进去。埃贝搬回了母亲家，时而打电话给我，我就过去看他。他再也没有踏足我们的公寓，因为害怕遇到卡尔。不过，利塞和奥勒来过，还有阿尔内和辛内，他们又在一起了，因为她的黑市商人正在坐牢。还跟埃贝在一起的时候，我觉得大家不用约好便互相串门是很开心的，但现在这真的让我恼火。这也让卡尔心烦，因为他嫉妒我所有的朋友。每次他们来的时候，他都会带着害羞而安静的微笑坐在那里，一言不发。他是不是有点奇怪？一天利塞小心翼翼地问我。我粗暴地回答说，他白天工作很辛苦，晚上已经很累了。那你呢？她问，自从遇到他你就变了。瘦了，而且看起来不如以前健康了。听着，我生气地对她说，你谁都不喜欢，除了亨商学院的学生，你还认为任何不健谈不外向的人都很奇怪。她被我的话深深伤害了，以至于疏远了我很久。

我和卡尔结婚不久后的一个晚上，阿尔内和辛内邀请我们过去吃大餐。辛内让她家的农场送来了半头猪，他们要举办一个聚会。卡尔说他不打算去，而且认为我也应该留在家里。当一个人有需要集中精力的工作时，他说，那带有歉意的语气不曾透露他的真实意图，过多的人际交往是不好的。这些是我的朋友，我抗议道，我看不出有什么理由不去。如果我给你打一针，他温柔地说，你愿意留在家里吗？当然，我不知所措地说，第一次感到有点害怕，我愿意。第二天早上，我痛苦极了，甚至不能起床为他泡咖啡。光线灼痛了我的眼睛，我几乎张不开干裂的嘴。仿佛我的皮肤无法承受床单和毯子的压力。目之所及，一切都是丑陋、坚硬、锐利的。我把赫勒从身边推开，对她大吼大叫，把她吓哭了。怎么了，卡尔问，又是你的耳朵吗？是的，我抱怨着，手捂住耳朵。上帝啊，我绝望地想，请让他最后再相信我一次吧。在给我打针之前不要让他去上班。让我看看，他轻柔地说，从柜子最上层取了一个耳镜和一个小电筒，刮宫的工具也放在那里。看起来挺好，他喃喃道，既然你每周看两次耳科医生，应该能控制住。他检查我的耳朵时，我躺在那里没有眨眼，好让泪水上涌。我很担心，他边说边注满注射器，如果这种情况继续下去，除了手术可能别无他法。我会跟法尔伯·汉森谈谈。他是卡尔为我找的耳科医生。你为什么要给妈妈打针？赫勒问，她从未见过这般景象。我在给她注射白喉疫苗，他说，就像你打过的一样。应该打在肩膀上，她说，你为什么要打在她的手臂上？这是对成年人的做法。他说。我虚弱、疏离、平静，看着卡尔喝他的咖啡，用勺子喂赫勒吃燕麦粥。我慵懒而幸福地跟卡尔道别，在我迷雾重重的大脑深处，焦虑却开始啃噬。手术！我的耳朵没有任何问题。随后我又忘了这件事，躺着幻想我打算写的一部小说。它将被命名为《为了孩子》，我在心里动笔。长长的、优美的句子浮现于脑海，我躺在沙发上，看着我的打字机，却无力朝它靠近分毫。赫勒在我身上爬来爬去，不得不自己穿衣服。我说她应该上楼叫小欣，这样他们就可以一起在外面的院子里玩了。药效消散，我开始啜泣，把被子拉到下巴，因为我在发抖，即便现在是初夏。这真是太可怕了，我对着空气说，我承受不了。我要怎么办呢？于是我艰难地换上衣服，双手颤抖，而且每件衣物都刮擦着我的皮肤。我想过给卡尔打电话，让他回家再给我打一针。在我面前的每个小时都像一年那么长，我不认为我能够熬过去。然后我肚子疼得厉害，不得不去厕所。我开始腹泻，每隔五分钟就得跑一趟。

当天晚些时候，我感觉好一点了。我甚至坐在我的打字机前，开始写那部在脑海萦绕已久的小说。可文字并未像平时那样轻易浮现，自如流淌，我也很难集中精神。我不停地看表，想知道距离卡尔回家还有多长时间。

中午前后，约翰来了。他是卡尔的朋友，研究肺结核的医学生，和我的婆婆一起住在鲁德斯霍伊。我不喜欢他，因为他来我们家时往往会坐在角落里，用 X 光般的大眼睛紧盯着我，仿佛我是他付出一切代价也必须解决的难题。他和卡尔通常会谈论我难以理解的科学问题，我也从未和他单独相处过。我想和你谈谈，他郑重地说，如果你有时间。我让他进了门，心却开始怦怦直跳，夹带一种怪异的、难言的恐惧。约翰坐在我的办公椅上，我坐软凳。他坐下来时给人一种个头很高的错觉，因为他的脸又大又方，肩膀很宽，上身长而佝偻。但他的腿很短，就算他站起来也没怎么变长。他和卡尔曾一起住在雷根森，帮助彼此写论文。他静静地坐了一会儿，交叠那双大手，就好像他很冷。我低头看地板，因为我无法承受他锐利的目光。然后他说，我很担心卡尔，或许也担心你。为什么？我警惕地说，我们俩挺好的。他弯下腰来捕捉我的目光，我也看向他，执拗又畏惧。卡尔有没有告诉过你，他说，他一年前进收容机构的事？我不太自在，说，什么样的收容机构？精神病院，他说，他得了思觉失调。你就不能说点能懂的丹麦语吗？我感到烦躁，什么是思觉失调？是一种短期的精神疾病，他靠着椅背说，持续了三个月。我强迫自己笑出声。我说，你是在告诉我他是疯子吗？疯子会被关起来，因为他们很吓人。我可不害怕他。约翰将我从他令人不安的凝视中释放出来，看着外面院子里的孩子们玩耍。有些事情不太对劲，他说，我有一种预感，他又要生病了。当我问及原因时，约翰说卡尔最近无视所有工作，只研究耳朵的毛病。研究所里，关于耳部解剖学和耳部疾病的教科书堆积如山，他埋头研究，就像他立志成为耳科医生。太疯狂了，约翰斩钉截铁地说，只是因为你偶尔耳朵痛？任何人都会交给专业的耳科医生，相信对方会竭尽所能。可他关心我，我说，感觉到自己脸红了。他关心我，想帮助我康复，仅此而已。然后我对着他那张殡葬师般严肃的脸大笑。你可真是个好朋友，我说，居然跑来告诉他妻子，他是个彻头彻尾的疯子。我根本不是这个意思，他犹豫地说，我只是想让你知道，他有三个表亲都在精神病院。我不建议你和他生孩子。听到这话，我意识到我的月经已经晚了几天。行，你猜怎么着，我说，我认为你的警告来得太晚了。我可能已经怀孕了。想到这一点，我心情很愉悦，便问约翰想不想喝啤酒或咖啡，因为我不想再听他说了。但他什么都不要，他得去上课。我跟着他走到门口，他伸出手来和我握手，我和我的朋友从不这么做。他说，几天后我将被送进昂斯特鲁普，摘除一个肺。对我这样的人来说，健康不是理所当然的事情。他在离开前又犹豫了片刻。而你，他说了和利塞一样的话，你看起来不如以前了。你吃得够吗？我向他保证我吃得够，他一走我的呼吸才又顺畅起来。我决定，尽管他没有要求，我也不会告诉卡尔他来过。

卡尔回家后，我告诉他我可能怀孕了。他很高兴，同时透露了在城市外围建一座我们的房子的计划。我问我们有没有足够的钱，他说他预计很快会收到一大笔拨款。然后我们就可以住在自己的房子里，专注于我们的工作，不用见那么多人，也不去任何地方。我觉得听起来美妙极了，因为我开始觉得我们有必要在无人干扰的情况下生活。他问起我的耳朵，我说疼痛已经消失了。约翰的来访让我害怕。随后我毫无缘由地说，我怀孕的时候总是睡不好。他揉着下巴想了想。这样吧，他说，我会给你一些氯醛。这是一种很好的镇静剂，没有副作用。味道很恶心，不过你可以把它加到牛奶里喝。

第二天，他带着一个棕色的大药瓶回家。最好我给你倒上，他说，这很容易就过量。喝下几分钟，我感觉良好，效果不同于哌替啶，更像是酒喝多了。我滔滔不绝地谈论我们的房子，它的装潢布置，以及我们要出生的孩子。说着说着我就睡着了，直到第二天早上才醒过来。我可以每天晚上都来点吗？我问。行，当然，他说，也不会有害处。然后他好像想起了什么。让我摸摸你的耳朵后面，他说，接着按压我的头骨。疼吗？他问。疼，我说。对卡尔撒谎已经成为一种无法抗拒的习惯。他若有所思地咬着上唇。不管怎样我会和法尔伯·汉森谈谈手术的事，他说。我问会不会用哌替啶来麻醉我。他说

131

不会，不过术后为了麻痹疼痛我想要多少就给我多少。他离开后，我走到卫生间，盯着镜子里的脸看了很久。是真的，我看起来并不好。我一脸憔悴，皮肤干燥而粗糙。我在想，我对镜子里的自己说，我们俩谁是疯子。然后我在打字机前坐下，因为这是我在一个越发不确定的世界里仅剩的希望。我一边写，一边想：我要所有的哌替啶，而手术，作为进入那个天堂的先决条件，对我来说一点都不重要。

3

　　但医生不愿意做手术。拍完 X 光片后，卡尔骑着刚买的摩托车载我前往医生办公室。他站在法尔伯·汉森旁边，穿着皮夹克，背后像鸭子的屁股一样凸出来一块。他拎着头盔，盯着医生举起的一张又一张片子。没有任何异常，法尔伯·汉森说。我走过去站在卡尔旁边，耳科医生说话时一直盯着我，灰色的眼睛里满是冷酷。如果她很痛，他缓慢地说，那一定是风湿引起的，我也没有什么办法，通常会自行消失。然后卡尔谈起骨头、锤子、铁砧、马镫，还有天知道什么东西，而我感到大地在脚下燃烧，因为这个人知道我在撒谎。法尔伯·汉森的态度变得更加冰冷。您找不到任何人做手术的，他坐在办公桌前心不在焉地说，这只耳朵完全没问题。我已经把它清理干净了，您的妻子也不需要找我复诊了。

别担心，穿过医院走路回家时卡尔温柔地说，如果疼痛持续下去，我们就找其他人来做手术。也许这次谈话确实对他产生了某种影响，因为我们回到家时，他说：我给你开个美沙酮的方子。它是一种强效止痛药，这样不论我是否在家都无所谓。他把处方写在我的一张打字机用纸上，然后小心翼翼地剪掉边缘。他微笑着欣赏自己的作品。他说，看起来有点假。如果他们想查，你可以把我在研究所的电话告诉他们。假是什么意思？我问。看起来像你自己写的，他咯咯笑，一些真正的瘾君子会这么做。他经常用"真正的瘾君子"这个说法来与我做比较。随后我意识到我曾经见过一个真正的瘾君子。我告诉他，有一天我正坐在堕胎－劳里岑的办公室里，一个女人执拗地来回踱步，乞求先让她进去。仅仅几分钟后，当她出来时，她就完全变了，健谈而活泼，眼睛发亮。没错，卡尔说，那可能是一个真正的瘾君子。独自一人时，我更仔细地看了看处方，觉得他是对的：这么张条子任何人都可以写。我去药店买了药。回到家我马上就吃了，想看看效果如何，也许它们能带走我的恶心。那是一个星期六的下午。利塞很早就有空，便过来接小欣，他几乎每天都和赫勒一起玩。自从那天她问我卡尔是不是很怪之后，我们的关系就冷淡了，但我请她待一会儿，这样我们就可以像以前一样聊天。我快乐、积极、包容，她说她很高兴看到我恢复了以前的样子。我说，那是因为我在写作。只有这个真正对我有效。我为我俩泡上咖啡，边喝边询问她的近况。我为忽视她这么久而内疚。不太好，她说，已婚男人是一坨屎，我却无法离开他。奥勒曾患有嫉妒性精神官能症，看过一个姓萨克斯－雅各布森的精神分析师，但利塞觉得她很无能。上周日的早晨，因为小欣生病，利塞去买了好吃的面包，奥勒却大发雷霆。第二天，萨克斯－雅各布森在利塞工作时打来电话。她是德国人，她用重重的口音说道，好吧，你丈夫肯定要吃上他的热面包。我们开怀大笑，旧日的友谊也在悄悄地恢复。我也想向她透露秘密，所以我告诉她卡尔沉迷于我的耳朵，计划找人给我做手术。太可怕了，她说，明显受到了惊吓。不要做，托芙，这样的手术没准会让你失聪。我的一个姨妈就是这样，而你认识卡尔之前耳朵从来没有痛过。没有，我说，但现在有时会痛。然后我想到卡尔几天前收到的那封重要的信。是一个住在斯凯尔克的女孩寄来的，通知他自己一个月内会生下他的孩子，之前没有联系是因为她以为那是肿瘤。考虑到家族声望，孩子将由他人收养。卡尔曾提议由我们收养，我不温不火地答应了，因为我不认为多一个孩子有什么差别。此外，我没有告诉利塞的是，如果我收养他的孩子，他就很难离开我了。听起来是个好主意，利塞说。她和娜佳一样，习惯拯救、帮助别人，减轻他们的负担。你搬到新房子后会有很多空间。那就这么办吧，我说，仿佛讨论的是要不要去森林里散步一样。而且卡尔已经答应请人打理家务。我不能一边写作一边照顾三个孩子。利塞觉得很有道理。这样也就有人为你做饭，她说，食指心不在焉地敲打着门牙，你需要的，看看你瘦了多少。她把小欣从院子里带走，返回他们的住处。我走进浴室，又吃了两片药。然后我坐下来写作，文字久违地流淌，就像以前一样，我忘记了周围的一切，包括让我安心的原因，它就装在浴室的一个瓶子里。

一九四五年十月，我们把一个刚出生的女孩从国立医院带回家。她好小，只不过五磅，有着红色头发和长长的金色眼睫毛。那天我吃了四片药，因为效果不如从前了。怀里再次有了新生儿是件很美妙的事情，我向自己保证会把她当作亲生的来疼爱。无论日夜，她每三个小时就需要喝一瓶奶，晚上卡尔会起来喂。氯醛让我无法苏醒。妈妈来看这个宝宝时瞥了一眼婴儿床，说：嗯，称不上漂亮。她认为我在没有绝对必要的情况下还多养一个孩子真是疯了。我的婆婆也来探望。她情绪汹涌，差点晕倒。上帝啊，她把手放在心口说，她长得太像卡尔了。接着，她详细地讲述了她的厨师如何离开她，以及找到新厨师有多么艰难。事关厨师，她总遇上问题。

我应该拿更年期的潮热怎么办？她问她的儿子，而后者必须靠微醺才能够忍受她的来访。他笑了笑。听起来不错，他说，考虑到这个夏天有点凉。他从不把她当回事，当她要吻他时，他跳开一小步，躲避了她的怀抱。在最后一秒，他又转过脸颊，好让她给他一个吻。每次她过来，他都让我穿上长袖的裙子，以掩盖手臂上的针眼。他说，倒不是因为这有什么要紧，只是样子不太好看。

雅贝在我们的公寓安顿下来，目前不得不睡在儿童房。她的名字是雅各布森小姐，来自格雷诺，由于赫勒叫她雅贝，我们其他人也这么称呼。她是一个高大强壮、手艺娴熟的女孩，很喜欢孩子。她有一张简单、可靠的脸，凸出的双眼总是湿漉漉的，仿佛她总是被感动得流泪。她一大早便起来烤早餐的面包，端到我的床前，而卡尔就睡在我身边。您得吃东西，她说，您太瘦了。既然食物端到了面前，我的胃口也有了轻微的改善，似乎一切都在好转。美沙酮对我很管用，我也很高兴能偶尔来一针。埃贝喝醉的时候经常给我打电话。他和维克托流连于酒吧，我从未见过这人，不过我的许多朋友都认识他。埃贝很想向我介绍这个维克托。可每当我对卡尔说我想去拜访埃贝时，他就拿出注射器，以他那种粗蛮又草率的方式和我上床。我喜欢被动的女人，他说。当他认识到埃贝有正当理由见自己女儿时，我们做好安排，时不时由我把她送到埃贝母亲那里，她再把她送回来。

我在恩哈弗街的一家诊所生下了米凯尔，卡尔帮我把孩子带入了这个世界。之后，我躺在单人病房里，怀中是我们的婴儿，他给我打了一针，又在我床边坐了很久，观察着很快就被放回婴儿床的孩子。这会是一个不可思议的孩子，他骄傲地说，艺术家和科学家的儿子，很棒的结合。我期待房子完工的那天，我迟钝地说，与此同时熟悉的甜蜜涌进我的神经末梢。我们会始终在一起，卡尔言之凿凿。不会像其他人那样。维戈·F和埃贝并不像我这样理解你。

不久，我们搬进完工的房子里，在根措夫特的埃瓦尔德巴肯。那是一栋完全定制的红砖房，共两层。一楼是孩子们的房间、女佣的房间、餐厅、浴室和厨房。楼上，卡尔和我都有自己的房间。我的房间宽敞明亮，从书桌可以看到美丽的院子，草坪种满果树，卡尔每个星期天早上都会修剪。那个夏天是相对快乐的。我们为自己的生活打造了一个保守舒适的框架，这是长久以来我深藏内心的梦想。我赚的钱都交给卡尔，在我看来，他很懂得勤俭过日子。然而那年秋季的一天，当我向他索取美沙酮的新处方时，他一边在地板上小心翼翼地踱步一边说：我们停几天，我担心你可能服用过量了。当天晚些时候，我感到很不舒服，以前也有过这种情况。我浑身发抖出汗还腹泻。除此之外，严重的焦虑攫住了我，这让我的心脏惊慌地跳动。我知道我需要那些药片，而且很快就找到了入手的方法。不知为何，我保留了卡尔的一张旧处方，于是我迅速复制了一份。我派毫无戒备的雅贝去药房，她也成功地带着药片归来，仿佛那只是一瓶阿司匹林。吃下五六片之后——这是达到最初两片的效果所需的剂量——我带着隐约的失落意识到，这是我这辈子第一次犯罪。我决定再也不这样做了。但我并没有坚持下去。我们在那所房子里住了五年，而大部分时间，我都是一个瘾君子。

4

　　如果我没有去参加那场晚宴，我的耳朵就不需要做手术，那么兴许之后的很多事情都会不同。那段时间，卡尔只是偶尔给我打一针。我靠服用美沙酮保持亢奋，手臂上的印迹越来越淡。我对哌替啶的渴望也在减弱。每当它重新浮现的时候，我就提醒自己在它的影响下我无法写作，而我当时全身心投入到了我的新小说中。埃瓦尔德巴肯的生活已经形成了近乎正常的规律。白天我常与雅贝还有孩子们在一起，晚上吃完晚饭后，卡尔和我待在我的房间喝咖啡，他看他的科学书，不说什么话。一种奇怪的空虚在我们之间延展，我意识到我们无法进行

142

对话。卡尔不关心文学，除了自己的行业似乎对任何事情都不感兴趣。他坐在那里，烟斗夹在凹凸不平的牙齿之间，前突的下颌仿佛托住了这张脸的其他部分。有时他会从书页间抬眼，羞涩地对我笑，说，嘿，托芙，你还好吗？他从来没有像其他男人一样，对我讲起他的童年，如果我问起，他就给我一个空洞的、毫无意义的回答，就好像他什么也不记得了。我经常回忆起埃贝在夜晚漫谈，用德语背诵里尔克的诗，对赫鲁普的句子展开戏剧性的演绎。偶尔登门拜访的利塞告诉我，埃贝还在为失去我而悲伤，整天和维克托泡在托坎滕酒吧之类的地方，全然不顾课业。

如果卡尔不在家，埃斯特和哈夫丹有时也会来。他们住在马特乌街的公寓里。他们一贫如洗，有个比赫勒小一岁的小女孩。他们问我为什么抛弃了所有的老朋友，为什么不再来俱乐部了。我说我很忙，而且对艺术家来说应酬不是好事。埃斯特悲伤地笑着说，你忘了我们在内克尔曼的度假屋的时光吗？然而我正在被这种孤独折磨，渴望有人能真正和我交谈。我是丹麦作家协会的成员，但每次有活动或会议，维戈·F都会打来问我是不是要去，那样他就不去了，所以到头来我从没去过。我也是高不可攀的笔会的成员，会长凯·弗里斯·默勒是我最热情的评论家之一。圣诞节前的一天，他来电问我是否愿意与他、凯尔·阿伯尔、伊夫林·沃在骑士餐厅共进晚餐。我答应了。我想见见他们三个，而当卡尔照例问我想不想来一针时，我第一次对他的诱惑说了不。这让他异常不安。如果太晚了，他说，我就去接你。但我说我确信我能自己回家，他可以直接睡觉。好吧，他小声说，记得把胳膊遮起来。脸上涂些乳霜，他补充道，手指拂过我的脸颊，你的皮肤仍然相当干燥，你可能没有意识到。

晚餐期间，我坐在伊夫林·沃的旁边，他个子不高，洋溢着年轻活力，肤色很浅，眼里充满好奇。弗里斯·默勒风度翩翩地帮助我解决语言上的困难，细心亲切得让人很难相信他拥有如此犀利的文笔。凯尔·阿伯尔问伊夫林·沃，英国是否有如此年轻漂亮的女作家？他说没有。当我问他为什么来丹麦时，他回答说，一旦孩子从寄宿学校放假回家，他就会周游世界，因为他无法忍受他们。为了给我明显没有胃口这件事开脱，我说自己离开家之前和孩子们一起吃了饭。不过我喝了很多酒，出门前还吞了一把美沙酮，所以心情愉悦，侃侃而谈，让两位名人一次又一次地大笑。我们几乎是餐厅里唯一一桌客人。外面下着雪，一切是如此安静，我们可以听到远处水面上船只的马达声。正当我们享用咖啡和干邑时，弗里斯·默勒和凯尔·阿伯尔突然惊讶地盯着餐厅的出口，我看不到，因为我背对着它。那到底是谁？弗里斯·默勒用餐巾纸拍了拍嘴说，看上去他要朝这边走来。我转过身，惊恐地看到卡尔穿着高筒皮靴和落着雪的皮夹克，拎着头盔，带着仿佛涂在脸上的羞涩笑容，向我们走来。这……这是我的丈夫，我绝望地说，因为在这三位优雅的男士面前，他看起来更像一个火星人，我突然意识到我从来没有见过他与其他人在一起。他径直走到我身边，羞涩地说，我想你是时候回家了。让我自我介绍一下，弗里斯·默勒说，站起身来把椅子往后推。卡尔一言不发地与他们握手，凯尔·阿伯尔的唇间浮现了讽刺的微笑。我站了起来，既愤恨又痛苦。这份不堪几乎令我失明。卡尔沉默地帮我穿上外套。我们走到外面时，我转身对他说，你以为你在做什么？我说过你不应该来接我。你让我丢脸。但和卡尔吵架是不可能的。我想去睡觉，他抱歉地说，可不先给你氯醛就不行。他为我打开边车的门，在我坐稳后把它关上。回家路上我因屈辱而哭泣。他打开车门让我下来时看见我的眼泪，大喊道，怎么了？像以前一样，我一只手放在耳朵上，因为此刻我想获得真正的慰藉。哎哟，我号叫，这只耳朵整个晚上都在疼。你认为是为什么呢？看上去他真的很担心。然而朝我一条仍然通畅的静脉进行注射时，他的眼睛里也闪着一丝胜利的微光。我认为法尔伯·汉森是错的，他说。他跟我上床，甚至比平时更粗暴，之后我无力又幸福地瘫倒，任由我的手指滑过他稀疏的红色头发。他仰卧着，双手枕在头下，盯着天花板。我们必须做些什么，他说，那块骨头得刮下来。不过别担心，我认识一个耳科专家，他受不了法尔伯·汉森。

第二天，他带着图书馆里耳病方面所有能找到的最厚的书回家了。我们喝着咖啡，他一边研读，一边喃喃自语，围绕示意图画红线，时而摸摸我的耳朵后面和周围，说如果这一块还痛，他会去找他建议的医生，尝试让他动手术。现在疼吗？他问。疼，我挤眉弄眼地说，疼得厉害。我对哌替啶的渴望重现，来势汹汹。第二天，我写下小说的最后一章，把它装进一个妥帖的纸板封套，在上面用大写字母写上：《为了孩子》：托芙·迪特莱弗森的小说。把它放进卡尔房间的锁柜后，我像往常一样，因为没有小说可忙而心怀哀思。我感到身体不适，于是从我的书桌抽屉里拿出那瓶药，抽屉上了锁，卡尔打不开。我数也没数吞下一把。我开处方一直非常小心。有时我在底下写卡尔的名字，有时是约翰的。他在昂斯特鲁普获得了学位。雅贝和我轮流去药房开药，我确信这个天真的女孩从来没有怀疑过我，也不曾怀疑这所房子里发生着任何隐秘之事。针筒、安瓿、针头与我的稿子一起被锁在柜子里，只有一次——但那是很久以后——雅贝把药房账单交给我时说：可真是一大笔开支。那时候每个月要几千克朗。

专家年事已高，脾气暴躁，听力不好。要是女助理没有立即把他要的仪器递过去，他就会把手中的东西扔在地上，大喊：该死的，下地狱吧，有这么个无能的助手我要怎么工作？所以，他看着我的耳内说，法尔伯·汉森不肯做手术？好吧，我们来瞧瞧。我们照照 X 光。可能已经影响到脑膜了。我也是这么想的，卡尔说，据我所知她偶尔也会发烧。发烧？我说，很是惊讶。烧到多少度？医生问道。我们没有测过，卡尔平静地说，我不想让我妻子担心，但她经常一副发烧的样子，而且心神不宁。几天后我们又去了那里，卡尔和医生狂热地研究刚拍的 X 光片。那里有一处阴影，医生一动不动地说，就此打住。然后他抖抖光秃秃的脑袋，说，行，我们做手术。我可以把您妻子明天安排进单人间，当天早上手术。回到家后我打了一针，心想，这就是我一直想要的生活。我再也不想返回现实了。

我从麻醉中醒来时，整个头部都被裹上了纱布，我也终于知道了什么叫耳朵痛。我痛苦地呻吟，来回翻滚。医生进来坐在床边。试着笑笑，他说。我用嘴巴摆出近似微笑的表情。为什么？我说，继续呻吟、打滚。手术触及面部神经，他解释道，有时会导致面瘫，我们幸运地避免了这种情况。真是太疼了，我呻吟，您就不能给我一些止痛药吗？当然，他说，您可以吃阿司匹林，那是我们这个病区能开的最强效的药物。我们不会把病人变成瘾君子。阿司匹林加其他可以帮助您晚上入睡的东西。您能给我丈夫打电话吗？我惊恐地说，我需要和他谈谈。他很快就会来的，医生说，一会儿到。现在您需要休息。卡尔抵达时带着他的棕色公文包，里面是那支恩赐的注射器。当他给那条通畅的静脉注射时，我说，你得经常来。我这辈子从未感受过这样的疼痛，而在这里他们只给我阿司匹林。还不如给你糖丸呢，他喃喃道。你要大点声，我说，我听不见。你那只耳朵是聋的，他说，你的余生都会如此，但至少它不会再疼了。随着注射起效，我的痛苦退让，却仍然存在。我该怎么办？我呆呆地问，当疼痛再次来袭而你不在的话，我该怎么办？试着坚持一下吧，他说，如果我太常来，他们会怀疑的。他晚上回来替我打了一针，还给了氯醛。那已是数小时的地狱体验之后了，我意识到我从来没有体会过真正的肉体疼痛。我觉得我好像困在了一个可怕的陷阱里，无法预料它会在何时何处将我猛然囚禁。夜里我醒过来。我感觉我的头里像是有烈焰燃烧。救命啊！我的喊叫声响彻房间，室内靠门上夜灯蓝色的光芒照亮。一个护士跑进来。我会给您几片阿司匹林，她说。不好意思，我们不能给您更强效的东西。医生很严格，她听上去很抱歉，他的两只耳朵都动过手术，他记得自己是如何挨过疼痛的。她离开后，疯狂的恐慌笼罩了我。我一分钟也待不下去了。我起身穿上衣服，尽量不发出声音。哎哟，哎哟，我小声地对自己呻吟，我要死了，妈妈，我要死了，我受不了了。穿上大衣后，我仔细瞧瞧外面。我房间的对面有扇门，希望它能通向一个出口。我冲了过去，头缠着绷带，很快就踏上了荒凉的夜路。我招手拦下出租车，司机很同情地问我是否出了车祸。回到家，我跑过花园，像疯女人一样不断地按门铃。我没有带钥匙。雅贝过来打开门。发生了什么？她惊恐地盯着我，双目圆睁。没什么，我说。我只是不想再待在那里了。我冲进卡尔的房间把他叫醒。哌替啶，我呻吟着，快点。我痛得要疯了。

疼痛持续了十四天。卡尔留在家里没去上班，我一要求就给我打针。我一动不动地瘫软在床上，仿佛身处温暖的、绿色的水里，被摇晃着入睡。对我来说，除了维持这种幸福的状态，世上的一切都不重要。卡尔告诉我很多人都是单耳失聪，没关系。反正我也不在乎，因为这是值得的。只要能够摆脱令人难以忍受的现实生活，任何代价都值得。雅贝上楼来喂我。我几乎无法咽下食物，恳求她让我安静休息。不可能，她坚决地说，只要我有任何发言权就不可能。您不准饿死。情况已经够糟了。

一天晚上我醒来，发现疼痛几乎消失了。但我很冷，浑身发抖，而且严重脱水，不得不用手指撬开嘴唇。卡尔起身，睡眼惺忪地给我打了一针。如果那条静脉也堵塞了，他说，我们该怎么办呢？也许可以在你的脚上找一条。

独自躺在床上的时候，我意识到我已经很久没有见过我的孩子了。我走下楼，进入他们的房间。我是如此虚弱，不得不靠在墙上才不至于摔倒。我打开灯，看着他们。赫勒躺在床上，嘴里含着大拇指，鬈发像光环一样环绕着她的脑袋。米凯尔抱着他的小猫睡觉，没有它就睡不着。特里内则睁着双眼平躺，清醒地望向我，脸上是孩童难以捉摸的神情。我摸索着走到她的床前，轻抚她的头发。她仍有着金色的长睫毛，在我的摩挲下慢慢地垂下了眼帘。玩具铺满房间，中央有一个儿童围栏。我几乎认不出这些孩子，我不是他们日常的一部分。就像老妇人回忆自己的青春那样，我想起就在几年前我还是一个快乐而健康的年轻女孩，充满活力，朋友成群。但这个想法稍纵即逝，我把灯灭掉，轻轻关上门。我花了很长时间才回到我楼上的床铺。我留了一盏灯，躺在那里看着自己瘦骨嶙峋的苍白的手，让手指动起来，像在打字一样。然后我久违地有了一个清晰的念头。若一切无可挽回，我想，我会打给格特·约恩森告诉他一切。这不仅是为了我的孩子，也是为了我尚未写下的书。

5

然后时间失去了意义。一个小时可能是一年，一年可能是一个小时。完全取决于注射器里的剂量。有时这根本不起作用，卡尔总是在我身边，我就告诉他：剂量不够。他揉揉下巴，眼里带着痛苦的神色。我们必须减量，他说，否则你会生病的。如果不够我就会生病，我说。你为什么让我受这样的苦？好吧，他喃喃自语，无奈地耸了耸肩，我就给你多加一点。

我一直躺在床上，需要雅贝的帮助才能走到浴室。每当她坐下来给我喂食，她大大的脸都湿漉漉的，就像有人洒了什么东西。我用手指轻扫她的脸颊，然后把手指塞进嘴里。咸的。想象一下，我羡慕地想，仍能对他人怀有同情之心。我不再注意季节的流逝。窗帘总是紧闭，因为光线会刺痛我的双眼。所以白天和黑夜没有区别。我睡去，我醒来，我不适或者好转。我看到我的打字机在远处，就像透过望远镜往回看一样。一楼才是生活真正存在的地方，从那里孩子们的声音仿佛穿过多层羊毛毯子才传到我耳朵里。一张张脸庞出现在我身边又消失。电话铃响，卡尔接了起来。不，我很抱歉，他说，我妻子现在不舒服。他在楼上我的房里吃东西，我惊奇地看着，对他的好胃口有一种遥遥的羡慕。试着吃一口吧，他恳切地说，味道真的很好，是雅贝专门为你做的。他用他的叉子把一小块肉塞进我的嘴里，我又吐了出来。我看着他用湿布把床单上的斑点擦去。他的脸离我很近。皮肤光滑细腻，眼皮像孩子一样闪亮而湿润。你真健康，我说。你也会的，他说，只要你能忍受一段时间的痛苦，只要你能让我减少一点剂量。我现在是一个真正的瘾君子吗？我问。是的，他说，带着羞涩的、试探性的微

155

笑，现在你是一个真正的瘾君子。他蹑手蹑脚地穿过屋子，把窗帘拉到一边，看着天色。如果你能再到院子里走走，他说，不是很好吗？果树正开着花。来看看怎么样？他扶着踉跄的我走到窗前。你不再割草了吗？我问，只是想找点话题。我们的草比邻居的高。被忽视的草坪长满了蒲公英，它们的绒毛在风中飘来飘去。你瞧，他说，我有更重要的事情要考虑。有一天，他挨着我在床上坐下，问我是否感觉不错。是的，因为上一次的剂量很大。他说，我有件事必须和你谈谈。研究所有一位专家把收到的四万克朗科研经费花在了止痛剂上。我是偶然发现的。我说，我不知道你现在还会去那里。我会去，他说，在你睡觉的时候。他从地板上捡起无形的绒毛，这是他的新习惯。所以呢，我漠不关心地说，你会怎么做？我在想，他说着，再次弯腰捡起什么，要不要去找律师。一开始我打算报警，但你不觉得先找律师咨询一下更好吗？也许吧，我冷淡地说，这可能更好。但不要在外面待太久。我打给你的时候需要你回来。

妈妈过来了，坐在我的床边。她握住我的手拍拍。你爸爸和我，她用手背擦干眼睛，说，都认为卡尔让你生病了。我们不能确定他是怎么做的，但我觉得他脑子不正常。他在电话里听起来好奇怪，我们来拜访时他也从来不在。雅贝也说他变得很奇怪。最近他要求她清洗他的鞋底，这样它们就不会携带细菌。她说她害怕他。他没有让我生病，我平静地说，恰恰相反，他在努力帮我康复。能不能请你离开？说话让我很累。但我自己偶尔也会怀疑卡尔是不是变得有点奇怪，他捡绒毛，蹑手蹑脚，我不叫他的时候他就把自己锁在房间里。偶尔我也会不带任何真切恐惧地想，我是不是要死了，是不是应该振作起来打给格特·约恩森。可如果我这样做，我就打不上针了，这是肯定的。如果我这样做，他就会让我住院，那里只会有阿司匹林。这就是我一直推迟的原因，而且在现在的状态下，清晰的想法并不能持续太长时间。利塞来看我，凑近她的脸颊，触碰到我的脸颊。我猛地缩回去，因为接触很痛。我不能忍受别人的肌肤贴过来，卡尔也已经很久没有和我上床了。你怎么了，托芙？她清醒地问。你在隐瞒什么事情，某些可怕的事情。每当有人问卡尔，他都会敷衍过去。这是一种血液疾病，我说，因为卡尔让我这么说，但最坏的情况已经过去了。现在会好起来的。你介意离开吗？我太累了。你不再写书了吗？她说，你不记得了吗，你是多么享受创作。当然记得，我说，瞥了一眼落满灰尘的打字机。我记得。它会回来的。你走吧。

后来我想了想她的话。我还会再写吗？我记得很久以前，当哌替啶起效时，词句和诗行总是在我的大脑中飞行，但现在这已不复存在。以往的幸福不曾回来，我也知道卡尔有时在注射器里装的是水。某天或某夜，他跪在我的脚边把注射器插入附近的静脉，我可以看到他的眼睛里满是泪水。你怎么在哭？我惊讶地问。我不知道，他说，但我想要你知道如果我做错了什么，我会受到惩罚的。这是他唯一的忏悔。我觉得你加的是水，我说，因为我其他一切都不在乎。你会很不舒服，他说，但之后你会好起来，最终你会恢复健康。可你不能再缠着我，因为我向来不忍心看到你受苦。我所做的一切都是为了你，为了让你康复，这样你就可以重拾工作，回到你的孩子身边。他的话让我充满恐惧。没有哌替啶我就活不下去，我对他喊道，我不能没有它。这一切是你造成的，你必须继续下去。不，他平静地说，我会慢慢减量。

人间地狱。我好冷，我发抖，我流汗，我哭着面向空荡荡的房间大喊他的名字。雅贝进来挨着我坐下。她在绝望中哭泣。他把自己锁在房间里，她说，我很害怕他。我把他的食物放在门外，我走后他才拿进去。您就不能找别的医生吗？您病得这么重，我也无能为力。您的朋友来的时候，他告诉我不要让他们进来。他甚至不愿意见自己的母亲。他可能要疯了，我说。我知道以前发生过一次。然后我吐了，雅贝取来一个碗，用毛巾擦干我的脸。我让她在电话簿上找到格特·约恩森的号码，写在一张纸上。她照办，我把纸条放在枕头下。现在我已经无法入睡，哪怕用了氯醛。闭上眼睛时，可怕的场景会在眼睑内上演。一个小女孩走在黑暗的街道上，突然一个男人从她身后跳了出来。他戴着黑色的头罩，手里拿着一把长刀。他冲向她，刀插进她的背。她尖叫，我也一样，随即再次睁开眼睛。卡尔蹑手蹑脚地走进来。你是不是又做了噩梦？他说着，弯下腰捡起地上的绒毛。我们已经没有哌替啶了，他说，我一定是忘了付上次的账单。但你可以多来一剂氯醛。他把它倒进量杯，我恳求他再给我一剂。不管了，他说，这对你也没害，便按我的要求来。我感觉好了一点，他拍拍我的手，那只手只有他的一半大。这是营养问题，他傻傻地咧嘴笑，只要你的体重增加二十磅就会好起来。他坐着放空了一会儿。然后他开始用假声唱歌：只要我们想我们就和我们的女人上床。这是在雷根森学会的，他说，我住在那里时是个素食主义者。有时我想象你是我的妹妹，他喃喃地说，再次弯下腰来，乱伦比人们想象的更普遍。然后他试图和我上床，我第一次对他感到害怕。不行，我虚弱地推开他说道，让我一个人待着，我得睡觉。他离开后，我立即清醒过来。他是个疯子，我对着空荡荡的空气说，而我要死了。我试着把注意力集中在这两个想法上，它们是我脑子里的两根竖线，却像狂澜中的海草一样被拽走。幻觉令我不敢合眼。我不知道现在是夜晚还是白天。我用手肘撑起身子，让自己滑下床。我意识到我根本没有力气站起来。所以我手脚并用爬过地板，支起身体坐到办公椅上。这消耗了大量体力，我不得不把头搭在打字机的按键上休息。我的呼吸在寂静中嘶嘶作响。我必须在氯醛失效之前采取行动。我手里攥着写有格特·约恩森号码的纸条。我打开台灯，拨打号码，等待接听。您好，一个平静的声音说，我是格特·约恩森。我报出我的名字。噢，是您！他说，这个时间打电话把我叫起来，是出了什么问题吗？我病了，我说，他往注射器里加水。什么注射器？哌替啶，我说。我无法再作解释。他在给您注射哌替啶吗？他尖锐地问，有多久了？我不知道，我小声说，几年了，我猜，但是现在他不想再这样做了。我要死了。帮帮我。他问我第二天能不能来见他，我说不行。他便问他能不能和卡尔谈谈，我尽可能大声地喊卡尔的名字，把听筒放在桌子上。他穿着条纹睡衣出现在门口。什么事？他睡眼惺忪地问。是格特·约恩森，我说，他想和你谈谈。噢，这样吗，他静静地说，揉着没刮胡子的下巴。那么我的职业生涯就毁了，他说，语气不带丝毫责备。那一刻我不明白他是什么意思。喂，他对着电话说，随后沉默了很久，因为另一个人在说话。我在这间房里都可以听出对方有多么激动和愤怒。卡尔只是说，好的，明天两点，我会去的。是的，我明天会解释这一切。放下电话后，他给了我一个病态的微笑。你想来一针吗？他柔声说，这一次我会放足量，值得庆祝一番。他拿起注射器，那份久违的幸福和甜蜜回到了我的血液中。你在生我的气吗？我说道，手指绕着他的头发。没有，他说着，站起身来，一个人必须照顾好自己。然后他环顾房间，观察每一件家具，仿佛在试图把这间房和它的陈设都印刻在身上。你还记得吗？他缓缓地说，我们搬进来的那天有多高兴。记得，我呆滞地说，我们可以回到当初。给他打电话真是犯傻。不，他说，那是你的出路。你会住院，一切都将结束。

孩子怎么办？我说，想起了他们。他们有雅贝，他说，她不会离开他们。那你呢？我问。你的出路是什么？我完了，他平静地说。但你不用担心。我们每个人都要挽救自己能挽救的。

第二天，他从格特·约恩森家回来后，看起来比长久以来任何时候都要轻松。你得住院，他边说边脱下摩托车夹克，去戒瘾。一旦奥林格有空位你就要去了，在那之前你想要多少哌替啶都行。这不是很好吗？是挺好，我说，意识到正是这句话让我屈从于耳朵的手术。你呢，我问，你打算怎么办？我跟医疗卫生部门之间会有点麻烦，他佯装不屑地说，但我会处理好的。你光是顾着自己就够受罪了。

当我告诉雅贝我将被收治入院时，她欣喜若狂。那么您就会彻底好起来，她说，您所有的朋友和家人都会非常高兴。他们一直很担心。在我即将入院的那一天，她搀扶我进浴室，彻底地清洗我的身体。她也洗了我的头发，水变得很脏。把我带回床上时她说：您都不比赫勒重了。卡尔进来给我打了一针。这是最后一针，他说，不过我会让他们慢慢来。我和你一起去。

　　救护车司机抱着我下楼时，我用手环着他的脖子。我觉得他看起来很担心，便对他微笑。他回以微笑，我在他眼中看到了同情。卡尔在担架旁边坐下，盯着半空发呆。突然他窃笑起来，就像刚刚想到了什么下流的事。他捡起几团灰尘，在双手间滚来滚去。我不能保证，他淡淡地说，我们会再见面。然后他又补充：事实上，我一直都拿不准你耳朵疼的毛病。这是我听到他说的最后一句话。

6

我躺在床上，头从枕头上微微抬起，僵硬地盯着手表。另一只手擦拭眼睛里的汗水。我盯着秒针，因为分针纹丝不动，我时不时把手表举到能听见的耳朵旁，因为我觉得它停了。我每三小时打一次针，最后一小时比我在这个世界上活过的所有年头都长。脖子痛得令我抬不起头，但如果我枕着枕头，所有的墙都会开始移动，越靠越近，以至于我的小房间不剩足够的空气。如果我把头放下来，所有的生物就会在我的毯子上窜来窜去，小的、恶心的、蟑螂一样的生物数以千计，爬满我的身体，进入我的鼻子我的嘴我的耳朵。如果我的眼睛闭上片刻，也会发生同样的事情。然后它们就遍布我的全身，而我无法阻止。我想尖叫，但我无法分开双唇。此外，我已经慢慢被迫承认尖叫毫无用处。在到时间前没有人会赶来。我被绑在床上，腰部被皮带紧紧勒住，难以转身。他们连换床单也不解开，满是我的排泄物的床单。"他们"是蓝色和白色的，在我眼前闪烁，身份无法辨认。他们现在掌权，我无休止地呼唤卡尔的名字，直到嗓音嘶哑，变成听不见的耳语也是徒劳。还有五分钟到三点。三点他们会来给我打针。五分钟怎么能像五年一样？手表在我耳边嘀嗒，与我狂乱的心跳合拍。也许我的表不准，尽管他们一直为我上发条。也许他们忘记了我，也许他们正忙于处理其他病人，尖叫和呼喊从房门外未知的世界传到我这里。

来吧，一张嘴说，轮到您注射了。在我看来，这张嘴似乎从左耳延伸到右耳，脸庞与身体相比实在太大了。打在大腿上，要过一会儿才会起效。它的作用不过是让我感觉好那么一点。我能够把头放在枕头上，身体也不再像树叶一样颤抖。蓝色和白色之间的那张脸更加清晰地靠近。就像修女的面孔一样纯洁温柔。我便明白这个人并不希望我受到伤害。和我说话吧，我请求道，她便在我身边坐下来，为我擦拭脸上的汗水。她说，这一切很快就会结束。我们会让您重新振作，不过您可确实是到了最后一刻才来呢。我问，我丈夫在哪里？博贝尔医生很快就会来和您谈话，她回避了我的问题，接着说，首先我们要把您弄干净。于是，我被一双有力的手抬起来，身下的床单也得到更换。我清洗完毕，穿上干净的白衬衫。最糟糕的，我说，是所有这些生物。交给我，她说，出现的时候叫我，我会把它们赶走。现在看过来。乖乖喝完我为您准备的这个。您严重脱水。您没感觉吗？您不渴吗？她抬起我的头，把一个杯子靠在我的嘴唇上。喝吧，她恳切地说。我按她的要求喝下，甚至还又索要了一些。很好，那个声音说，真是一个乖女孩。

　　然后博贝尔医生进来了，他是这个痛苦的世界里我唯一能辨清的人。他是一个高大的金发男子，三十多岁，圆圆的脸庞很孩子气，一双眼睛聪慧而友好。他问我是否可以和他谈一谈。接着他说：您的丈夫已经被送进了国立医院。他患有严重的思觉失调。卫生部已经对他提起诉讼，但现在有可能会撤诉。那孩子们呢？我惊恐地问，他不在的话雅贝没有钱，我必须直接回家。您六个月内都不能回家，医生坚决地说，不过当然您那个年轻管家需要钱。我已经跟她通过电话，她很快就会来见您。我会确保您打完针马上能跟她沟通。他离开了，注射的药效也慢慢退去。然后我又躺在那里，从枕头上抬起头，盯着我的手表，世界上除了它和我没有别的东西。

雅贝来的时候，我把卡尔放在救护车担架上的存折给了她。然后我要求她从卡尔房间的柜子里拿出我的小说手稿，交给出版社。我还要求她陪着孩子们直到我回家，她答应了。她坐在那里，用她那潮湿而关切的眼睛观察着我，拍拍我的手，问我有没有吃东西。接着她开始告诉我许多关于孩子们的事情，但我无法集中注意力。请你现在离开吧，雅贝，我说道，汗水从全身倾涌而出，告诉孩子们我很快就会好起来，我太期待见到他们了。您的丈夫，她带着焦虑的神情说，他不会再突然回家了，是吗？不会，我告诉她，我想他永远不会回来了。

渐渐我的痛苦减轻了。现在我可以把头搁在枕头上，不必担心墙壁会向床边逼近，也不再一直盯着手表。我的皮带被解开了，也被允许在护士的搀扶下去厕所。在我的房间外面有一个更大的房间，那里的床位挨得非常近，中间只留一条狭窄的走道。大多数病人都系着皮带，其中一些戴着大大的无指手套。他们用空洞的、玻璃般的眼睛盯着我，我朝护士贴得更紧了。不要害怕，她说，这些只是病得很重的人，他们不会伤害任何人。但是他们嘶吼尖叫，音量大到你无法听见自己的声音。为什么我在这里？我问道，我没有精神疾病。这是一个封闭病区，她说，您刚来的时候没法去别的地方，等您有所好转，您肯定会被转移到开放病区。过来吧，她轻轻地说着，把我带到一个水槽前。洗洗手，看您能不能自己办到。抬起头的时候，我看到镜子里的自己，用手捂住了嘴抑制尖叫。那不是我，我哭了，我不长那个样子。这不可能。在镜子里，我看到的是一张倦怠衰朽的陌生人的脸，灰色的皮肤起鳞，眼睛充血。我看起来像七十岁，我抽泣着，紧紧贴住护士，她把头靠在我的肩膀上。好了，好了，她说，我没有想到这一点，但别哭了。一旦开始注射胰岛素，情况就会好得多。您的骨头上会长肉，您会恢复年轻女人的样子，我保证。这是常有的事。再次躺在床上时，我看着我的牙签胳膊牙签腿，有那么一刻对卡尔充满了愤怒。然后我想起我也有责任，怒气就消失了。

第二天一大早，我打了一剂胰岛素。前一天晚上我没睡好，这会儿打起了瞌睡，直到九点半才醒来。我感到无比饥饿。我发抖，眼前黑点闪动。我的整个机体都在呼唤食物，就像之前呼唤哌替啶一样，于是我冲上走廊叫来一名护士。是卢德维格森夫人。我不舒服，我说，我能吃点东西吗？她拉着我的胳膊带我回到房间。其实呢，她说，您要到十点钟才有饭吃，不过我现在就给您送来。仅此一次没关系。她端着托盘回来，上面的碟子堆满配了奶酪的黑麦面包和涂好果酱的小麦面包，我不等她放下托盘就抓起食物一把塞进嘴里，咀嚼，吞咽，继续抓取，同时一种前所未有的健康的感觉蔓延全身。哇，我感觉好极了，我喝着牛奶脱口而出，可以把我能吃的所有食物都给我吗？卢德维格森夫人大笑。当然，她说，哪怕您吃到我们破产都可以。看到您吃东西真好。她端来更多食物，我疯狂地吃了起来，幸福地笑着。我太高兴了，我说，我想我终于要恢复健康了。你们不会不再给我打胰岛素吧？在您体重达标之前不会，她说。之后我穿上病号服，在窗边的椅子上坐下。外面是一大片修剪过的草坪，在两座低矮的建筑物之间，我可以看到泛着白色泡沫的蓝色水流。现在是秋天，枯萎的落叶整齐地堆放在草地上。穿着条纹衣服的人正百无聊赖地耙着。我什么时候可以出去走走？我问卢德维格森夫人，她在给我梳头。快了，她保证，我们会派一个人和您一起。您还不能单独行动。

接下来的一段时间，我一直看着手表等待用餐。我期待进食，而且像个砌砖匠一样吃饭。我的体重增加了，他们每隔一天就给我称一次。入院时我的体重是三十公斤，现在已经四十了。我无须帮助便可以行走，每天都会到外面和护士不停地谈天说地，因为我的心情好极了。我感觉就像回到了与卡尔相识之前的那段快乐时光。他们允许我每天打给家里，我甚至跟赫勒通了话。她现在六岁，上学了。她说，妈妈，为什么你不和爸爸重新结婚？我不喜欢卡尔爸爸。我笑了，说我可能会，但我不知道他要不要我。他不再喝酒，她满怀希望地说，而是去上学了。他昨天和维克托来过。维克托给了我们糖果和焦糖奶油。他好好。他问我会不会像妈妈一样成为作家。

一天下午，我刚吃完饭，博贝尔医生就来看我。我们需要进行一次严肃的谈话，他边说边坐下来。我坐在床沿上，满心期待地看着他。我恢复健康了，我说，我好高兴。然后他向我解释我的身体正在恢复，但事情没那么简单。未来会有一个稳定过程，而这是最耗时的。我必须学习如何过一种赤裸的、不受药物影响的生活，每一段关于哌替啶的记忆都会慢慢从我的脑海中消失。身处这个受保护的病房，他说，您很容易感到健康和快乐。但是当您回到家经历逆境——就像我们所有人一样——诱惑就会回来。我不知道，他说，您丈夫什么时候能完全康复，甚至就算他没问题，您也决不能再见他，无论发生什么，我们也将确保他不会来探病。医生问我是否找过其他医生，我告诉他没有。他还问我卡尔是否给我用过哌替啶以外的东西，我告诉他还有美沙酮。那也一样危险，他说，您绝对不能再吃了。我告诉他我从今往后都远离它，因为我永远不会忘记我经历的所有可怕的折磨。不，您会的，他清醒地说，您很快就会忘记这一切。一旦您再次受到类似的诱惑，您会想，这能有什么坏处呢？您会认为您可以控制它，而在您醒悟之前，您就会再次身陷其中。我漫不经心地笑道，您对我不太认可，是吗？与瘾君子打交道的过程中，我们有过非常惨痛的经历，他说，一百个人中只有一个能完全康复。然后他笑了笑，亲切地拍拍我的肩膀。但有时，他说，我认为您就是那一个人，因为您的情况太不寻常，也因为与我们见过的那么多人相反，您有活下去的理由。离开之前，他给了我下楼许可，这意味着我可以每天在院子里散步一小时。

时光飞逝，我在这个病区还有楼下美丽的院子里十分自在，不时会与外出散步的其他病人愉快地聊天。我对这里的工作人员充满感情，拒绝换到更好的病区。雅贝把打字机带给我，连同我的衣服，破破旧旧的，因为我已经多年没有添置过什么了。她还确保我身上有足够的钱。有一天我得到批准，可以独自前往沃尔丁堡为自己买一件冬天的大衣。我只有还和埃贝在一起时穿的那件旧风衣，它并不暖和。我在下午稍晚的时候去了镇上。暮光将至，天空中出现几颗苍白的星星，被城市的灯光漂去了色泽。我心情闲适，感到放松，思绪不断回到和埃贝共度的时光。我回味赫勒的话：妈妈，为什么你不和爸爸重新结婚？我曾无数次提笔给他写信，但这些信的归宿总是垃圾桶。我给他带来了那么多不必要的痛苦，而他永远也无法理解为什么。

我穿上新买的大衣沿着主街往回走，没有停下浏览商店的橱窗。我很饿，期待着晚餐。然后我的注意力突然被一家药店明亮的橱窗所吸引。一抹柔和的光线从水银容器和装着结晶的烧杯中散发出来。我站立不动，对触手可及的白色小药片的渴望就像黑暗的液体在我体内升起。我惊恐地意识到体内的这种渴望就像树木腐坏的部分，或者一个胚胎，兀自生长，哪怕你不想与它扯上任何关系。我不情愿地把自己拉开，继续行走。风把我的长发吹到脸上，我愤怒地把它拨到一边。我琢磨博贝尔医生的话：如果您有一天受到诱惑……

回到病房后，我拿出一张打字纸，就这么看着它。只要用剪刀剪开，写下处方，走进药房，美沙酮就可以轻易入手。然后我想到他们在这里为我付出了多少，大家是多么由衷地与我共享重获健康的喜悦，便觉得自己不能就这样让他们失望。只要我仍在这里。我走进浴室，鼓起勇气，照了照镜子。自从那天被自己的外表吓坏后，我就再也没有照过镜子。我高兴地对自己微笑，摸了摸圆润光滑的脸颊。我的眼睛清澈，头发闪耀光泽。我看上去不比实际年龄老分毫。然而当我回到床上服下氯醛后，我清醒地躺了很久，满脑子都是那个药店的橱窗。我回想美沙酮对我有多管用，我只需要控制不加量。然后我记起戒瘾期间无休止的痛苦，心想：不，再也不能这样。第二天我写信给埃贝，问他是否会来看望我。几天后我得到了他的答复。他在信中说，如果我几个月前打给他，他就会马上来。但现在他遇到了另一个女人，一切也开始好转。你不能指望，他写道，抛弃一个人五年之久，回来时他仍在原地等候。

读完他的信我哭了。此前从来没有男人拒绝过我。然后我想到埃瓦尔德巴肯的房子、被忽视的院子和我的三个孩子，他们认不得自己的母亲，就像我觉得我也辨不出他们一样。我回家后将会单独面对他们和雅贝，而我感觉这不适合自己。我在奥林格的剩余时间里再也没有进过城，这样就不会看到那家药店的橱窗了。

7

我回到埃瓦尔德巴肯的房子时已经是春天了。花园里连翘和栾树的芬芳浸润着空气，枝叶从碎石窄路两旁的树篱上垂下。雅贝已经摆好巧克力和自制的糕点，孩子们都穿戴整齐坐在欢庆的餐桌旁。桌子的中央，一块纸板靠在装着鲜花的花瓶上。"妈妈欢迎回家"，大写字母歪歪扭扭。赫勒说这是她自己做的。她用形似埃贝的上挑的眼睛看着我，等待我的赞美。另外两个小家伙害羞又安静，我试图抚摸我们的小局外人特里内的头时，她推开我的手，一脸责备地依偎着雅贝。我心想是雅贝引导他们迈出第一步，是雅贝陪他们叽里咕噜，为他们的伤口吹气，在晚上唱歌哄他们入睡。只有赫勒与我亲近，跟我说话，就像我从未离开一样。她告诉我爸爸已经跟一个女人结婚了，她和我一样写诗。但你更漂亮，她忠心耿耿地说，雅贝边笑边给我倒饮料。你妈妈呀，雅贝说，就像我第一次见到她时那样漂亮。等到孩子们都上床睡觉了，我就坐起来和雅贝聊天。她买了一瓶黑加仑白兰地，我们分着喝，同时我内心深处一种不可名状的渴望也在稍稍减弱。偶尔喝一点好，雅贝说，她的脸颊是粉红色的，眼睛比平时更有神，比您丈夫给您打的那些乱七八糟的好。所以，我说，现在你是想让我成为酒鬼吗？我这是直接从油锅跳进火里了！我们都笑了。我同意她每周三下午和每隔一周的周末休息。这个可怜的女孩已经多年没有放假了。她问我她该拿自己怎么办，我建议她在报纸上刊登个人广告。我也想这么做。人不应该是孤零零的，我说。我取来一张纸和一支铅笔，我们一起开开心心编了两条广告，称自己拥有男人梦寐以求的所有特质。我们胡闹着，去睡觉的时候已经很晚了。雅贝用鲜花装点了我的房间，但关于在这里经历的一切的回忆突然淹没了我，我和衣躺下。我觉得我可以看到一个人的身影走来走去，一边捡着灰尘，一边喃喃自语。我心想，他现在在哪里？我走到窗边，打开它，探出身子。夜空晴朗，星光灿烂。北斗七星的把手正对着我，光线微弱的道路上，一对情侣紧紧相拥。他们在路灯下亲吻。我迅速地关上窗户，意识到自己就像以前和维戈·F结婚的时候一样，感觉整个世界充满了热恋中的情侣。怀着沉重的心情，我脱下衣服上床。然后我意识到我忘了拿用来兑氯醛的牛奶。我从医院得到了一瓶氯醛，博贝尔医生说等这瓶喝完后他会给我开处方。他不希望我去找别的医生。临别时他告诉我，如果我有任何问题就给他打电话，或者只是让他了解我的近况。我从厨房拿了牛奶，回到床上。我给自己倒了三剂，而非通常的两剂，当麻痹的效果在我体内蔓延时，我心想现在是春天，我还很年轻，却没有人与我相爱。我不由自主地抱紧自己，卷起枕头，把它拉近，仿佛它是活物。

　　日子平稳而均匀地过去，我总是与雅贝和孩子们在一起。独自待在房间让我感到悲伤，我也没有写作的欲望。孩子们已经习惯了我，现在跑向我就像跑向雅贝一样频繁。雅贝说我应该出门见见人。她希望我去拜访家人和朋友，但总有些什么让我退缩。也许是我旧日的恐惧，害怕有人会发现我家里发生过的一切。有天早上我醒来时心情尤其沉郁。我听到外面的雨声，我的房间里充斥着灰色的、沉闷的光。沃尔丁堡的那个药店橱窗重现于我的脑海，清晰得仿佛我并非只见过一次，而是一百次。我看到我桌上的那堆纸。就两片，我想，每天早上两片，绝不超过。又能有什么害处呢？我下了床，不自在地颤抖着。然后我坐到书桌前，拿出一把剪刀，剪下一张长方形的纸。我小心翼翼地写好，换上衣服，告诉雅贝我早上要去散步。我签了卡尔的名字，确信无论身在何处，他都会为我打掩护，如果事态真的发展到那一步的话。我回来后吃了两片，然后站着看瓶子。我给自己分配了两百片。我想起戒瘾的痛苦，隐约听到博贝尔的声音在心里响起：您很快就会忘记的。突然间我对自己产生了恐惧，便把药

180

片锁进柜子。我把钥匙丢到床垫下方的深处，却不知道为什么要这样做。当药片生效时，我被幸福和动力填满，坐在打字机前，写下了构思已久的一首诗的第一个段落。首段总是来得轻易。写完后，我觉得这首诗很好，便有一种强烈的冲动，想与博贝尔医生交谈。我打给他，他问我最近如何。很好，我说，天空很蓝，草地比平时更绿。电话那头停顿了一下。然后他敏锐地说，听着，您吃了什么？没有，我撒谎道，我只是感觉很好。为什么这么问？算了，他笑着说，我只是天性多疑。

我下楼到厨房帮雅贝削土豆皮，孩子们围着我俩转悠。今天是星期天，赫勒从学校回家了。我们在厨房的桌旁享用咖啡，之后我和孩子们一起去儿童房，为他们读《格林童话》。午餐后我又感到沮丧，见我心事重重，雅贝担心地问，有什么问题吗？没有，我说，我只是需要打个盹。我上楼躺下，双手枕在头下，盯着天花板。再来两片，我想，相较于以往我吞下的量，这不会有任何害处。我走进卡尔的房间，发现钥匙不在柜子里。我到底把它放在哪里了？我不知道，突然间恐慌扼住了我。焦虑的汗水从手臂下涌出，我把房间翻了个底朝天。我疯狂地寻找，意识到今天是星期天。我很确定药房不开。我在桌子上腾空所有的抽屉，把它们翻过来，敲打它们的底部，却不见钥匙。我需要那些药，再来两片，我无法思及更多。我下楼。雅贝，我说，可怕的事情发生了。柜子的钥匙丢了，里面有一些我的文件，我现在就需要。不能等到明天。务实的雅贝说我们可以找个锁匠。她被锁在屋外的那次就这么做了。他们不休息，她说着，并从电话簿里帮我找到了号码。我跑到楼上的电话前，向锁匠解释有张桌子的钥匙丢了。桌子里面有我急需的重要药物。于是他过来撬开锁。给您，夫人，您解脱了。一共二十五克朗。他离开后我吃了四片药，凭借清晰敏锐的那部分意识，我明白现在我又陷进去了，除非奇迹发生，不然我不可能停下。然而第二天我只在早上吃了两片，就像最初决定的那样。当多吃几片的诱惑袭来，似乎只要把瓶子拿在手里就足够了。它就在这里，哪里也不会去。它是我的，没有人可以把它从我身边带走。

几晚后我被电话吵醒。喂，一个棉花般的声音说，我是阿尔内。辛内在伦敦，她一回来我们就离婚。但这不是我打来的原因。维克托和我正在我家喝酒，我们想去看看你。真不敢相信你和维克托从来没有见过。我们能过去吗？不行，我烦躁地说，我在睡觉。他继续说，那明天怎么样？白天。为了摆脱他，我说好。拔掉电话插头回到床上后，我想起明天雅贝休息。希望他们不会再打来。早晨我已经忘得一干二净。我吃了两片药，下楼跟雅贝和孩子们一起吃早餐。雅贝离开后，电话又响了。是阿尔内，他比前一晚更醉了。我们正坐在格伦酒吧安安静静地喝啤酒，他说，我们半小时就过去。挂断电话后，我上楼吃了四片药好帮助自己熬过去。然后我给小家伙们穿好衣服，和他们一起上街散步。正值七月，我穿着一条蓝色的夏裙，是有天和雅贝出去时买的。回家路上，一辆出租车从我们身边驶过。透过后车窗，我瞧见阿尔内醉醺醺的圆脸，旁边还有一个看不清的人。车子在我们之前到家，两个人走出来，怀里都是瓶子。嘿，托芙，阿尔内喊道，我和维克托这不就来了。我向他们打招呼，那个叫维克托的人吻了我的手。他似乎挺清醒，看到他我所有的烦躁都消失了。我松开孩子们的手，他们跑进屋内。阳光下，我看不清维克托的眼睛，但他的嘴唇是我见过的最美的丘比特弓的形状。他整个人散发出一种凌杂的恶魔般的生命力，彻底让我着迷。我把他们带进屋后，阿尔内立即在卡尔的床上昏睡过去。我让赫勒照顾小家伙们一会儿，把维克托带进我的房间。他坐下来看着我，一言不发。我坐在另一张椅子上，心怦怦地跳动。幸福和恐慌混合，填满我的身体。恐慌，就像我小时候，妈妈抽泣着说：我要走了；丢下我和哥哥前途未卜。维克托在我面前跪下，抚摸我的脚踝。我爱你，他说，我爱你的诗。多年来我一直想见你。我把他的脸朝向我抬起来，说，此前我一直认为什么一见钟情都是谎言。我捧起他的头，亲吻他美丽的嘴唇。他疲惫的双眼下是深深的烟色阴影，两道皱纹淌过脸颊，仿佛泪水留下的痕迹。他的脸充满苦难与激情。不要离开我，我认真地说，永远不要再离开我。对一个刚认识的人这么说很奇怪，但维克托似乎毫不惊讶。不会的，他说着，把我拉近，不，我永远不会再离开你。然后我们下楼去找孩子们，他们认识维克托，他之前上门时我还在奥林格。看这里，赫勒，他说，给你十克朗。现在跑去给你们三个人都买点红糖果。饭后，赫勒痴痴地看着维克托，说，妈妈，你能不能嫁给他？这样家里就又有一个爸爸了。维克托大笑，说，我会考虑的。

我为你神魂颠倒，一同躺在床上时，我说，你会留下过夜吗？我会的，这辈子都留下来，他说，露出白得刺眼的牙齿微笑。那你的妻子呢？我问。爱的法则青睐的是我们，他说。这条法则，我边亲吻他边说，赋予我们伤害他人的权利。我们做爱，聊了几乎整夜。他向我讲述他的童年，和埃贝的很像，但我仍仿佛是第一次听。我告诉他与卡尔在一起这五年里的疯狂，以及我在奥林格的日子。我不知道上瘾能让人病成这样，他惊讶地说，我以为这就像我们其他人喝啤酒一样。不过是你应对生活所需要的。最终他睡着了，我躺着观察他的脸，那优雅的鼻孔和精巧的嘴。我想起对雅贝说的那句话：想象一下对一个人有了感觉。现在我可以了，这是继埃贝之后的第一次。我不再是一个人了。当他说他余生都会和我在一起时，我觉得那不是酒后的胡言乱语。我服下氯醛，紧紧偎依他。他的金发散发的气息，闻着仿佛在阳光青草间玩耍后刚刚回家的孩童。

8

从那时起，维克托和我几乎总是在一起。他只有在需要妻子为他洗熨衬衫时才回家，我笑着说兴许未来我会扮演这个角色。维克托很疼他四岁的女儿，经常谈起她。他隔天就旷工一次，去上班时我们每个小时都会通电话。他是学经济的，就像埃贝一样，而且他也对文学更感兴趣，就像埃贝一样。维克托会在我的房间里来回踱步，假装自己是托尔斯泰《战争与和平》中的安德烈公爵，或者《三个火枪手》中的达达尼昂。他会手持一把无形的剑，演绎宏大的战斗场景，一人分饰所有角色。他瘦削的身躯在房间里移动，嘴里引经据典，直到他筋疲力尽，笑倒在床上。我生不逢时，他说——晚了几个世纪。可如果我出生在那时，我就永远不会遇到你。他把我抱在怀里，我们忘却周遭世界的一切。我们的激情尚未消退就会被再次唤起，而孩子们又一次留给了雅贝照顾。这就是爱情的可怕之处，我说，你会对其他人失去兴趣。没错，他说，而且最后总他妈那么令人痛苦。有一天他高兴地上门，告诉我他的妻子要求离婚。于是他搬到我这里，除了衣服和书本什么也没带。他并不关心物质。大约在同一时间，我接到律师的电话，他受卡尔之托为我们办理离婚。他解释说卡尔想把房子卖掉，这样他可以得到一半的钱。那就卖掉，维克托说，我们可以找别的地方。

但阴影正在慢慢笼罩我们的快乐时光，尽管维克托尚未察觉。我在服用越来越多的美沙酮，因为我担心如果不这样就会生病。我失去胃口，体重下降，维克托说我看起来像一只决意被狮子吃掉的羚羊。我胡乱地吃药，从不确定到底需要多少。偶尔我会想打给博贝尔医生，向他坦白一切。我也很想告诉维克托，但我忍住了，出于对失去他的恐惧。

一个星期天的清晨，我们骑自行车来到迪勒哈文一家偏僻的小咖啡馆喝咖啡。我们已经成了常客。出门之前我吃了四片美沙酮，但忘了把瓶子带上。我们坐在那里，盯着对方的眼睛，服务员耐心地对我们微笑。谁知道他在想什么，我说。维克托大笑。我相信你知道，他说，没有什么比恋爱中的人更傻了，他只是觉得我们很好玩。维克托把手搭在我的手上。你看起来就像奥斯曼宫廷的宫女，他说，接着又向我解释那是什么。天空是澄澈的蓝，鸟儿的唱诵独具春天的喜悦。红格子桌布上，一只金翅雀俯下身来吃面包屑，此情此景被植入我的记忆，仿佛可以随时取出来重新体验，无论发生什么。我们手拉手在树林里散步，我向维克托讲起和维戈·F的婚姻，那时我无法忍受目睹热恋中的年轻眷侣。时间过得飞快，维克托建议我们回到餐厅吃午饭。突然间我感到一阵寒战，仿佛被人从身后袭击。我知道这意味着什么。我松开维克托的手。不，我说，我宁愿回家。别，我们别回去吧，他说着，一脸惊讶，还有点不自在。我们玩得这么开心，没有必要急着回家。我站着一动不动，双臂环住自己试图保暖。我开始分泌唾液，我觉得我快要吐了。我脱口而出：你知道吗，我有些药要回家拿，没有它们我不能待在这里。我们不能回家吗？他很担心，问我是什么药。我说这个名字对他没有任何意义。那你就还是个瘾君子，他不安地说，我以为你拥有我就足够了。骑车回家的路上，我告诉他我打算慢慢减量，因为我想要戒掉。他对我来说已经足够，只是身体上的依赖让我需要那些药。我一边快速踩着踏板，一边告诉他，我会给博贝尔医生打电话，咨询该怎么做。一回家就打，他以一种前所未有的威严说道。回到家我吃了四片药。然后我打给博贝尔医生。我恋爱了，我说，我们住在一起，他的名字叫维克托。我希望他别是个医生，博贝尔说。我坦白了假处方的事，告诉他我想戒，但我一个人做不到。他沉默片刻。然后他淡淡地说，让我和维克托谈谈。我把电话给维克托，博贝尔和他谈了大约一个小时。他向维克托解释上瘾意味着什么，以及如果他爱我，他将不得不面对的问题。当维克托放下话筒时，他已经变了一个人。他的脸上散发着冰冷坚硬的意志，向我伸出了手。把药给我，他说。我很害怕，便跑去拿药，他把药放进自己的口袋。你每天吃两片，他说，不多不少。等到一片不剩，就到此为止。不准再伪造处方。如果我发现你哪怕再写一张，我就不会再和你扯上任何关系。你不爱我了吗？我抽泣着问。我爱，他说，这就是为什么。

接下来的日子我痛苦万分。然后一切过去，我们又重拾快乐。现在全都彻底结束了，我向维克托保证，对我来说你比世界上所有的药片都更重要。我们卖掉房子，带着雅贝和所有的孩子，搬进腓特烈斯贝的一套四室公寓。

秋季中旬的一天晚上，赫勒生病了。她来到我们的房间，爬进被窝，因发烧而颤抖。她喉咙痛，我给她量体温，超过四十度。我问维克托应该怎么办，他说他会打给值夜班的医生。半小时后医生来了。他是一个高大、友好的男人，检查完赫勒的喉咙，开了盘尼西林的处方。儿童比成年人更容易发烧，他说，不过为保险起见我现在就给她打一针。当他打开包时，我看到了注射器和安瓿，我对哌替啶本以为已经深埋的渴望便又回来了，不受控制地吞噬我的整个意识。维克托总是比我先睡着，而且睡得很沉。第二天晚上，我蹑手蹑脚地下床，小心翼翼地拿起客厅里的电话听筒。我拨给值班医生，然后坐在高脚凳上等待，双腿盘在身下。我让门敞开，这样他就不会按铃。我有些害怕维克托发现，但驱使我的比我的恐惧更强烈。医生到来时，我说我的耳朵疼得要命。他检查了动过手术的那只耳朵，问我：你能用吗啡吗？不能，我说，它会让我呕吐。那我们就试试别的，他说，随即灌满注射器。我向上帝祈祷那是哌替啶。的确是的，我回到床上，紧挨着我睡梦中的维克托，同时从前的幸福和甜蜜在我整个身体里游走。我幸福得忘乎所以，心想自己可以经常这样做，只要我乐意。并没有什么风险。

然而几晚后，当夜班医生取出注射器的时候，维克托突然走进客厅。这他妈是在干什么？他愤怒地对受惊的医生喊，她没有任何问题！马上给我离开，不要再踏进这所房子！医生离开后，维克托抓住我的肩膀，紧得生疼。你这个该死的小恶魔，他咆哮道，如果你再这样做，我就离开你。

但他没有。他始终没有。他以持久的活力和愤怒与他可怖的对手抗争，让我感到害怕。每当想放弃战斗的时候，他就会打给博贝尔医生，从他的话语中获得新的力量。我不得不放弃夜班医生，因为维克托几乎不敢睡觉了。但他去上班时，我还是拜访其他医生，请他们打针并不难。为了保护自己，我会在当晚告诉维克托。于是他给很多医生打电话，威胁要向卫生部报告，这样我就不能再去找他们了。但身处对哌替啶的疯狂渴望中，我总是能找到新的医生。我几乎不吃东西。我的体重又下降了，雅贝格外担心我的健康。博贝尔医生告诉维克托，如果我继续这样，就得重新入院，但我恳求他让我留在家里。我保证我会改变，然后违背我的承诺。最后博贝尔告诉维克托，唯一的真正解决办法是搬离哥本哈根。我们没有太多钱，不过仍从哈塞尔巴尔赫出版社得到了一笔贷款，在比克勒郊区买了一栋房子。城里有五名医生，维克托立即拜访了每一位，禁止他们与我有任何联系。因此我不可能入手药物，慢慢地适应了接受生活的现状。维克托与我相爱，有彼此和孩子对我们来说就已足够。我又开始写作，每当现实让我心烦意乱，我就买一瓶红酒和维克托一起喝。我被从多年的药瘾中解救出来，但自那时起，如果得做血液检查，或者当我经过药店的橱窗，往日那份渴望的阴影仍会隐约复现。只要我活着，它就不会完全消失。

图书在版编目（ＣＩＰ）数据

哥本哈根三部曲. 3, 白昼坠落 ／（丹）托芙·迪特
莱弗森著；刘奕奕译. —— 海口：南海出版公司，
2024.7（2025.10重印）
　　ISBN 978-7-5735-0890-4

　　Ⅰ. ①哥… Ⅱ. ①托… ②刘… Ⅲ. ①回忆录-丹麦
-现代 Ⅳ. ①I534.55

中国国家版本馆CIP数据核字(2024)第061201号

哥本哈根三部曲

〔丹麦〕托芙·迪特莱弗森 著
刘奕奕 译

出　　版　南海出版公司　（0898)66568511
　　　　　海口市海秀中路51号星华大厦五楼　　邮编 570206
发　　行　新经典发行有限公司
　　　　　电话(010)68423599　邮箱 editor@readinglife.com
经　　销　新华书店

责任编辑　侯明明
特邀编辑　聂小雨　肖思棋　白　雪
营销编辑　王书传　刘治禹
装帧设计　韩　笑
内文制作　田小波
责任印制　史广宜

印　　刷　北京盛通印刷股份有限公司
开　　本　850毫米×1092毫米　1/32
印　　张　15.5
字　　数　212千
版　　次　2024年7月第1版
印　　次　2025年10月第3次印刷
书　　号　ISBN 978-7-5735-0890-4
定　　价　79.00元(全三册)

著作权合同登记号 图字：30—2024—053